国家出版基金项目
NATIONAL PUBLICATION FOUNDATION

华北抗日根据地及解放区文艺大系

陈 晋 郑恩兵 主编

《晋察冀日报》文艺文献全编

散文报告文学

第六卷

关小彬 编

河北出版传媒集团
河北教育出版社

图书在版编目（CIP）数据

《晋察冀日报》文艺文献全编．散文报告文学．第六卷／关小彬编．-- 石家庄：河北教育出版社，2023.12
（华北抗日根据地及解放区文艺大系／陈晋，郑恩兵主编）
ISBN 978-7-5545-7638-0

Ⅰ．①晋… Ⅱ．①关… Ⅲ．①文艺－作品综合集－世界－现代②散文集－中国－现代③报告文学－作品集－中国－现代 Ⅳ．① I11 ② I266 ③ I25

中国国家版本馆 CIP 数据核字（2023）第 064007 号

书　　名　《晋察冀日报》文艺文献全编·散文报告文学·第六卷
JINCHAJI RIBAO WENYI WENXIAN QUANBIAN SANWEN BAOGAO WENXUE DI-LIU JUAN
编　　者　关小彬

责任编辑　刘宇阳
装帧设计　郝　旭
出　　版　河北出版传媒集团
河北教育出版社　http://www.hbep.com
（石家庄市联盟路705号，050061）
印　　制　石家庄众旺彩印有限公司
开　　本　787毫米×1092毫米　1/16
印　　张　17.75
字　　数　220千字
版　　次　2023年12月第1版
印　　次　2023年12月第1次印刷
书　　号　ISBN 978-7-5545-7638-0
定　　价　98.00元

丛书编委会

编纂说明

在中国共产党百年发展历程中，文艺始终是党领导人民开展进步事业的有机组成部分，是党在各个历史时期的中心工作的实时反映和重要推动力量。“华北抗日根据地及解放区文艺大系”，是一部全面展示抗日战争和解放战争时期华北地区党的历史创造、奋斗风采和形象建构的大型革命历史文艺文献丛书，对于深入研究华北地区革命文艺史、红色新闻史，弘扬伟大建党精神、梳理中国共产党人精神谱系，是必不可少的第一手资料，是我们在新时代坚定树立文化自信的重要思想资源。

一、编纂缘起

抗日战争及解放战争时期，华北地处各方政治与文化力量激烈博弈的前沿，这种特殊政治、军事、文化、地理环境中产生的革命文艺，具有鲜明的地域性特征，是五四新文化运动以来的革命文艺发展史上的突出标识。

但一直以来，由于史料文献整理不足，对华北抗日根据地及解放区文艺的研究，始终未能深入，其独特的地域性实践价值和蕴含的文化创新意义被严重遮蔽。这些史料文献主要以党报党刊的形式呈现，梳理汇编这些党报党刊中的革命文艺史料，借之以探索华北革命文艺的发展路径、发展方向、创造机制和创新经验，是深入贯彻习近平总书记关于“把红色资源利用好、把红色传统发扬好、把红色基因传承好”，“用好红色资源、赓续红色血脉”等系列重要讲话精神的有力举措，也是新时代文艺研究者不可推卸的责任。

2017年6月左右，我们去中国社科院文学所拜访时任所长刘跃进先生，协商合作研究事宜，寻求中国社科院文学所的帮助。请教过程中，刘先生建议我们结合地方特色，做好地方红色文艺文献的搜集整理与编纂出版工作。经过一段时间筹备，2017年底，我们以“河北红色经典系列丛书”为名，正式申报“2018年度河北省省级宣传文化发展专项资金”项目并成功立项，旨在通过选定刊行河北红色经典作品、梳理汇编河北红色经典研究资料、系统阐述河北红色经典发展历史等基础性工作，打造一个集大成式的河北红色经典文献资料库。

项目最初设计共二十四卷，包括六大板块：《河北红色经典史》一卷、《河北红色文艺作品选》六卷、《河北红色经典作家作品索引》三卷、《河北红色经典研究资料汇编》四卷、《〈晋察冀日报〉副刊文学作品全编》六卷、《晋冀鲁豫抗日根据地文艺作品及〈新华日报〉太行版文艺作品汇编》四卷。但在项目实施过程中，我们充分吸收专家意见，认为网络时代和大数据背景下的科研活动有了很大变化，《河北红色经典作家作品索引》与《河北红色经典研究资料汇编》的编纂工作，在当前学术生态中价值不大，并予以取消。同时，在项目实施过程中我们发现，《晋察冀日报》《人民日报》等党报除刊发大量文艺作品外，还有大量记录边区文艺工作者行迹，反映边区戏剧、音乐、文学、美术、舞蹈、曲艺活动与报刊书籍出版发行等各方面情况的文艺史料，以及体现我党文艺方向、方针变化的政策文件与重要领导讲话，是华北地域党和人民对敌作战的重要宣传武器，更是飘扬在华北地区军民心中一面旗帜。这些史料是华北地域革命文艺发生、发展与壮大的真实记录，对我们正确认识革命文艺的特点与历史地位有重要的决定性作用。

为此，我们精心整理了《〈晋察冀日报〉文艺文献全编》《晋冀鲁豫〈人民日报〉文艺文献全编》《〈晋察冀画报〉文艺文献全编》《晋察冀日报社人物志》（共五十一卷），同时收入全国抗战时期和解放战争时期与河北地域相关且被广大群众所喜爱并广泛传唱的红色文艺作品，结集为《河北红色文艺作品选》（共六卷），至此形成丛书目前的五大板块，而且将名称由“河北红色经典系列丛书”改为“华北抗日根据地及解放区文艺大系”，方便以后在此基础上做进一步拓展。

二、地域范围及文艺特质

华北抗日根据地包括当时山东、河北、山西、察哈尔、绥远、热河全部及豫北、苏北、皖北部分地区，分晋绥、晋察冀、晋冀豫、冀鲁豫、山东五大块。1941 年，冀鲁豫合并到晋冀豫，称晋冀鲁豫。其中晋察冀抗日根据地作为开辟最早、地域最大、人口最众的模范抗日根据地，是华北抗日根据地的坚强堡垒，牵制和抗击了三分之一以上的华北日军和二分之一的伪军。

在河北及其邻省周边地区开辟与创建华北抗日根据地，是红军长征到达陕北之后党中央迅速做出的重大战略决策。这些根据地地处对日武装斗争最前线，不仅打开了抗战的新局面，成为华北敌后抗战的主战场，而且进行了新民主主义社会的实践探索，对解放战争的历史进程产生了巨大影响，成为我党开辟东北解放区的前进基地和逐鹿中原的战略后方。随着抗日根据地的开辟，延安文艺工作团、西北战地服务团、东北促进纵队干部队、八路军总政治部前线记者团等大批文艺工作者，随同党政干部一道陆续抵达华北，东北、平津的青年学生也纷纷冒着生命危险来到边区。他们一手拿枪，一手拿笔，深入农村与抗战前线，切身体会工农兵的生活，深刻了解工农兵的需求，从而根本上克服了艺术至上主义思想倾向。所以，华北抗日根据地及解放区文艺，既响应了伟大的民族抗战对文学艺术提出的时代要求，亦充分兼顾到广大人民群众的接受习惯和欣赏水平，真实地反映了华北人民火热的战斗与生产生活。很多作者本身就是农民、战士或基层工作者，他们把自己的经历和熟悉的人和事，通过小说、戏剧、诗歌、报告文学、歌曲、绘画、舞蹈等文艺样式记录下来，语言通俗平实，富有生活气息。由于产生于特定时代、特定区域而又适应特定需要，故而无论是题材、语言还是风格，在体现革命大众文艺共性的同时，又具有强烈的华北地域特性。

华北抗日根据地及解放区文艺的繁荣发展，是专业文艺工作者与工农兵群众共同创造的结果。人民群众不仅是革命文艺运动的主导主体、推进主体、受益主体，还是一切成败得失的评判主体。华北抗日根据地及解放区文艺，归根结底，是“以人民为中心”的文艺。

三、学术价值

今天的河北在抗日战争、解放战争时期是晋察冀、晋冀鲁豫两大根据地的中心区域，有着悠久的革命历史传统和丰厚的红色文化底蕴。据不完全统计，抗日战争和解放战争期间，仅晋察冀边区专区以上就办有报刊四百余种，编印图书五百余万册。如果将这种统计扩大到环绕河北的整个华北抗日根据地及解放区，时间扩展至从中国共产党成立到中华人民共和国成立，数据更为可观。这些红色图书、报刊的出版发行，团结了一大批来自全国各地的著名革命文艺家和专业文艺工作者，其中有大量文艺相关信息，是研究近现代中国革命文艺的重要史料。但因受当时物质条件及复杂局势影响，它们传播范围有限，保存困难，如今已普遍出现老化或损毁现象，面临着消失、断层的危险。

长期以来，由于对抢救、整理和利用红色文艺文献的意义认识不足，现行的科研评价、出版机制亦难以有效刺激科研工作者积极从事老旧报刊等红色文艺文献的系统整理，大量有待整理的红色文艺文献尚未进入学界的视野。特别是华北抗日根据地及解放区的文艺文献，有很多甚至还是学术盲区。如《冀中导报》《救国报》《边政导报》《冀南日报》《团结报》《前进报》《新察哈尔报》《冀热察导报》等各类党报，以及《冀热辽画报》《冀中画报》《北方文化》《五十年代》《新长城》《新群众》《诗建设》《诗战线》等期刊，虽有部分学者对其办报（刊）历程、思想以及传播等方面予以研究，但均无系统的文艺文献整理本。“华北抗日根据地及解放区文艺大系”整理的《晋察冀日报》、晋冀鲁豫《人民日报》、《晋察冀画报》，是当时华北抗日根据地及解放区党报党刊的典型代表，是党的理论和实践同文艺结合的主要媒介和载体，是华北革命文艺重要的传播平台。这些报刊，既客观记录了华北革命文艺的传播与发展，也完整展现了华北革命文艺的特殊使命与风格特征，具有极其重要的史料价值。在此基础上，我们还会将视角延伸到《晋绥日报》《新华日报·太行版》《新华日报·太岳版》等党报，不断地充实这套大型文献史料丛书，以此来系统建构华北抗日根据地及解放区的“文艺史料学”。

四、丛书特色

这套丛书的编纂，主要以抗日战争及解放战争期间华北境内各根据地、解放区出版、发行、制作之图书、期刊、报纸等红色文献中的文艺资料为内容。编纂特色主要包括：

（一）抢救珍贵历史文献，弘扬伟大建党精神。

华北抗日根据地及解放区的红色文献发行于条件艰苦的战争年代，数量少，印制质量粗糙，历经岁月的洗礼，留存下来的品相完好者已经很少，有些到今天已成孤本。这些文献作为特定历史时期和区域的产物，见证了中国共产党领导华北人民争取民族独立和人民解放的伟大历程，反映了华北近代社会的巨大变化，蕴含着珍贵的史料价值和鉴往知来的现实意义，是中国共产党领导的文艺事业、新闻出版事业与意识形态建设发展的历史见证。它们诠释了党的初心和使命，蕴含着坚定的理想信念与崇高的革命精神，到今天仍然具有强大的感染力与说服力，是陶冶情操、磨炼意志，走好新时代长征路的有效精神资源。抢救性搜集、整理与研究这些珍贵历史文献，有利于增强党政干部政治信仰，弘扬伟大建党精神和践行社会主义核心价值观。

（二）文艺与党史密切融合，拓展革命文艺与党史研究的新视野。

革命文艺作品的创作、发表和传播，和党的历史任务和奋斗实践是分不开的。在艰苦卓绝的革命岁月，奋斗前行的中国共产党始终强调，既要拿“枪杆子”，也要拿“笔杆子”。革命的文艺工作者，一手拿枪，一手拿笔，深入农村与抗战前线，以人民大众易于接受和欣赏的形式，宣传党的政策，推行党的方针，为中国共产党顺利完成不同历史阶段的中心任务和伟大使命发挥了独特而重要的作用。本套丛书收入的文献史料，主要是抗日战争与解放战争时期党报党刊中的文艺作品与文艺史料，它们鲜明生动地体现了党的历史，党领导人民争取民族独立、人民解放的奋斗历程和精神面貌，从而为学界从文艺角度研究党史和从党史角度研究文艺提供了有力支撑。

（三）作品汇编与史料梳理并行，还原革命文艺的历史场域。

“华北抗日根据地及解放区文艺大系”的编纂，全面辑录华北抗日根据地及解放区党报党刊上刊登的诗歌、小说、戏剧、报告文学、散文、歌曲、版画等文艺作品，并系统梳理当时文艺发生、发展、传播以及社会各界文艺活动的各类消息和报导，同时选编了大量的河北红色文艺作品作为补充。这种文艺史料与文艺作品的配合整理，还原了革命文艺的历史场域，有利于构建对革命文艺的科学认识。

五、丛书内容

（一）《〈晋察冀日报〉文艺文献全编》共三十八卷：

诗歌三卷

戏剧一卷

小说二卷

文艺评论三卷

文艺史料九卷

外国文艺二卷

散文报告文学十七卷

歌曲版画一卷

（二）《晋冀鲁豫〈人民日报〉文艺文献全编》共十一卷：

诗歌一卷

戏剧、小说、文艺评论一卷

散文报告文学五卷

文艺史料四卷

（三）《〈晋察冀画报〉文艺文献全编》一卷

（四）《晋察冀日报社人物志》一卷

（五）《河北红色文艺作品选》共六卷：

诗歌一卷

戏剧一卷

散文一卷

小说三卷

六、编纂体例

（一）整套丛书题材丰富、门类众多，在体裁上不做强行统一。

（二）丛书中所录作品均为当年报刊发表的原文。为确保丛书的文献性、学术性、专业性和资料性，丛书编辑加工的总原则为保持文献原貌，内容上不做改动。

（三）文字的使用

1. 丛书中文字的使用以 2013 年教育部、国家语言文字工作委员会公布的《通用规范汉字表》为准。

2. 丛书中的古体字、通假字、俗体字，以及所涉及姓名字号、职官地理等专用字，均予保留。

3. 丛书原文字迹模糊残损，但仍可辨认或可依上下文校正，以字外加方框“□”表示；原文缺字或无法辨识，且无法校补，每字以一个方框“□”表示；如无法统计所缺字数，则以“⧄”表示。

4. 丛书中数字的使用，保持原貌。

（四）标点符号及其他符号的使用

1. 丛书在不改变原文意义的情况下，将旧式标点改作现行标点符号。

2. 丛书原文中出现代表文字的符号，如“×”“△”“○”“▲”等，保持原貌。

3. 丛书原文中的着重号、专名号等不再保留。

（五）其他

1. 丛书原文中的注释，保持原貌；编者亦出部分注释，供读者参考。

2. 因为原始文献本身产生于战争年代，保存不易，漫漶不清处较多，丛书疏误之处在所难免，希望专家读者批评指正。

七、鸣谢

本套丛书得以顺利面世，要特别感谢中共河北省委宣传部、河北省社会科学院、河北教育出版社的资金支持，以及北京大学陈平原教授、中国社科院文学所刘跃进研究员、南开大学文学院李扬教授、河北师范大学文学院王长华教授等，为丛书编纂提供了多方面的学术支撑；晋察冀日报社老报人及报史研究会诸位老师，中国社科院文学所现代室、中国丁玲研究会、中国现代文学馆各位专家，也在丛书编纂过程中提出了许多建设性意见；院内外的数十位年轻科研工作者，在原文录入和校对方面付出了艰辛劳动，确保了项目的顺利进行。在此一并致谢。

把艺术交给大众（代序）

——祝贺“华北抗日根据地及解放区文艺大系”结集问世

中国社会科学院　刘跃进

由河北省社会科学院文学研究所编纂、河北教育出版社出版的“华北抗日根据地及解放区文艺大系”结集问世，值得庆贺。

文艺是时代前进的号角。1937年7月7日，卢沟桥事变爆发，全面抗战由此而起。广大的爱国知识分子和青年学生，表现出同仇敌忾的民族气节，走出书斋，走出校园，用知识，用智慧，用不屈的精神力量唤醒民众，用实际行动担负起抗日救亡的历史重任。在此后的岁月里，延安文艺和华北抗日根据地及解放区文艺，是中国共产党领导下的两大主体，双峰并峙，展示着那个时代的风貌，引领了那个时代的风气。

随着抗日根据地的开辟，延安文艺工作团、西北战地服务团、东北促进纵队干部队、八路军总政治部前线记者团等大批文艺工作者，随同党政干部一道陆续抵达华北，东北、平津的青年学生也纷纷冒着生命危险来到边区。他们一方面积极创作大量街头剧、活报剧、街头诗、墙头小说、木刻版画、歌曲、舞蹈等革命文艺，开展抗日救亡宣传运动；一方面也通过开办文艺干训班，开展各行业、各阶层甚至全民的文艺创作与评选活动，吸引工农兵群众加入文艺队伍，掀起了“晋察冀一周”“冀中一日”等具有深化性质的群众写作运动，以及“创造模范村剧团”“穷人乐”等群众戏剧运动，为晋察冀文艺史添上了浓墨重彩的一笔。

说到这里，我想起2009年参加《北平学生移动剧团团体日记》捐赠仪式的一段往事。从1937年到1938年，在中国抗战史上唯一以大学生组成的“北平学生移动剧团”在长达一年半的时间里，历尽艰难，转辗于国民党第五战区的各个战场，演出话剧，创办报纸，宣传抗日，鼓舞斗志，谱写出响彻云霄的时代赞歌。移动剧团的成员每人一周轮流记述，用日记形式记录了那段不平凡的岁月，《北平学生移动剧团团体日记》就是这部历史的记录。它不是写给个人看的私密记录，也不是为将来面世扬名。作者完全出于一种历史责任，真实客观地记录了那段鲜为人知的历史，体现出强烈的史家意识。日记封面上有这样一段题记，“北平学生移动剧团·愿我永恒·中华民国二十七年二月二十三日始·璧华”。孤立地看这部日记，也许没有什么轰轰烈烈的战斗业绩，也没有什么感人肺腑的情感纠结。客观、平实是它的本色，正是这种本色，为那个历史年代留下一段真实。“北平学生移动剧团”的抗日活动，是文艺工作者投身抗日洪流中的一个历史缩影。

随着抗战的胜利，察哈尔省会张家口解放，晋察冀文协、晋察冀剧协、晋察冀音协、晋察冀美协、晋察冀通讯社、晋察冀边区剧社、晋察冀日报社、晋察冀画报社等文化团体随中共晋察冀中央局和军区领导先后开赴华北根据地，一大批文艺工作者也随之来到华北，开展丰富多彩的文艺活动。他们坚持毛泽东《在延安文艺座谈会上的讲话》中指出的方向，一手拿枪，一手拿笔，深入农村与抗战前线，既为切身体会工农兵的生活，也为深刻了解工农兵的需求，从而在根本上克服了自身相当普遍和严重的艺术至上主义思想倾向，为工农兵而创作，为工农兵所利用，以人民大众易于接受和欣赏的形式，普遍写人民大众的生产战斗故事。譬如左翼作家邵子南，于 1938 年 10 月随西战团到晋察冀，主持战地社日常工作，主编《诗建设》；1943 年整风运动后，他到阜平任小学教员，在反“扫荡”中与群众、民兵一起转移、战斗，还直接在五丈湾跟随李勇的游击组对日寇展开地雷战；1944 年 5 月随团回延安，在鲁艺任教，后调陕甘宁文协搞专业创作，开始大量创作反映晋察冀边区生活的小说。他以亲身体验为基础创作的短篇小说《李勇大摆地雷阵》（后改为《地雷阵》），运用阜平农民群众的语言，以口语化方式讲述了爆炸英雄李勇的抗日故事，明显吸取了民间说唱文学的优点，特别是在白话叙述中还插入不少快板式的韵白，更适合群众的喜好，因而在当时广为流传，家喻户晓，起到了很大的宣传鼓动作用。其他作品，如《荷花淀》《太阳照在桑干河上》《漳河水》《赶车传》《王九诉苦》《孟祥英翻身》《新儿女英雄传》《白求恩大夫》《我的两家房东》《穷人乐》《李殿冰》《戎冠秀》《没有共产党就没有中国》《团结就是力量》《没有土地的人们》《白毛女》等，都是成功的文艺典范，在现代中国文学史上占据比较重要的位置。

在华北抗日根据地及解放区的文艺创作成果中，还有数以万计的文艺作品和极具研究价值的文艺史料刊发在根据地及解放区所办的报刊上。很多作者，本身就是农民、战士或基层工作者。他们把自己的经历和熟悉的人和事，通过小说、戏剧、诗歌、报告文学、歌曲、绘画、舞蹈等文艺样式记录下来，语言通俗，富有生活气息。人民既是历史的创造者，也是历史的见证者；既是历史的“剧中人”，也是历史的“剧作者”。让故事中的人物自己编词、自己表演的创作方式，很好地反映出人民的心声，并让人民群众从生动活泼的艺术作品中得到教育，这确实是一个成功的尝试。

配合党的中心工作，“把艺术交给大众”，通过文艺唤醒大众，这已成为华北文艺工作者的自觉意识。他们积极响应伟大的民族抗战对文学艺术提出的时代要求，充分兼顾到广大人民群众的接受习惯和欣赏水平，创作了大量的作品，真实地反映了燕赵儿女火热的战斗与生产生活，起到了良好的宣传教育与鼓动激励效果。刘萧无编排新闻报道剧《李殿冰》，编剧与演员一起住到李殿冰家里，以便于熟悉主人公的生活，搜集真实生动的群众语言，还模仿他们的动作，理解他们的心理，甚至还让主人公李殿冰等直接参与剧本的修改和编排。描写群众的生活，邀请群众参与创作，这是当时文艺工作者走群众路线的生动体现。该剧演出后获得当地老百姓的极大赞赏，鲁中实验剧团还专门学习该剧的创作方法，创编了三幕五场话剧《过关》。艾思奇《前方文艺运动的新范例》更是誉其开创了前方文艺的新范例。抗敌剧社的《王老三减租小唱》、冀中火线剧社的话剧《我们的母亲》，也都具有这种特色。

这些文艺作品，可能略显仓促，有的甚至急就于战火中，所以在素材提炼、人物形象塑造以及语言的使用、细节的刻画等方面还有很多不足。但是，这不是一般意义上的创作，而是燕赵大地为争取民族独立、人民解放的集体记忆和行动号角，是中国革命事业的重要组成部分。华北抗日根据地及解放区的文艺，有很多这样未经沉淀的纪实作品，不管其艺术性如何，但在发动群众、组织群众、铸就抗击日寇和国民党反动派铜墙铁壁方面，发挥了无可替代的作用。20 世纪五六十年代，河北地区涌现出大量的红色经典，便是华北抗日根据地及解放区文艺的传承和发展。

2017 年 6 月，河北省社科院文学所郑恩兵所长来京与我们协商合作研究事宜。我根据所了解的信息，建议他们结合地方特色，做好地方红色文艺文献的搜集整理与编纂出版工作。“华北抗日根据地及解放区文艺大系”就是那次商讨的成果。全书由五个部分组成：第一部分为《晋察冀日报》文艺文献全编，第二部分为晋冀鲁豫《人民日报》文艺文献全编，第三部分为《晋察冀画报》文艺文献全编，第四部分为晋察冀日报社人物志，第五部分为河北红色文艺作品选。全书收录各种文体的作品六千余种，包括小说、诗歌、文艺评论、戏剧、报告文学、散文、文艺通讯、美术、书法和音乐、文艺史料，还有文艺信息、文艺广告，基本涵盖了华北抗日根据地及解放区的文艺创作情况，具有很高的研究价值。

时值中华人民共和国成立七十五周年之际，我们有机会阅读这部皇皇五十余册的“华北抗日根据地及解放区文艺大系”，更加深切地感受到新中国的建立真是来之不易，她是无数条战线的可歌可泣的人们不懈奋斗的结果。在这样一个特殊的日子里，我们感念当年那些有名无名的作者，感谢参与整理工作的学者，当然，更要感激我们这个伟大的时代。

目录

阜平战斗中的子弟兵和老百姓

九月下旬，敌人增兵曲阳、石咀、五台共千余人，从东西两面分三路会犯阜平。二十九日晨，这三股敌人便在阜平城里会合了。

当曲阳的敌人经王快阜平前进的时候，我军×部也跟在它的屁股后面出动了——我们要把它撵出阜平去。

我们的军队，一天一夜赶了一百多里地，于二十九日上午进到阜平城外，一部占领小白山，另一部猛冲入阜平城，跟敌人展开激烈的巷战。我们的战士，在街道上用刺刀和手榴弹猛击敌人，给了它极大的杀伤。

当天下午，一股敌人向北进犯，它刚出阜平城，便遭到我们军队的侧击，一下杀伤它六十余人。

经过几次打击，敌人慌了，它不敢再停留，便狼狈不堪地滚出阜平去了。

在阜平战斗中，我们的军队和老百姓，互相帮助，一致协力，表现出坚决保卫根据地的英勇模范。现在我们简单地在这里介绍一些实际的例子。

机枪射手邵玉生

我们的重机枪班刚刚进到阜平城东的小山上，便看见鬼子从城里出来了，前面有几个带指挥刀的军官。

排长一喊打，机枪射手邵玉生便扳动枪机，让机枪狂叫起来，只见那城外河滩上鬼子横七倒八躺了一大片。政治主任拿望远镜一看，说道：“打得真好，打倒二三十个。”

这一下邵玉生更起了劲，咬紧嘴唇向那些乱跑乱叫的鬼子和洋马猛射着。鬼子的大炮和重机枪都架在驮子上，在慌乱的情势下也来不及卸下来。

后来，鬼子定了定神，这才调转队伍，用优势的兵力向我进城部队猛扑。而我们的重机枪换了一个新阵地，又给了它一个突然不意的扫射。（彭蕴棠）

排长和四班副

在激烈战斗中，我们的机枪班长挂了花，射手又不在跟前，机枪便停止了射击。鬼子乘着这个机会冲上来，气势汹汹。正在这非常危险，眼看就要吃亏的时候，机枪又忽然咆哮起来，大家乐得向那里一看，原来是一排长正挺着身子，端着机枪在扫射敌人。于是，敌人被打垮下去了。

在西面，四班副董国才，带领着四班的战士们，到西门堵截敌人。他们刚进入阵地，正好碰着敌人从西门冲出来，董国才便指挥全班，排子枪齐放，当下就打倒了五六个敌人，但董国才自己也负了伤。敌人的炮火一阵比一阵紧，可是董国才依然带伤指挥队伍，有力地堵击着敌人，他没有离开火线。（李殿文、戴新民）

老太太抬担架

战斗结束后，我们从城北的山上，慢慢转到东山上来。红色的阳光照着伤员身上红色的血。

在一条小沟里，我们遇见了一个老太太，她一听说有一个子弟兵的伤员，便亲热地过来照应，把伤员扶进她的屋里，忙着烧开水熬稀饭。

我们动员担架，可是村里只回来三个男人，四人缺一，担架怎么抬呢？我们正在为难，这个五十多岁的老太太却在一边说话了："没有人吗？我来抬！"

我们因为路难走，道又远，而且老太太又是上了年纪的人，便谢了她，说不用她来抬。可是她一定不依，坚决要抬。最后，到底是三个男人和一个老太太把担架抬走了。（苏杰）

老乡真是好

二连机枪射手张记生同志在战斗中光荣地挂了花，而且因为情况紧张，跟队伍失掉了联络。

后来，他在山上遇见了一些老乡，老乡们看到是自己的伤员，便把他背回村里。

张记生就在一个老乡家里住下来，老乡对他真好，如同照应自己的亲生儿女一般，不但不短吃的喝的，而且替他找村里医生给他上了药。过了几天，老乡便把他小心地送回部队来了。

我们见了张同志，便问他："怎么样？"他说："老乡真是好，如果不是老乡这样救我，我哪能很快回部队来！"

真的，老乡们是多么的爱护军队、帮助军队呵。在敌人退出阜平以后，许多老乡都来帮忙打扫战场，抬送担架。战士们很感激地说："老乡，可麻烦你们啦！"而老乡却说："哈，可不要说麻烦，这是咱们该做的事情呀！"

军队打了胜仗，老乡们真兴奋得不得了。他们争着来慰劳自己的军队，光在十月五号这一天，我们便收到四只羊、五只鸡、一百多斤蔬菜，战士们都说："要多打胜仗来回答老乡。"（武占国、容人）

（《晋察冀日报》1942年11月1日，《子弟兵》副刊第63期）

朱家岗的伏击战

裘永芳　李棠绩（政教）

夜间，得到情报说下河的敌伪明天早上六点要出发到曲阳去取得联络，营长得到了这个消息，考虑过后便下定决心要在朱家岗公路旁边伏击这股敌人。

这是十月二十日早晨三四点钟，×连的战士们一个紧跟着一个，在黑黑的夜里奔向伏击地区，隐蔽着。

天亮了，远远看见下河堡垒出来了一大堆人，前面走着的是几个警备队和抓去的青年，在十几米达后面跟随着三十来个日本鬼子，糊里糊涂地向前走。

我们的伏击部队让过了警备队和青年，但是当鬼子接近的时候，一排的歪把子便激烈地咆哮起来，排子枪也一齐发射。鬼子刚一慌乱，我们的战士已经冲了下去，手榴弹响得更热闹了。一排长张春玉首先缴了一条步枪，一班长张德昌拣起一支步枪，回过头来又看见地上的伪钞掉了一大堆，他顺手抓了一把，准有一千多块钱。二排在副排长刘占才的率领下，也早已从右侧冲上去，七班却抄到敌人后面打屁股。

鬼子在地上乱滚着，乱爬乱叫着，勇敢的阎风喜同志冲上前，想捉一个活日本，不提防一粒子弹从敌方射下来，把阎风喜的手指头打掉了一个，但他还是向敌人追去。

鬼子被我们杀伤了二十多个，光死尸就有十四具，其中有两个是负伤后藏到柴草堆里，后来曲阳敌兵来增援，自己放火烧死了。

这次战斗，要不是敌人放了毒气，我们一定能够把鬼子消灭个干净！但是我们的胜利还是不小，我们还捉了一个伪军、一个投敌分子，缴了好几条枪。

（《晋察冀日报》1942年11月21日，《子弟兵》副刊第65期）

王子山战斗的故事

你再给我几个手榴弹

我们强攻王子山，枪炮声像滚雷，仗打得正猛烈，八班长宁祥谦挂花了，连长叫他下去，他答道："不，今天不消灭鬼子，就死也不下去！连长，你再给我几个手榴弹！"连长看他那样坚决，便从旁的同志要过来四个手榴弹给他。他拿着手榴弹，第四次又冲上去了，手榴弹把五六个鬼子打倒了。（郭篑州）

活鬼子用死鬼子当工事

夜袭王子山，我们在敌人猛烈的枪炮下，冲锋七八次，拿下了第一道工事，鬼子们没了办法，便把死鬼子和伤鬼子一个个垒起来，当做工事，垒得准有三四尺高，战士们笑着说："这回我可开了眼，打了这么多年仗，都没有看见过用死鬼子当工事！"（铁风）

刘圈负伤更顽强

刘圈同志是机枪班长，二十三日的上午，他在山头上用机枪抗击一百多鬼子，他打得很准，有一次他七发子弹打住了四个敌人。可是我们的机枪阵地只有七八个人，敌人的重火器密密地射击着，不幸，刘圈同志的左手中了伤，同时另外两个同志也挂了花，只剩下四个人。

刘圈同志说："左手负伤，右手能打就行！"他不下火线。后来敌人更接近了，刘圈也不打机枪了，他拿起手榴弹，一个个很沉着地打出去，又坚持了半个多钟头才撤下来。鬼子死在刘圈同志机枪下面

的少说也有二十多个。(程步改)

誓死不离开自己的阵地

九连四班长马宗山同志，他对本班的同志说："上级让我们固守阵地，我们誓死也不离开自己的阵地!"他们打垮了敌人的几次的冲锋，最后马宗山自己也光荣地牺牲了。(张贵申)

老乡们开会庆祝

王子山战斗，兴奋了唐县的老乡，他们眉笑颜开，三三两两地谈论着八路军的英勇。

成千成万的老百姓在开庆祝大会，儿童团唱着："××团真勇敢，敌人闻声就胆寒……"老乡们给送来三口猪四只羊，还有好几千个柿子，还写了一封慰劳信。(臧玉恒)

(《晋察冀日报》1942年11月21日,《子弟兵》副刊第65期)

弹雨中抢救出副营长

段顺成是五个受奖的第一个

罗拉

段顺成同志是六连的一班长，十月十七日上午，在南白虹打击敌人运砖筑堡垒的反蚕食战斗中，他率领了全班的战士，和副排长勇敢迅速地夺取了敌人的一个阵地，自己方面毫无伤亡。

当任务完成归还主力，走到另一个山头的时候，他们的胡副营长正在前面阵地上被敌人的机枪打伤了，不能行动，而敌人的枪弹仍然像雨点般地向副营长扫来，通讯员们也负伤了。段顺成同志立刻命令全班："我们班不能走，我们不能让副营长死在这里！我们要与副营长共生死！"战士们于是沉着地回击敌人，段顺成同志和两个战士把副营长从敌人凶猛的火力下抢救了回来。

在二十日的晚会上，佟主任表扬了他，并且奖给了他一双新鞋和一条毛巾，段顺成同志是这次晚会上五个受奖的第一个同志。

（《晋察冀日报》1942 年 11 月 21 日，《子弟兵》副刊第 65 期）

我们解决了着急的问题

杨永修

我×部×连在井陉住着的时候，和群众关系很好。这次到了平定，开头群众对我们的关系就比较差了。因为平定老乡认为我们只是过一下罢了，不是经常驻在这里的队伍。我们大多数是河北人，他们认为只是保卫平山井陉的。因此，闹出一种笑话：和我们一同驻在那一带的×连借什么都有（×连早先就常驻那里，又都是平定人），我们却什么都不好借。我们连队首长见到这种情形，也着实着急。

过了几天，正是秋收时候，我们停了操课，帮助群众进行秋收，并且向群众宣传。每天很早就开饭，到地里帮助他们，又用嘴巴说明了我们是保卫平定、保卫边区的部队，和老百姓不离开的，今天帮助他们秋收，和收割自己的庄稼是一个样的。又和他们讲到明年反攻和战后新中国的事情。并且，我们帮助了村公所算账，闹统一累进税。不到五六天的光景，我们的军民关系，就大有转变了。

他们还发动了大批蔬菜慰劳我们，村里有什么事，也高兴找我们帮助解决，真正是一家人一样了。

（《晋察冀日报》1942年11月21日，《子弟兵》副刊第65期）

一个青年共产党员的战场工作

林中

容三小是×部一连的一个青年共产党员，有一夜，出发到平山李家坡堡垒跟前打击敌人。完成了任务，队伍撤回的时候，他们又担任了后班卫。队伍经过距堡垒五六米远的一块萝茯地，月光下，萝茯又大又白。有一个同志拔了两个，跟着有些同志也不约而同地拔起来。容三小马上向大家说："同志们，萝茯虽然在敌占区，但是有主的，因为是在敌占区，我们更应该爱护群众利益呀！"最后他又大声说："我们不破坏八路军的光荣传统！"大家被容三小提醒了，都惭愧地又把萝茯放回地里去。

（《晋察冀日报》1942年11月21日，《子弟兵》副刊第65期）

王楞儿收线摘炸弹

小司号员王进才

五六号三连一班到岗头与大栅之间的汽车路上时，王楞儿同志就要求上杆子去剪电线。在他上了两个杆子之后，敌人就发觉向电线打开枪了，但是他还是沉着地剪着，边剪边说："怕什么，夜间打不准，敌人唬死他也不敢下王八窝"！大家还是继续地弄，后来地下的人发觉了前面杆子上有敌人挂的手榴弹，就告诉了王楞儿同志，但他毫无惧色地说："那才好哩！正好拿他的手榴弹来打他！"结果他摘下了敌人三个手榴弹。

等他那三颗手榴弹发挥威力时我再报告这个游击英雄的成绩吧！

（《晋察冀日报》1942 年 11 月 21 日，《子弟兵》副刊第 65 期）

宁愿自己刻苦不叫新同志有困难

杜振佳

上级知道现在物质困难，我们不容易买到手巾，最近给我们每人发下了一条手巾。但我们队上有几个刚来的新战士，名册上没有他们的名字；新手巾领下来了，大家每人一条，偏偏缺了几个新战士的。晚点名的时候，上级有个号召说要帮助新战士解决困难。通讯员陈银定、张福达，司号员蔚芬三个青年异口同声地说："把我的新手巾给新战士吧，我还有条旧的呢。"

解散后，他们立即把新手巾拿出来给了新战士。

（《晋察冀日报》1942年11月21日，《子弟兵》副刊第65期）

“死人仓库”

——东北暖泉矿工生活

张帆

夜，风雪在狞啸着，世界上的一切仍然沉睡着。

“还不起来，狗东西们!”

“小把头”（注）们提着棍子，气势汹汹地从这个房子走到那个房子，高声地吆喝着。

二万多黑色的“猩猩”，随着这淫威的喊声，蠕动起来。伸懒腰、打嚏喷、寻锅灶、拿柴火……所有的房子里都嘈杂起来。而不久，这些充满着汗臭尿臭的屋子里，又增加了一种新的烟气和咳嗽、叹气和擤鼻子的声音。

喝完没有菜和盐的稀饭，天还是黝黑的，矿工们成群结队地，光着头、赤着脚、缩着臂膀，狼狈地蹒跚于七里的长街上。凛冽的朔风无情地向他们袭来，那被汗液和煤渣浸蚀了的破烂衣服，碰着东西就“巴拉巴拉”地响起来。在这异样严寒的路上，许多矿工的手、脚冻得溃烂，耳朵、鼻子和手指被冻下来。

到了矿井，还不能马上下坑，必须先到大柜开三联票〔老虎系一联，饭票系一联。“小衙门”口（坑口）一联〕，再到“缲迁所”（属老虎系）验票，然后到“灯房子”领灯牌子，按号取安全灯，把灯插在帽子上，脊背揹起电池，才能站在小衙门口（坑口）等着排队，下坑。

矿坑里有干线和支线，靠近坑口的左边第一支线，敌人叫“左一片”，第二支线叫“左二片”，余类推，右边的也是如此称呼。如果煤挖到“片”的顶端没有了，就必须在“片”的两面横着挖，工人称为“开大场”。以前“开大场”是用大木料顶着，现在只用细小的木棍，因此许多矿工被活埋了。

坑内因为没有抽水的设置，所以有水掌（水片）和旱掌的分别。在水掌里挖煤，半个身子都要浸在泥浆里，只要挖半个钟头，就会冻得说不出话来。如上来烤一下“巴拉干子”（注）叫鬼子看见，那是不得了的事，顶轻是一顿毒打。太平洋战争爆发以前，“小掌子”（小片）用九个人至十一个人，挖十五车煤，现在用七个人却硬叫挖十九车！读者们请冷静地想一想：在煤渣和尘土飞扬着的乌黑的矿坑里，一个人头上闪烁着鬼火般的灯光，背上扛着大块的水电池，腿脚陷在泥浆里，不停地挖掘着那蛇皮似的光亮的石头，汗无休止地在眼前流滴，额角和青筋蒸腾着雾气，这是什么样的一个景象呀！

往常，人们用“吃阳间的饭，干阴间的事”来形容矿工的生活，但在暖泉就不是这样，矿工们是“吃阴间的饭，做阴间的活，两头不见太阳，像机械一样地挖煤”。每天，他们最少要挖十几小时的煤。

一次，一个矿工饿了，吃了两个高粱饼子被监工的鬼子看见了。

“好，你停工，谁叫你这样的干活的？”说着，举起锤子向那工人的门牙打去，他来不及躲，门牙就被打掉，血不停地流倾着。可是，鬼子却凶狠地叫喊：

“看，谁停工就叫他这样！”

现在，敌人深恐矿工和外界接触，起了“化学”变化而暴动起来，在矿区的周围筑高墙架铁网，并加强组织，在暖泉采炭所（工人叫它大衙门）下设劳务系（工人叫它老虎系）、运输系和饭票系，老虎系下再设管理内部事务的内勤和专事敲诈的外勤及特务机关、警备队。另外利用青红帮把矿工分成内、外工（内工是从关内抓去的，柜上配给吃的；外工是从山东黄县及河北唐山一带以花言巧语骗去的）交给李、王、胡、干、渠、楚、毛七个大柜管理。表面上矿工有工资不少，头等工人每天就一元八，一月五十四元，其实一个也没有。敌人每月要扣去：（一）饭票三十元；（二）电灯费二元；（三）家具费四元；（四）互济金六毛；（五）人口税一毛；（六）卫生费三毛；（七）劳工协会（不管入不入）费一毛；（八）才去的工人还要扣皮带费（实际是布的）二元、灯帽费二元、饭锅费一元、筷子费三分、碗费二毛，做工损坏一个灯泡子扣洋五毛，坏了玻璃扣三毛，碰伤灯盒子扣五元，坏了安全灯扣六十元。此外，还有煤炭费、交通费（因为走的是敌人的铁路呀！）、防空费……这是正当的开支，其他每月孝敬“坑长”费、“喂鬼子”费（贿赂鬼子多画工码，否则他不给画够格）……是说不清有多少的，随便拉住一个矿工，问他：“每月开支如何？”

“大鸡蛋！”他会很干脆地回答。

高度的非人类所能支持的劳动和难以忍受的饥寒，使许多矿工们得了难以医治的疾病，但是“把头”们并不管这些。“谁有病，来！老子给你治！”他们骂着、挥舞着“把子”向病人打去。运气好的话，挨过打骂，大柜给介绍到“事务所”填票，拿着票到“缫迁所”和饭票系打盖章，回来大柜看章印借给一块钱，所谓钱只有二三毛，其他是些不必要的东西。但是就这样借钱法超过三次，就不准再借了。

矿上也有所谓“医院”，除了院长、内外科主任外，就是看护和杂务人员，没有医生。内科管“私伤”（自己不留心得的病），外科管“公伤”（因打眼或推车受伤）。“私伤”残废给二毛钱，“公伤”残废还给少量的钱。住在“医院”的人总是满满的，不能动的重病人要拉屎，看护们总是严厉地说：

“等一会！就是你事多！”

一回，一个病人在炕上拉了屎，看护说他妨害公共卫生，用鞭子抽打他，瘦弱的病人经不起鞭子就死去了。现在矿里流行着“送医院就等于见阎王”的话。

每天从“医院”抬出的病人总有几十个，还能呼吸的时候，他们就把稍好的衣服脱去，交给“死人仓库”去，那里老虎系的人记下号码，扒下破褴的衣服靴子，不管死不死就把尸首扔到暖泉的东山去。一些吃大烟的流氓们想弄七毛钱在“大烟配给所”买一个大烟，所以，他们不管一切地拼命在东山上捡“洋落”！剥去死人最后的内衣。而狼群在夜间嗥叫着，吃去死尸所有的皮肉。

有时候，矿工们打架，在最愤恨的时候，就说：

“迟早你这小子要上东山！”

“‘死人仓库’里还差你这一块骨头！”

俗话说：“哪里的黄土不埋人！”可是，暖泉东山的黄土就不埋人！

注：

“大把头”“小把头”系工头，手里拿着有“把子”的棒子，专门打工人。

“巴拉干子”是大家围着烤火，用干子扒火的意思。

（《晋察冀日报》1942年11月28日）

“我和我的战友们”

——日本士兵要求书参考材料

李非

【新华社山东电】今年七月十四日，在鲁南抱犊岗和白颜战斗中被俘的日本弟兄山口楷册是今年二月从日本东部师管区征调出来的一位“初年兵”。这次我访问他时，他热情地握着我的手说：“用不着你再说了，我现在回想起沛家村（新泰县南之敌据点）的新兵训练集中营的情形时，我真惊心动魄呵！”接着他又告诉我一些关于他和他的朋友的反战故事。他说：

“我们新兵的生活是没有一天痛快的。我们每天除了挨打挨骂以外，还要给老兵和军官们造饭、擦枪、擦背、擦鞋，从天明一直到天黑，一点闲空也没有，连写信的时间都剥削了。从前我们还有礼拜天，现在连这一天闲空也没有了。因每个礼拜都要举行清洁大检查，因此我们唯一的精神朋友就只有酒和烟。但自今年三月二十三日‘军旗祭’喝过一次酒以后，差不多三四个月来没有闻过酒味。”

“我们新兵每天起码被鞭打一次。轻机枪班的二见二等兵在轻机枪解剖实习时，由于动作稍微慢一点，就被大沼上等兵拿机枪筒打破了头。这件事惹起了机枪班全体新兵的愤怒。第二天早晨点名时，我和二见故意请假。曹长兒峰来点名时，新兵们说：‘二见头破血流过多，不能出操。’曹长问：‘为什么头破血流?!’士兵们异口同声地说：‘请问大沼上等兵。’于是大沼当场被教训了一顿。可是当天晚上，大沼上等兵还在曹长屋里头跟三个‘国际妇人会’的妇女大吃大喝。”山口同志又说：“在我们的部队里周番上等兵是最不受新兵欢迎的。每晚他查营房时，专找士兵的‘岔子’，打骂士兵，监视士兵逃跑，士兵们每晚半夜里一定被叫醒一次，挨打挨骂，这是个不变的规律。今年三月间天冻冰的一夜，由于野外演习疲倦不堪，机枪班全体新兵都已睡熟了。但在半夜里都被叫醒起来，周番上等兵向我说，你们这些昏头昏脑的家伙们，枪挂得不整齐，罚你们到城边淋一罐'冰水'。新兵都脱光了衣服，从头上泼了一罐'冰水'。回营以后，全体新兵怒气冲天，第二天早操一律不上，结果被关在'重营仓'过了五天禁闭。"

"今年四月间袭边，新兵在'对苏军阵地进攻战'演习中丢了刺刀扣子，结果是命令全体士兵在一千米长一百米宽的野外演习场上，遍找了两天才寻到，但士兵们已忍无可忍了，全向兒峰曹长抗议说：'我们从明天起不带武器演习了。'兒峰曹长威胁士兵说：'武器是大和军的魂。'但不久他终于葬在自己种下的罪恶里。在七月间某次战斗时，吃了一颗'后弹'变成三八枪下的'不幸者'。自从兒峰曹长吃了一颗'后弹'以后，提醒了西岗小队长。他非常和气地向士兵们说：'朋友们，你们太辛苦了，有什么困难尽量提一提，最好是写信来提，好想法解决你们的困难。'第二天全体士兵都无记名地，并且改变字迹地写了几十条的要求条件。第一条上说：'我们不是不懂理的三岁小孩子，更不是牛马，下士官不要再动手，用嘴讲，再用耳朵听就行。'第二条上说：'小队长西冈殿下说，今年的新兵都是昏头昏脑不活泼，这句话是对的。这是因为精神不足，过于疲劳的缘故。希望西冈殿下多发一点砂糖，少操一点野外演习。'第三条：'要求出发前一律放假。'第四条：'在行军时减轻行李。'第五条：'要求周番上等兵的职权从新规定。'"

最后山口同志又介绍了日本士兵最爱唱的一首流行的歌子，歌词如下：（一）谁说是毫无道理的事，但长官的命令是执行的呵！我们得忍气吞声。（二）七月七日曾是快乐的假期，二年兵却偏要我们给他洗衣，只有含着眼泪度过这难挨的时光。（三）太阳落下去了，月光出现在东方，静静的月光下，我孤零零地擦着满是污泥的老兵的皮鞋。（四）忙得连吃干粮的工夫都没有，煤油灯又亮了，铺着草的床却把我们带到甜蜜的梦乡。（五）甜蜜的睡梦中又轮到了厌人的夜间勤务，要是稍微打个盹，就会请你吃“重营仓”。

（《晋察冀日报》1942年11月29日）

反省点滴

一、光凭经验可不沾

我先前见到有些“理论”的同志，在会议上说一大堆话，可是干起实际工作来便“二五眼”了，到游击区工作，手忙脚乱，处理问题不当。像繁峙那位会计，能讲一套，而工作搞得一塌糊涂。我认为学会理论没用，再一种想头是：学理论是做大事做领导工作者的事，我做的工作用不着，因而我干什么全是凭经验。读了毛泽东同志反主观主义的报告，检讨自己一下，才知道是错了！（霍子兴）

二、“即日开工”失败了

报社成立时，那时先计划成立石印局，王主任叫我到××庙调查一下石印机能否应用（因反“扫荡”前坚壁在那里）。我一口气跑去，看机子仍在便满心欢喜地跑回来说：“老百姓真负责任，没丢一点东西！”当下便决定马上搬回来应用，将工人宋玉堂找来去搬，岂知零件损失太多，材料全无。“即日开工”的计划也即日失败了。（王堪）

三、事有大小，过有轻重

我们做管理工作的，思想方法上有毛病，办事不看对象。有三个犯错的，一个偷了人家东西，两个是初次打架的，我罚他们三人都做了两天苦工，引起打架的二人对我不满。后来考虑这问题弄得不对，偷东西的处罚轻，打架的处罚重。往后办事一定要仔细用脑子想想才

沾。(刘则义)

四、我的八股气

去秋在阜平七区×村工作时，为提高群众情绪，将当时时局给老百姓讲。我首先讲国际，次及国内，再及边区，后谈阜平，满口法西斯、帝国主义、革命战争等名词，花费半天时间，群众听着打呵欠，悄悄蹓走好多，我问剩下的人懂不懂，他们有的说：“穆家庄那里的同志们沾，他们知道的事儿多，咱们脑筋笨，咱就知道种地，鬼子来了跑就算了。”(李剑飞)

(《晋察冀日报》1942 年 12 月 3 日，《北岳学习》副刊第 1 期)

死　人　书

邵子南

夏天的天空，越看越高，因为，它太光明了……

宇宙里面，留着骄傲的火气，风儿是吹不开的，风儿只是让火气旋转着；太阳在每一个黑夜之后都要晒地球一个整整的白昼，水力不大的溪流干了，露着粗糙的底子。石头呵，你不要太重地碰它，看它要迸出火花来。

宇宙永远继续着自己的进行，生命生长，只看见生命生长！就是消逝了的水，也以水蒸气大量地积蓄到蓝色的天空里，好结成含着雷雨的黑色的大云朵。

土地在强烈地吐气。

战争刚好过去，一个战士在部队转移的时候，被敌人射了一枪，从岩上滚了下来，在乱石与深草之间躺卧了好久。

同志们找不到他，山是那样的大呵！

他卧着的石头是滚烫的，草，叶儿卷着。

他早就在受伤的那一刻晕过去了，天气又热，伤又重，山又高，石头又太大。

风拂着，他醒了……

好久，好久，他才深长地叹息着：

——受伤了！

声音虽沉而雄而长。

火热的岩石没有回音。

不□等待别人来找他，他也没想到这是什么地方，他只记得是作了战。他是战士，他只记得作战、受伤、爬回去。别人的救援、慰问，他是知道，以前他也曾这样救援过、慰问过别的受伤战士，但他本分地只记得作战。战斗是战士的职业。我们的战士每一个都可以是一个指挥员与高度主动的战斗者呀！

受伤了吗？第一个问题是爬回去。还有战斗，还有战斗。疲乏与胆怯是可耻，在战士灵魂上，只能像一片小云气落到太阳这个圆体上，会烧得无踪无影的。

他努力站起来。伤太重了，一颗子弹射穿了他的肚皮，一颗射在他的腿上，又跌得遍体鳞伤了。站起来的努力失败之后，他动手爬。

行动让创口震动流血，给了他一阵昏眩。

他咬着牙齿。

——好歹是死！

他动着。他触到的岩石和野草都染上血。

痛苦让他又昏去，疲乏让他伸不出手去。他休息了一会儿，又爬。

最后，他明白了：

——会死了！山太大，爬不出去的。

于是他躺着，心里平平静静……

太阳烤着，热风动荡着。

他感到了寂寞，想要做点什么。

战士是不能寂寞的，死更不是需要等待的，痛苦，除开让人头昏之外，再没有什么。

他拿指头蘸着血画着，忽然，他快乐地写：

——前进！

写完之后，他想再写一个，伸指头去蘸摊在石上的血。血，好些都干了，成了黑色。

——我还该爬上去，说不定会活的。

——而且已经浪费了这么长的时间！

——痛，咬一咬牙就过去了。

——不要白糟糕了自己，哪怕只有很少活的可能。

他又爬动起来。

他越爬越慢，生命力一点点地消失。最后他却忽然快起来，生命力却也奔流似的从肉体上流出去。

风拂着，他死了……

夏天的天空，越看越高，因为它太光明了……

（《晋察冀日报》1942年12月8日，《鼓》副刊第1期）

我从边成杰那里要报告给大家的

周奋

勇敢——在八路军的成员里，是他们品质的一个方面，这是和他们的心灵里，活着崇高的理想紧紧连接着的。边成杰，这个冀中八路军××团的机枪射手，他同时又具备了另一个方面——高妙的技术。

边成杰今年三十三岁了。年岁上说明他正是壮年时代，他的体格，也说明他是一个壮年。宽阔的突起的胸膛，使他的高个子并不显得苗条；他的机枪或者步枪在他的宽大的有力的手掌里被握得很牢实；他的脸孔是古铜色的；一双眼睛很有神，在接见陌生人说话的时候，也许还有些不习惯吧，喜欢不时地细眯起一只来。他曾经在汉阳兵工厂待了十一年，做把各种零件合起来使成一支完整的枪的工作。枪，在他手上熟练极了。事变后，回到冀中，参加帮助地方游击队修理枪支。一九三八年，在安国县安阳的一个伏击战，毁敌一坦克，那里有机枪。从此以后，我们的边成杰同志，就使起机枪来了。

关于他，人们告诉我，他有过他的落后呢，团里或连里开什么会，首长们讲话。“唔，又罚立正了。”他对人们说。生活是随便，他把纪律生活认为是拘束。

但是，人们又告诉我：“他是一个很出色的英雄呢。”今年冀中反“扫荡”战役以后，谁个不这样介绍？

“敌人有一个两个三个，就是十多个子，打整梭子子弹，那就是白耗费。”我见了边成杰，他给我讲述他的战斗故事的时候这样说。还是反“扫荡”才开始时，敌人来势汹汹的情况下，他们打了“泗水战斗”。平原上的游击战是要利用道沟的。战斗中，敌人从直沟冲过来，要冲过那道桥到达一道横沟隐蔽接近我阵地。待他们到了桥顶上，边成杰意识着要打个半梭子子弹，子弹出去了二十三粒，十二三个敌人又倒下去了。接着敌人又上来了四十个左右，他打出了一梭子，放倒了近三十个敌人。剩下的也就蹲在一个低洼里，不敢前进了。

是的，看见两个三个敌人，就整梭子子弹打出去，这不但是浪费，而且，优秀的射手们认为是耻辱。在宋庄战斗，边成杰同志有时改用步枪了，用步枪要比用机枪节省子弹。敌人一个班持机枪掷弹筒沿沟道前进，边成杰静待着，等敌人只距离五十公尺了，他发射第一枪，连穿了两个敌人；第二枪打出去，第三名第四名敌人又倒下去了。余外掉头就跑，前四名所带的机枪和掷弹筒都丢在那里，没有敢拿。在赵户战斗，他的邻伴李发现约在一百三十公尺开外有一个拿旗子的，就招呼他说："打吧，你看人家那旗子一摆，钢炮就打来了。"（那旗子是指挥钢炮的）

"在哪里？"

"你来这儿看。"

"哦，就是那个拿黄旗子的吗？好！"边成杰一枪，那边，旗子就像箭似的跌落地面去了。

一个敌兵，在八九十公尺开外的一棵枣树底下，被边成杰打伤了。他摆手招呼他的伙伴来，有一个过去了，边成杰又一枪，倒了；他又摆手招呼第二个，第二个过去，边成杰又是一枪放倒了；那个敌兵仍然在摆手，但再没有人过去了。

"你是怎样瞄准的呢？"我问他。

"就是这么个瞄法。"他羞怯地没有说出什么来。

"那么，你为什么打得这样准确？"

"这没有什么。……不过，心不要慌，心不慌，枪就打准了。"

边成杰同志说的是实话。据我观察，边成杰是一个沉默的人，不喜爱多说话的。当我问他是否用很大时间来瞄准的，他才又说："不，特别是打步枪，用不了大时间，把枪一端，眼睛早看定了。如果你瞄半天，敌人他早动了，你又要再瞄。"

边成杰是多么的受感动啊！当他们的团长和他做了六个钟头以上的谈话以后，他静默了，他又羞怯地微笑了。有些人，由于他过去的习惯限制了他的进步，在生活甚至在工作的个别的方面有缺点。而我们，是需要原谅他，需要帮助他。这些人，也会有他的静默的努力。如果在自然的场合里这些努力发扬了，又加上人们的帮助和鼓励，他的努力就更积极了。

边成杰在反"扫荡"中表现了他的静默的努力。在反"扫荡"中，他发扬了勇敢沉着的优良的战斗作风，他发扬了吃苦耐劳的精神，他在行军作战中显出他的模范来。原先，人们对他都有些意见；可是现在，谁个不说他是"出色的英雄"呢。

我很景仰边成杰同志的壮实的体魄，这是他的勇敢、他的高妙的技术的基础。我见到他的时候，他的右脑盖上还有一个疤，红的新肉并没有长出黑发，那是在里贵子战斗时，一片炮弹碎片所伤的。负伤以后，边成杰同志一直跟着连队战斗，跟着连队行军，并没有休息下来。

也是在里贵子战斗。

边成杰待在土墙根下的工事里，在敌人的八八式野山甲钢炮的响鸣下，从枪眼监视着敌人，手榴弹排列在枪眼下边。他端着他的机枪，在东北口子和东南口子来回着转，哪里紧，他就到哪里去。

一个炮弹正中隐蔽着边成杰的土墙，刹那间，连土带人抛到一丈多远开外去了。

"你刨什么啦?"待他睁开眼睛，看见他的邻伴在用双手扒那堆土，他问道。

“我当埋着你哩。”他的邻伴笑了。

他抖了抖身上的尘土，又扛起他的机枪转到另一个工事去了。东北口的敌人冲到土墙跟前来了。同志们招呼他架枪射击，他却拿起了手榴弹。“用不着机枪，用手榴弹！”他说。

现在边成杰同志是他们连的机枪班长。边成杰同志一直是很健康。

（《晋察冀日报》1942年12月10日，《子弟兵》副刊第61期）

从“治安区”归来

仓夷

最近我到了平汉线西侧的敌寇所谓“治安区”里。那里同胞给我的印象是又兴奋又难堪。兴奋的是他们都非常关心国事，切盼抗战胜利，并且都明里暗里反抗日寇汉奸的统治。难堪的却是由于他们太过“多礼”了。他们——不管是大人或小孩，和客人见面时总是连连折腰作揖，并且急忙地从腰里掏出经常预备好的一大把香烟，伸长着双手递着，脚跟却站得三四步远。两颗敏感的眼珠，滑溜溜地习惯地注视着来客的动作，好像生怕挨打似的。这种局促不安的表情，起初我不以为意，待我大略了解了他们的生活实况以后，就顿时地觉察出：这里头是隐积着无限的耻辱与悲哀的。

有一个胡子斑白的老头告诉我，他们这样对待我，还是因为“咱们是一家人，用不着客气，要是……”他把声音放得很低，“要是那班家伙，这样的招呼准得挨揍呢！”

“那班家伙”就是日本兵、伪警备队、秘侦班、伪警们，几乎是每天从早到晚，他们一群群的，带着杀人的凶器到村子里来。

“唉，咱村里又要下雹子啦！”

老远的人们都叹息着。这班家伙到了村里是没有什么正经事的，不是要大米白面，就是要夫、要钱！有时他们又会玩出许多花样，来糟蹋人们。譬如他们只来了五个人，却要村里给他们做五十个人吃的大米饭，并且限定在五分钟里煮熟。这时候村里人只好给他们“送礼”——金票、纸烟、酒，不然就会受到一顿痛打与“惩罚”的。压杠、灌凉水、通电（即电死）、活埋等酷刑，在这里已经不是什么时髦的刑具了。现在“治安区”里的各个堡垒，都设了“地窖”，有人叫它是“鸡窝”，敌人随便就可以把人们抛到这冰冷污秽的地窖里，用大石板盖着窖口，让人们慢慢饿死的。

日本兵和伪警备队们，白天在各村里横行霸道，傍晚的时候，就都缩进乌龟壳——堡垒里去了。在这一带的堡垒，都是修筑得十分讲究的，他们把各村最好的砖房、砖墙，都连地基一起拆毁了，把砖运去修筑堡垒。堡垒的四周有很深很宽的“护垒壕”，沟上设着吊桥。堡垒里有澡塘、炭窑。鬼子和伪警备队们住在堡垒里，就好像住在宫殿里的“太上皇”一样，翘着双腿等待着村民们来奉侍他们了。每天每个堡垒甚至要有二十个民夫给他们挑一百担水才够用。鬼子们可以让暴日烤着田地里苦旱的庄稼，却不能让堡垒里种的野花一日无水，甚至于为了要除掉堡垒旁边的一小片青草，就是在农忙的时节，也要各村派许多民夫去拔。在一些阴雨的日子里，堡垒里的日本兵和伪警备队，便催促着各村的“情报员”给他们送“平安无事”的报告。据伪警备队他们自己说：如果“情报员”们给他们送“平安无事”的情报后，他们就可以不下堡垒，而要“情报员”给他们到村里去要东西。他们要香油炸的肉饺子，要颜色华丽的洋布，要大红花、雪花膏、扑粉等等，或者是要炒得刚刚到火的瓜子和每斤九元六角的上等茶叶。要到这些东西以后，自然是由他们和“野鸡”们在堡垒上尽情享用了。而且这个堡垒里要的东西，要是被别的堡垒里的家伙们知道了，那他们也一定会照样要一份，要不到的话，那就要“情报员”的命！在平山的××庄，就有两个“情报员”因为一时要不出那么多的东西，被打死在堡垒旁。后来还是村里人央求后，用担架抬回村里慢慢救活过来的。

“治安区”里的伪村公所里，每天都忙着支应这些家伙们的无穷尽的挥霍。伪村公所里除了村长、保长之外，有的还每月添了四个“帮月村长”来帮忙。他们还设立了“八大股”——做鞋、缝衣、洗衣、捡米面、捡柴草、买菜、派夫派差、杂务、挂账等八大股。日寇和伪军们，从他们的头上到脚趾头上，没有一件东西不是取自于我们同胞的。普通的小村子，每天没有一二百元钱的差费是过不了日子的。据调查，行唐城北的赵七峰村，只有五十五户，土地约六百亩，在今年的上半年共被敌伪榨取去的物资合边币十八万六千元，平均每户半年得负担三千三百多元（连派夫工价在内）。平山的部家庄，从今年的一月至十月，每两“银子”就得派款合边币二千四百元，比去年一千二百元正好增加了一倍。

“治安区”里人们的负担是这样的繁重，但是他们的收入却远不如以往了。敌人天天派夫，使老百姓都无暇照顾田地。差不多每个村里敌人都设有“裤里头”（苦力头），每天由他派夫，常常来个“全动员”。不管大人小孩，只要能走动的，都被赶出村子，挖沟、筑堡、修路。从去年到今年，天天如此。在我们的假想中，这个“工程”该会有休止的一天吧！但是，这一天当是在日寇滚出中国的那一天了！你只要走近那所谓“封锁沟”旁一瞧，就晓得这敌寇洋洋自得的所谓“万里长城”，当耗费人民多少的血泪了！就是汽车路修好以后也没有空闲，每过几天就得泼水、压杠子。至于修堡垒所费的人力也极浩大，在平地上修一个堡垒至少得二万个工，在山坡或高山顶上修堡垒，那人工就得加倍而又加倍了。况且现在“治安区”里又病疫盛行，许多人都生病。有三百个壮丁的村子，被派了二百五十名夫去修堡挖沟以后，村里就连能做饭的人都没有了。在最近的伪报上也不断地泄露了“爱护村”人民对于派夫不满的零碎事实。在伪《新民报》上，最近还以《爱护村的一件实事》为题，暴露了平汉路旁的一个“爱护村”里，因为派夫的严重，连看守铁路的都叫小孩去担任的事。据这篇文章说，有一个名叫小敏的孩子才十四岁，因为怕“被罚”，只好冒着大雨披着麻袋在路轨上蹲着，竟被火车碾成了

"该路的巡视鬼"。等到村里人找到的时候，"这个血腥的死尸，早被雨水冲刷成白淋淋的了！"像这样的不幸的死者是很多的。在敌寇所公布的《治运中的殉难者》的名单中，有一个名叫孙小山的，据说也是因为"在巡视铁路中因为天阴视线不佳触列车而死"的。敌伪闹了几次的"治安强化运动"，到底有了收获了，它给各铁路旁添立了不少的"慰灵碑""忠魂碑"了，同时也给伪报上增添了许多什么"血的建设"与"佳话"栏了。

在"治安区"的田地里，野草和谷子争逐着生长，旱地里的谷子等不到结穗就先茎叶枯黄了。今年的年景远不如去年，在平山一带的"治安区"里，去年一亩地能打一石粮食的，今年不过打三四斗。种了两亩地的棉却收不到一斤的棉花，粮食一般的都减收了三四成，这和敌人的"增产"愿望是大大违背的，只增加了"治安区"人民的苦难与反抗的情绪。所以河北省日寇特务机关正忙着制造一部《五谷丰登》的巨片，不日就要把这部电影拿到各村镇里映演，该"影片的说明书"上特别用大字宣称："五谷不能丰登，都是因为水灾、旱灾和蝗灾的缘故。只要把这三灾克服，五谷就可以丰登了。"

但是人们对这"丰登"的兴趣实在太低了。他们都焦急着要把自己的土地出卖，或者是白送给人家。去年旱地还有人要，可以"托粮"——就是白送人种，派款由种地者负担，过一定年限后原主可以收回——现在旱地就是白送（不收回）也没有人要了。现在只有水地才可以"托粮"。有几十亩地的地主们，不"托粮"就负担不起。有些地主们把中等的水地都白送给人家——有些"文书"上还写着每亩十元八元的地价，其实也不过是为了做"文书"的便利罢了。在平山部家庄，去年有十两"银子"土地的地主有三家，现在连一家也没有了，现在全都只剩下一二两"银子"的土地了。同时"烂价"的情形也特别多——当地还不到年限，当主不取回当钱（烂了价）而把土地交还的很多。苦难的日子把人们喜爱土地的观念都改变了，人们只希望有一点土地勉强可以维持生命就成，别的最大的愿望，当是恨不得日寇赶快从中国的国土上滚蛋！现在人们经常谈论问题的中心就是“什么时候把那王八堡垒除掉！”什么时候把这个“病”消灭！

当然，在这种情况下，敌伪不得不对于“宣传战”抱悲观了。虽然各村里都是有丈二高的“宣传塔”，但是“宣抚班”之类的东西是很少下乡了。有一位靠近县城的伪新民小学的教员告诉我：现在鬼子汉奸只是下命令，命令行不通就打。据说是因为“老百姓脑筋不开通”，宣传也是白费口舌的。平山县伪知事白凯也在十一月二十七日《石门新报》上发表“伟论”，说五次治强宣传很困难。他举例说：“譬如我方收集食粮则谓为‘确保农产’，敌方则利用之谓为‘剥削民食’，因而全县民众对大东亚战就不认识了。”自然，敌伪把“收集粮食”硬说是“确保农产”，那民众从哪里去“认识”呢！又譬如日寇最近到处在宣扬着“大东亚圣战一周年”的“赫赫战果”，但是各街头村口却贴着一个人用手捂着嘴和耳朵的漫画，上面写着“别信！别传！”这是多么“费解”，多么“难懂”的玩艺儿呀！

但是，我们如果从另一方面来看以上的事实，那么鬼子这种狂暴无聊与愚蠢的行为，也十足地暴露了它的必然死亡的征兆。现在日本法西斯军部真是相当泄气，他像街市上卖水果的小商人贴广告一样，到处发散着这样的传单：“新到的皇军是精锐而且爱护民众的，请大家信仰协助皇军。”又在各地编制“青少年团”“自卫团”，要“治安区”同胞们去“信仰与协助皇军”，但是我们的同胞早就看穿鬼子的那一套丑恶的把戏了！

现在的“治安区”表面上虽然还是平平静静，但是实地里斗争是非常激烈的，特别是在黑夜里，人民正激烈地进行着抗日锄奸的活动。当我们的子弟兵团与民兵们把敌人的沟平毁，把敌人的电线收割的时候，这里的同胞们都非常高兴。

当我回来的时候，在××的封锁沟旁，我意外地碰到一个从“治安区”里故意投身到边区来的老乡。他是一个伪“自卫团”的团长，戴着土黄色的日本式的“自卫团帽”，手里拿着一支新造的“新民枪”。他曾经用这“新民枪”把敌人的秘侦×××杀死的。敌人曾三次到他家里逮捕，都没有捉到他，第四次把他的父亲捉去了。敌人迫问他为什么不阻止他的儿子“通匪”，但是老汉却给他一个有力的回答道：“你们有枪有刀都阻挡不了他，我又怎能阻止他！”经过的事实都是这个“团长”亲自告诉我的，他的心胸很坦然。他还告诉我他曾经被日寇辱打过数十次，曾经被敌人抛到“鸡窝”里，要不是村里人关心他、爱护他，半夜里给他偷偷送饭，那他早就死在地窖里了。

现在他自己背着粮食来边区投奔八路军来。他的心里虽然解放了、自由了，但是脸上却仍残留着那悸栗的面容。晚上，我们因为远途行军的疲劳，很早地就在靠近沟旁的村子里宿了。在睡意蒙眬中，一阵嘈杂声把我们惊醒。他几乎忘了这里已经不是那人间苦海的“治安区”，他急忙要躲藏他的身子，但是他马上又省悟到：今夜是在边区的村子里睡觉，于是他又安心地呼呼地睡了。现在是夜深了，正是村里冬学放学的时候，自卫队和童子军们，正在夜风飕飕中，唱着愉快的自由的歌声呢！

在我们一同回到根据地来的路上，我们看见许多背着土枪的自卫队员，匆匆地在路上来往。稀疏的杨树林里有妇女们在“引布”。当他看见到那照射着金色的阳光的大路上，有一个老乡骑着毛驴，有一个八路军的战士挑着一担东西一同走路的时候，他兴奋地叫起来：

“啊，边区真太幸福了！老百姓骑牲口，八路军挑东西，要是在我们‘治安区’，那真是做梦也摸不着。鬼子伪军骑着牲口，我们给牵着还得挨揍呢！”

我从“治安区”回来，我觉得“治安区”里的同胞，他们的生命的脉搏，和我们根据地里同胞的脉搏是完全一致的。

一九四二年十二月十一日

（《晋察冀日报》1942 年 12 月 16 日）

敌占区老乡深爱子弟兵 在危难的景况下救护伤员

郭金钰

其一

上月罗庄战斗中，我连何俊生，他腿上负了重伤，与主力失了联络。到南××（敌占区）村边时，他一步也走不动了。村里一个姓侯的老乡恰好拾粪走过那里，看到了他，就什么也不顾地把粪筐放下，背起了何俊生，几乎是跑着一直背到×山山沟的一个洞里，安顿好，又连忙跑回家里去，见已做熟了饭，他又赶紧烧了一壶开水，拿上来几块山药，就给何俊生送了去：

“同志！喝口水，吃块山药吧！你一定饿了。”

“谢谢你！老乡。”

“咳，谢什么。你安心养着吧！这里不要紧，敌人来不了。”

然后，他又忙着在山里找到了区公所的一个同志，要他告诉军队一声。直到敌人走后，他和三个老乡一同把何俊生抬着送到我们连里来了。

其二

在北××（敌占区），一个老乡也用计掩护了我们的四班长甄余胜同志。他把甄同志藏起来，敌人来了问：

“八路军向哪里去了？”

“皇军，八路军向西跑了。”

敌人连忙追了下去。他又连忙回转身去，把动弹不得的甄同志重新用柴草很好地盖起来，严密地掩藏了。他安慰甄同志说：

“同志！你不要作声，敌人来了，我有办法。”

（《晋察冀日报》1942年12月22日，《子弟兵》副刊第62期）

我现在的感觉

张明

我的名字叫张明。我是今年三月间志愿义务兵入伍时，来到部队上的。但我来了不久，就调到炮兵连工作去了。我是新战士，部队情形又什么都不熟悉，真觉乏味的。但日子久了，我就和同志们接近了。只是每天我的工作是抬炮，对步枪很不熟习。后来，军区提出青年三大号召，我又是青年，就急急自动参加军事学习。起先，我以为还是操炮呢，听见人说要瞄三角，我说究竟什么叫三角呢？现在，我知道了，这是练习瞄准的好办法。我每天课外活动时，总是专心去练习。又看见其他同志的热烈的学习和愉快的生活，我觉得非常有兴味了。

（《晋察冀日报》1942年12月22日，《子弟兵》副刊第62期）

在敌占区，我受了伤之后

——一个侦察员同志对我说的故事

席永林

我右腿上挂了花，当时就昏过去了，倒在村边上像个死人一样。

天快黑了，我才慢慢地醒过来，我才知道我还没死，身上是血，连嘴里边也是血——要不是嘴里流了血，敌人一定要打死我的，我醒过来时，这样儿想。

怎么办呢？枪没有了，咱们的队伍也追击敌人去了，天黑下来，肚子里又饿，渴得连嗓子眼都像长了一层干皮似的，我坐在路边上想，想，有什么法子呢？

村子里出来了一个人，看样子像个庄稼主。

那个人好像奉了谁的命令一样，便一直地冲着我走过来，虽说我知道他不像坏人，要是坏人怎么办呢？连个手榴弹也没有。

“同志，到我家里去吧！”

说话挺和气，边说边拉我，我借着初升起的月亮光看了看他，我心里话：“他是个好人。”我的腿很痛，走路困难，他便背着我，一直到他家的炕上。

我问他贵姓？他说姓刘，我又问他怎么知道我在村边上？他说敌人退的时候，他看见敌人拿我的武器来，有一个日本鬼子还踢了我一脚。他说：“我先前不敢去叫你，怕被坏人们看见，我和我家的还说来着，她催着我，叫我快去看，她说死活人家也是为着咱们老百姓呀！同志，你放心吧，我保险！”

老刘的老婆，已经快四十了，比老刘小三四岁。她烧开水，把老刘的棉袍、棉裤……叫老刘给我换了，叫我洗脸、喝水，不准我下炕，要什么就说一声。

我从来也没看见过这样的好人，待我比待他家里的人还亲近。

腿上的伤口，老刘给用开水洗了，把他才买的一条白粗布手巾撕成带子包好；炕上铺得又厚。

平常时，在我们队伍上已经到了熄灯的时候了。

老刘还不睡觉，我问他干吗不睡，他说：“你还没有吃饭呢，给你做点饭。告诉你吧，我叫我家的到西边老六家借点大米，给你煮点粥喝，吃干的消化不了！”

那工夫，我真不知道说什么好了。

粥煮得又熟又粘，还有炒豆腐，我一边吃，一边讲抗战的事情，我们说得挺起劲。老刘家的，光怕我客气，一碗还没吃完，第二碗又给我盛上了……

这样过了三四天，每天，老刘一起床就给我说：“我叫人打听打听队伍的消息，只要有了准信，我就送你走！”

老刘每次回家都是买回吃的东西来，包饺子、煮山药、炒肉、炒鸡蛋……我好几次地给他说，不要这样的破费，他总是说：“可别这样说呵！咱们都是一家人，你为的是谁呵！挨冷受冻的，这工夫又挂了花。俺们没有什么好的，这是俺们表一表心意就是了！同志，你要再这样说，我可不乐意了。”

我们连的副指导员下来了，便找到老刘家。

我一见到副指导员，便把老刘待我的情形从头到尾说给他听。副指导员要给老刘钱，老刘说什么也不肯要，他说：“我要是要你们的钱，那工夫我就不去管他了！”副指导员说今晚上走，再等两个钟头，还有咱们的人来。

副指导员说：“反正这几天给你们添了很多麻烦！”

“可别这样说，指导员！”老刘说，“没有什么，你们每天东打西战的是为着老百姓，老百姓没有什么说的，连照顾同志几天，就不应该吗？”

同志们都来了，在老刘家喝开水。临走的时候，老刘家的对我说：“以后可来咱们家，就是说一说话，坐一会也是好的！”我们走出了大门口，我看见老刘家的眼里像要哭了，我也觉得想起件什么事似的——像刚参加队伍时，离开时我的母亲一样。

十二月一日在东线

（《晋察冀日报》1942年12月22日，《子弟兵》副刊第62期）

子弟兵的小炮手　一炮打准完成任务

韩尚禄

我排到达程段庄一带活动，在那里，敌人压逼着一千多老百姓替他挖封锁沟，修封锁墙。

敌人警戒的位置，被我们看得清清楚楚。

小炮手李三同志不慌不忙，一面瞄准了敌人，一面自言自语地说："跑不了你们这些王八蛋！""嘭"的一炮打过去，准得很，正打到鬼子警戒的位置，死了的倒下来了，活了的赶快逃命，唧唧嚷嚷地闹成一片。

老百姓碰上了好机会，"呜"地都跑散了。鬼子躲在堡垒里干眼看着。

一连好几天，敌人再不敢挖沟了。

（《晋察冀日报》1942年12月22日，《子弟兵》副刊第62期）

慷慨悲歌（札记）

力 编

司马迁写《荆轲列传》，在开始，轻描。荆轲的性格，如同一个影子，突然出现在读者面前，渐渐显真。直到“荆轲既至燕，爱燕之狗屠，及善击筑者高渐离。荆轲嗜酒，日与狗屠及高渐离饮于燕市。酒酣以往，高渐离击筑，荆轲和而歌于市中，相乐也。已而相泣，旁若无人者”，形象才具现。以后，“荆轲怒叱太子曰……请辞决矣，遂发。太子及宾客知其事者皆白衣冠以送之，至易水之上，既祖取道，高渐离击筑，荆轲和而歌，为变徵之声，士皆垂泪涕泣。又前而歌曰：风萧萧兮易水寒，壮士一去兮不复还。后为羽声慷慨，士皆瞋目，发尽上指冠。于是荆轲就车而去，终已不顾……”以后，“秦王闻之大喜。乃朝服设九宾，见燕使者咸阳宫，荆轲奉樊於期头函，而秦舞阳奉地图匣，以次进。至陛，秦舞阳色变振恐，群臣怪之，荆轲顾笑舞阳，前后曰：北蕃蛮夷之鄙人，未尝见天子，故震慑，愿大王少假借之，使得毕使于前。秦王谓轲曰：取舞阳所持地图！轲既取图奏之，秦王发图，图穷而匕首见，因左手把秦王之袖，而右手持匕首揕之……”以后，“秦王复击轲，轲被八创。轲自知事不就，倚柱而笑，箕倨以骂曰：事所以不成者，以欲生劫之，必得约契以报太子也”，就使荆轲慷慨悲歌，跃然纸上，经百世不稍消敛了。

有人说，像这样好的英雄事迹的描写，会成为后人行动的号召和模范，文章使后来的英雄们更果敢机智，胜任愉快地去进行了他们的事业。这是不假的。英雄读过前代英雄的故事，新的行动证明古人的血泪的代价的高贵。

而在荆轲的时代，像荆轲这样的人还是很少的。英雄带有群众的性质，只有我们这个时代。但是一种志向，和必要完成这种志向，死不反顾，从容不迫，却是壮烈的千古一致的内容。

荆轲一个人带着一尺多长的匕首，深入秦廷。后来一些评论家，在武器上着眼，以为荆轲筹划几年的工夫所以失败，而秦王在仓促间所以幸存的原因，是匕首的效果不如剑的缘故，都是事外的看法。荆轲很看重他的责任和使命，为了把事情进行好，甚至说服一个同志自刎了首级，而在这以前还有一个老吏为了证明自己保守这件事的秘密，鼓励荆轲看重这个举动也是自刎了的。因为责任过于重大，荆轲所以采取了上面的动作。

当然这个动作引起了失败，而这一失败以致使燕亡国，但这个失败只能引起对荆轲的怀念，里面不会有所责备了。而司马迁正是在这种心情下面写成这个传记，使荆轲的勇敢、沉着、机智在文章上飘动招手，不断找到继承者。而在那个时候，个人的冒险的刺杀，对燕国解除秦国的压迫确是一种釜底抽薪的办法。

然而失败了，读者有无限的遗憾和怒愤。这才是英雄的传记。事业留下缺陷，后来的去填补上了。能激起这种填补的热情，就是司马迁文章的效用！

司马迁和荆轲不同时，事件也不过从史书采取，但他把被历史简单化了的荆轲的面貌补充起来，使他再生。这个再生法，就是司马迁用自己的感情把他喂养起来的。荆轲辞别燕太子和朋友，易水一条河而已，英雄的慷慨悲歌，才使易水永远呜咽怒愤。被压迫的景仰争解放的勇士，和饥饿的人爱好粮食一样，而迫切的程度甚于饮食。荆轲入秦也不过是历史上一个故事，荆轲也不过是战国的刺客里面的一个，但能遇到司马迁就永远传流了。

而即使是传奇，司马迁也不过当作人间事来写，即使是英雄的行径，也有无数波折和困难。司马迁的感情，直到文章结束还没结束，文章的结束只是作者感情的高潮点，积累的感情就永远像一个瀑布，灌注到各个时代。用高渐离用筑击刺秦王结束了这个英雄的事业，几乎成为一种集体的复仇斗争！这个前仆后继的共同的报仇的要求，形成文章的伟大风格，使那碎了的筑的声音永久颤抖，使那条易水永远呜咽。

（《晋察冀日报》1942 年 12 月 23 日，《鼓》副刊第 3 期）

一枪未打攻下大汲店

——一分区反蚕食斗争片段

雷行

为了攻取大汲店敌据点，队伍转移到×庄和×村，隔着通往×城的汽车路住下。战士们吃得好好的，正在休息准备晚间的战斗，十五个敌人在孙村的西北角向我们取得联络的同志开枪了。×庄的队伍便顺着汽车路旁布置成半包围的形势，猛烈地射击敌人。住在×村的××连听到枪声，便在敌人的背后抄袭过来，敌人这才狼狈地顺着汽车路向东北×城村逃窜。眼看着十来个敌人倒下了，有几个挣扎逃走，有四个却始终不会再起来。当我们的部队转移后，敌寇的小队长对着四个死尸哀叹着说："小小的讨伐的，大大的不够本！"

队伍转移到×村，无垠的原野就弥漫起晚烟。太阳下山了。因为刚进行了战斗，目标已经暴露。距保定只二十来里，周围密布着据点，战士们也有些疲劳，而且进攻的准备因战斗而未做，有人便说今晚不打大汲店了。经过讨论，最后决定：情况如无变化，今晚定要拿下大汲店，侦察员侦察了一下，很快回来报告说，情况毫无变化。

夜晚十一点钟，队伍分成两股，迅速通过街道，轻捷地上了伪"清苑县警察第五分所"的南房，另一股也快要上到东房。在西房上放哨的敌人听见动静，便下到房里报告去了，南房顶上的同志没有等他向长官报告便喊了起来：

"弟兄们缴枪吧！中国人不打中国人！"

东房上也喊起来：

"快缴枪！不缴枪就开枪打咧！"

指导员制止同志们的威吓：

"不要打，不要打，他们一会就缴枪！"

五分钟的沉默，战士们又嚷起来：

“快缴枪！不缴枪，烧房了！”

“埋地雷！炸房！”

“拆房，向里投手榴弹！”

战士们在房顶上弄得干柴哗啦哗啦乱响，像是真的烧起来，房顶被打开一个大窟窿，砖瓦巴巴地掉在房子里了，二门被劈开，夹道的墙呼咚呼咚地倒塌了，这时忽然从北门里送出声音来。

“同志们不要打，我们缴枪，中国人不打中国人！”

“把枪托朝上递出来！”

顺着房檐，枪托带着弹带出现了。一个战士从房上跳下去，对着窗口喊：

“你们那两支套筒呢？缴出来！”

这个战士把他从前早已侦察好的两支套筒，背在肩上。这个警察所只有这两支套筒还可以打，其他都是拉不开闩的破枪。

战士从倒塌的墙口、砍破的门洞和房子上蜂涌到院子里、房门前。房门急响着开了，十八个光着头的人恭顺地站在院里，战士们客气地向他们解释和安慰。为了使他们不易逃走，一个战士把他们的帽子找来，叫他们戴上，他们把帽子拿在手里，不自在地说：

“我们不戴这汉奸帽子！”

队伍把十八个伪警察带在村外，向他们讲话，叫他们不要害怕，八路军优待俘虏，一个伪军大声地喊：

“我可不怕，我早已学会《八路军进行曲》，准备到八路军里来唱了！”

十一月二十三日

（《晋察冀日报》1942 年 12 月 26 日）

人间地狱——“石门劳工教习所”

高矢

前天（十二月十四日），日本鬼子的飞机到我们边区的土地上来撒了一些纸片。这些纸片上有红字、有图画，它的内容是宣传“石门劳工教习所”是一个怎样的“好”地方，说里面有吃有穿，有一两咸菜和半两盐，有大便纸，有日语教习，有缝纫机，有铁匠、木匠、马夫，有一百亩地（坟□），有五眼井（填满了死尸），有山芋、葱、土豆，有“□□劳动”“奉公劳动”，还有七个胡琴、八个笛子、十个口琴，还有一个大鼓、两个小鼓、十一支喇叭……日本鬼子散发这种传单的意思，是想引诱什么人到那里去“就职”去“享福”。

日本法西斯强盗，再没有什么值得向世界夸耀的了，他们曾夸耀了兽性的残暴，夸耀了他们抢掠的本领，夸耀了他们的奸淫兽行，夸耀了他们在老百姓的饭锅里拉大粪……现在又来夸耀他们的“劳工教习所”，夸耀他们的“模范监狱”了。

什么是日鬼子的“劳工教习所”，这就是人间地狱！用法西斯们所喜欢的术语来说：这就是“集中营”。

现在就让我们来看一看这个“石门劳工教习所”，除去“七个胡琴、八个笛子、十一支喇叭”以外，还有些什么吧！

“石门劳工教习所”是敌饭治师团参谋本部及特务机关宪兵队总合指导之下的一所监狱，一座集中营。它的任务是专门逮捕、囚禁、严审、鞭笞、虐杀和奴役我们一切抗日的战士和人民的。

当敌人把他所逮捕的抗日战士和人民送进这座“劳工教习所”时，首先要举行一种“入所礼”：把衣物钱财等全部留下，然后就脱光了衣服，在无论怎样严寒的天气里用石炭水来喷洗一番，名之曰“消毒”，这就是一种“下马威”。其次是用各种残酷的刑法，把被逮捕的人加以审讯。在一切兽性的残酷行为上，日本法西斯总是站在最前列，创造了最高的纪录。杀人和酷刑，日本法西斯匪徒们有他最得意的拿手戏。吊打、灌水、香火烧等不用说了，这在日本鬼子对待中国人民来说是“算不了什么”的刑法。敌人在“石门劳工教习所”里常常使用的是：骑活马、灌煤油、灌辣椒水、坐暗井、双杠、喂猎狗，以及一些叫不出名字的非人所能想象的各种酷刑。譬如不久以前石家庄的一个老百姓被敌人逮捕到“劳工教习所”里去，不但用火烧得血肉模糊，而且扔到三尺多深的尿井里面，放岗哨看守着不准稍动；又如××的邮政局长被敌逮捕，用香线熏烧鼻孔。这一类的酷刑，在“石门劳工教习所”里是天天发明着，虽人们所想象的最黑暗的地狱都不能相比拟其万一。

被囚禁在“劳工教习所”里的人们，日本鬼子给他们规定了严格的生活规则：见日本兵不敬礼罚跑步十圈；吸烟的罚嘴巴十个、跑步十圈；身带洋火的罚嘴巴三十个、跑步二十圈；做活慢了的罚饿一天、跑步二十圈；对日本人说话声音高了的罚禁闭三天不吃饭；努嘴的罚打杠子四十个；无事外出的，全班人（敌人规定了监狱中的连环保制）砍头；坐夜人停止游动者，鞭子二十；除这些规定外，还有罚跪、顶石头、毒打、下地窖等；有时强令两个人学“牛碰头”，揪着两人的耳朵，喊一二的口令相碰，或令囚人两手撑地学乌龟爬行……日本鬼子就看着这些玩意在一旁取乐。

敌人强迫这些被囚禁的人们做无代价的苦重的劳役，一直到死。敌人不但把他们当成牛马，而且还当成一种人肉商品，公开地出卖。东三省的本溪湖、千金寨等煤矿，满铁株式会社的煤铁工厂，抚顺煤矿，太原煤矿，井陉煤矿等都是这种人肉商品收买的大本营。男子以身体的强弱分货色的高低，凡四十五岁以下十八岁以上的健壮男子大部分被卖到东北去，价格平均在一百八十元左右，货色较差的老幼体弱者，最低的价格有到二十八元一个的。这些被卖到煤矿去的人，矿中呼之为“特殊工人”，与一般矿工不同，没有工资，活特别重，而且经常遭受鞭笞与毒打。

敌人对被囚禁的妇女的处理办法则更残忍。除部分给敌人当下女婢子或去工厂做女工外，差不多大部分被卖到娼妓窑里去，而日鲜娼妓就做了她们的鸨母，受尽一切惨无人道的虐待和屈辱。也有被卖出当姨太太的，以面貌的好坏为定价的标准，有的四十元，有的三十元不等……

这就是“石门劳工教习所”的真实情形。没有什么口琴和笛子，这里所有的是日本法西斯刽子手所制造的血淋淋地屠杀中国抗日人民的事实，这里所有的是在敌人的酷刑下面的痛苦的呻吟与惨叫！

日本鬼子的飞机在中国的天空中没有做过什么好事情，它曾到处向我们和平居民的土地上投炸弹，现在又投下他们的“石门劳工教习所”来——而这是比炸弹更罪恶更血腥的东西。

我们上千万的同胞，不但在敌人的炸弹与炮火下遭受着屠杀与死亡，也同样在敌人的牢狱与集中营里遭受着酷刑、虐待与奴役。在这一切血腥的事实面前，敌人除去欺骗与粉饰以外，还能向中国人民说出什么好听的语言来呢？就让敌人用他的广播电台和飞机在那里忙碌吧！但是任何巧饰是不能掩盖血的事实的。我们的任务只有一个：粉碎敌人各式的牢狱和“劳工教习所”，把一切中国人民从日本鬼子的屠刀、鞭笞、酷刑与奴役下面解放出来！

（《晋察冀日报》1942 年 12 月 27 日）

正定城在我军攻袭中

征

当我进入边区这块抗日民主根据地，深深地呼吸了这里的自由空气以后，我想把敌占区所见所闻的一些事情告诉给大家，因为这些是大家亟愿知道的。下面就是正定城敌伪在最近一次我军攻袭中的狼狈状态。

夜里，城外的枪炮声比旧历年的鞭爆声还热闹，什么时候响起来的，谁也不晓得。电话打不通了，伪组织和警备队的人到处乱撞，“皇军”大部分钻了地洞，正定城整个混乱起来了。

等“皇军”司令部发出第三次紧急号令的时候，情况是更紧张了！车站上棉花库起了大火，炮弹、枪弹，震动着全城。隔着城墙，小川部队长急躁地跺着脚，大骂伪组织人员不顶用，随后向着刚整理起来狼狈不堪的部队，下了严重的命令：

“治安军的守北门、东门，警备队守西门的有，皇军统统的南门……快快的……”

在恐怖里，几十个日本兵向南门跑去了，而警备队、治安军像一窝蜂似的私议着，谁也没有走。

“你们的，快快的！去……不让红匪进来的……”

“不是我们守南门，皇军守西门吗？怎么司令官……”治安军大队长的话很快地就被雷一似的叱责中断了。

“八格牙路，支那人的怕死；谁的不去，统统死啦死啦的……”

小川部队长拿着指挥刀怒气冲冲地逼近了治安军。治安军、警备队从南门逃往石家庄的去路，给“皇军”占有了。大家虽无可奈何地走开了，但却打划了新的算盘。

第二天太阳爬上了城垣，四门还紧闭着，城里、四关和车站到处张贴着八路军的宣传品。从哪里来的这么多八路军呵?！新民会说县政府里有，县政府说新民会里有，宪兵队哪里相信警备队呢？人们传说着打车站的八路军是从火车上跳下来的，后来又爬上了城墙，向城里打炮，不信的话，西北城墙垛口上有不少的人屎为证。传说熙熙攘攘，闹得满城风雨……

衙门前面的大照壁上，不少的人们在看署名朱总、彭德怀的《明年日寇一定被消灭……》的大布告。街头的老警察把人赶散了，但他也不敢撕掉。据说有一个警备队的弟兄因为撕了一张贴标被宪兵队抓起来了，说不是他贴的为什么他去撕呢？所以后来没有“皇军”统一的命令，谁也不敢去撕掉涂毁。

老乡们三三五五地在小街僻巷里谈论着新鲜的消息，有的说昨儿警备队王巡官躲到他家的炕洞里，有的说新民会的人连裤子都没有穿就敲他的门。一个老乡在修理墙头，他悄悄地告诉我说：“那是县长昨晚上登垮的，县长和秘书两个人挤在一个卧柜里，把柜壁都撑破了！”

“皇军”和警备队抖着亡命的威风，到城厢四关清查户口，真像煞有介事，其实也不过是多敲诈老乡们几个钱。那些无耻的匪氓们曾经拼命地钻进女人的厕所里去找便宜，但是从没有见他们抓到一个八路军。

商店都关了门，新民会的招牌被人投在尿坑里。街市本来就不热闹，这一来更加冷落了。下午敌伪决定召开一个“祝捷”大会，但是谁参加这送殡的仪式呢？总算县长有办法，临时派出了三十多个衙役，到处抓人捧场，三点钟的时候到有各部队各机关人员，但老百姓却不多。

伪县长吴伟儒，很斯文地哀祷着“皇军”的胜利和要大家慰劳小川部队长以外，就发起了牢骚说：“……中国老百姓天生成的奴隶命运，……五次治强把匪军都领到城头上来了。这次车站的被打，完全是老百姓没有尽到天职，怕死不为公，各机关人员都是饭桶，光能吃饭……”等等。小川部队长因为刚接到饭沼师团长降级惩戒的电报，一套恭维的屁话早已经忘掉了，一上台就破口大骂支那人和各机关人员，接着就说：“皇军保护你们，你们不保护皇军，明年皇军要到好的地面去，你们统统地被杀死的……”照例又夸耀了“皇军”“赫赫战果”，并说昨晚上捉到了四个“红匪”。

于是傀儡戏就开始了。四个穿着八路军衣服的人出现在会场，面向群众跪着，人们都兴奋了！争着想看看八路军的模样……但是哪里像是八路军呢？八路军从来不肯下跪，八路军总要讲几句硬骨头话的，……有认识的人小声地说：“那不是三甲村炮楼上的几个家伙吗？”这句话一会就传遍了会场，当即便有人提出请县长枪毙那四个红匪，吴伟儒就板起了他那混浊的面孔说：“不以规矩，不能成方圆，这个上级自有发落……”很快地就把那四个人带走了。

散会的时候，会场又发现了不少的红绿传单，伪组织人员惊恐得了不得，继续搜查。太阳还没有落山，城门又闭上了。

十二月十五日脱稿

（《晋察冀日报》1942年12月29日）

冬天，乡村纪事

田丁

冬天来了，晋察冀的乡村却更加活跃起来。

东方刚刚发白，地上还铺着寒冷的月光，白铜的军号就从乡村的屋脊上伸出来，向朦胧的天空嗒嗒地叫了……

寒冷封冻的夜空被击碎了，乡村从静寂的冬夜里活起来了。

街上穿军装的人影开始在走动，咕通的打水声从井边传来。

当第二次号响时，队伍在村边场上集结成四四方方的一个整体，随即拉成一条黄线，踏开霜雪冻结的羊肠小道，爬向北面的山坡。……

村里值日的打扫着街道，儿童团长吹着尖锐的集合哨子。天完全亮了，村子的上空升腾着袅袅的炊烟……

山上，队伍开始演习了，杀杀……的喊声吞没了一个山峰又一个山峰。村边场上呢？儿童团在出操，矫健的步伐声里发出童音的呼喊："一、二、三——四！"

当太阳出来，照着墙上"镇压敌探汉奸""冲破黎明前的黑暗"……诸庄严的标语，田野里响起宏亮整齐的歌声。

天空是晴朗而明净，快活而森严。

牛官赶着牛群上山去了，人们在温暖的太阳光下讨论着冬学，当村副提到"这是咱们边区最后一个冬学，不上就再也没有机会了"，大家都哄哄地议论起来。一个残疾军人，也要和大家一起上冬学，并且提出竞赛。

队伍上的同志贴出了《捷报》，大人小孩便蜂拥而上，挤成乌黑一团，大家都嚷着要部队上的同志念一念，部队上的同志指着挤在最前边的一个小学生说："你先试一试！"那小学生果然大胆地读了："红军冬季反攻的开端……""什么叫开端呢？"部队的同志又解释了一下，又念下去，当念到红军前进了一百二十到一百四十多公里的时候，大家都"好！好！"地嚷了起来，都说把希特勒打倒之后，日本也就快了。

傍晚，从野外传来轰然的一声，不像手榴弹，也不像炮声，我便去问一个上了点年岁的老乡，他骄傲地挤着眼睛说："同志！那是咱们爆炸组试放地雷呢？"

队伍和老乡又在村边场上开始了纵情的歌唱，闹哄哄地来了一个又一个，后来才静下来，开会了。

要散会的时候，冬学教员大声地喊道："大伙注意！明天就开始上冬学了，都要去啊！还有部队的同志给咱们上课呢？"

人们都回去了，夜又静下来，黝蓝的天空中，闪耀着灿烂的星斗，照着村边站岗的枪刺。

活跃了一天的晋察冀是可以好好地休息一下了。

（《晋察冀日报》1942 年 12 月 29 日）

影子（童话）

一石

一、疑影

一个影子，使阿乐古感到非常的不舒服了。

这个影子，看来常常是庄重缄默。阿乐古不知道他的来历，捉摸不透他，最初未尝不对他有些敬畏；但不知是由于他自己心虚呢，还是由于他的过敏，他渐渐感到那个影子是在嘲笑他了。

“是的，他在嘲笑我！”阿乐古经过久久地内心思索之后，便这样确定下来。

阿乐古是一个有许多缺点，而又不敢正视自己的缺点的一个人，因此，他最怕别人嘲笑他。从外界事物的一切偶然的表示上（甚至一个树叶子偶然落到他的头上），他总是猜疑那是在嘲笑他的隐私。自从他对那个影子怀了成见之后，那心情便更加是如此。

有一天，他到外面去散步，忽然他想走一条偏僻小路，他发现那个影子竟在他身旁的一条大路上走，于是他恼火了——

“可恶！他瞧不起我！”阿乐古不禁这样悻悻地在内心里骂了。

又一天，当夕阳西下的时候，他发现那个影子比他长了两三倍，他就更加恼火了——

“可恶！我的个子已经够高了，他竟敢比我还高大！”

第三天，他到小河边上溜达溜达，那个影子竟跳到小河里洗澡去了——

“爱干净的东西！你嫌我身上有虱子吗？”

总之，阿乐古是无时无刻不感到那个影子是在嘲笑自己的缺点，于是他就下定决心来对付他了。

二、骑影

他，阿乐古的第一个想头，就是想把那个影子抓过来，骑到他的脖颈上。——因为，阿乐古从小有一个娇养的习惯，爱骑到别人的脖颈上，那或者是他家的仆人，或者是他的爸爸。总之，他是爱好这习惯的。

但是他无论如何总捉不到那个影子，拿来垫在屁股底下。怎么办呢？于是他就想用一点小小的手法：首先他站到一块高石头上（一块石头对他是必要的），然后就对着那个影子像对着一匹调皮的马似的，就“嘟呀！嘟呀！”地讲了半天道理，最后他就狡猾地迈起一条右腿来跨上去。可是他一筋斗栽到地上了，到他爬起来的时候，看到那个影子仍然安静地在他的身旁。“带着更加嘲笑的神气”，那是更不用怀疑了。

“打！”他想到。于是就像摸鱼似的，慢慢地把那个影子逼到一堵墙壁上，看看这次是逃不掉了，他就狠狠地给了那个影子一个耳光。喂！影子居然一点都不动，“好！”阿乐古称赞道，他感到影子这次可老实了，没有反对的表示。

三、打影

但是不成！在以后的日子里阿乐古感到那个影子仍然是在嘲笑他的缺点。而且自从打了一个耳光之后，他感到那嘲笑是更加厉害了，他几乎看到影子的嘴在动，影子的笑声都可听到了，于是他就决定来一次战斗。

战场，他选定在一处平坦的广场上，他走到场子当中站好，量好了姿势，看准了影子的头部，就一脚踢去。影子后退了，没有踢着，他紧紧跟上去，又是一脚，又没踢着，接连三脚、四脚……他从场子东头打到西头，有时斜插花路，有时兜转圈子，但是无论如何踢不着。他已经是筋疲力尽，满脸流着汗水，而那影子总是和他有个距离，冷静地在等待着。阿乐古停下来，略一喘息，就决定改换战法。他把身子弓下去，捏紧了拳头，好了，影子的头部靠近了。他就更加把身子弓下去，看看和影子面对面了，他就扑倒身子压上去，想抓影子的喉管。但是影子不见了，他徒然啃了满嘴的泥土。到他急忙爬起来时，影子就又在他身边出现了。

"你个天大的笨虫啊！"阿乐古是清清楚楚听到影子的这样嘲笑。

这场战斗，就如此收场。

四、套影

阿乐古就召集了一班朋友来商议。有人说，那个影子不一定是在嘲笑他，恐怕是老阿自己心虚；而且嘲笑自己的缺点，也不一定是该打得的；有一本书上曾记载过一种该打的影子。就又有人提议，照着书上的影子做成一件衣服，套一套看是否适合。

于是就把尺寸记下来，开始量那个影子。"领长三寸，身长一尺二……"有人唱起来。

"慢点，"有人说了，"领长差不多，可是身长不对……"

"再量一量看，"阿乐古说，"在某种场合身长是可以外加三寸的，加上三寸看，喂，怎么样？"

"这样就勉强适合了！"

于是就决定这个影子还是该打。

五、释影

到了规定打影子的日子，阿乐古请了一位高明的客人来观战。

阿乐古又走到场子当中站好，摆好姿势，他叫大家看准影子是具有了该打的尺寸，就举一条棒子狠狠地打了下去。

“啊哈，先生！你是打的你自己的呀！”高明的客人说了。

“怎么会是我自己呢？”阿乐古辩白，“明明是那个影子在嘲笑我，在反对我！”

“你听我说，先生！影子是太阳产生的，他服从太阳所指定的方位，太阳在东，影子一定在西，你的主观并不能左右他，你既不能叫他在南，也不能叫他在北，……至于你想骑到他的脖颈上，那更是不会成功的。”

“可是，那怎么会是我自己的影子呢？”老阿又说了。

“哎，你竟连这个道理都不懂！我拿事实证明给你看：如果你伸出拳头来，他也一定伸出来。……你看呀！他不是也伸出拳头来了吗？”

于是大家哄笑起来。“阿乐古打自己的影子！”人们纷纷笑语着就走散了。

一九四二双九

（《晋察冀日报》1942年12月30日，《鼓》副刊第4期）

给抗日军人家属的贺年信

亲爱的父母、兄弟、姊妹们：

日子过得很快，抗战第六个新年又到了，平时我们没有更多地给自己的亲属写信，现在过新年啦！新年新岁，谨祝贺我们的父母、兄弟、姊妹们身体健康，精神愉快。

我们的抗战，已经度过五年半这样一个悠长的岁月，现在可有了盼头啦。今年就是我们达到抗战胜利最后的一年，日本鬼子给予我们血腥的灾难，现在该是我们对它实行总清算的一年了！全世界的法西斯强盗都要在今年死亡，苏联、英国、美国已经在西方举行反攻，很快就会解决万恶的希特勒。希特勒强盗头子被消灭以后，跟着来的就是中、英、美等二十六国对日本鬼子的大围攻。光明的日子已经不远了，一九四三年是全世界反法西斯最后胜利的一年，是中华民族光荣解放的一年呵！

过去的五年间，我们离开家乡，走上前线，参加了光荣的志愿义务兵，跟日本鬼子作了长期残酷的血战。我们没有辜负自己亲属的厚望，没有辜负国家的寄托；而在保卫家乡、保卫祖国的伟大战争中尽了自己最光荣、最高尚的义务。今天的局面已经和过去根本不同了，我们的最后胜利就在前面。想起离家的时候，你们热烈欢送自己的儿子、兄弟、丈夫上前线的情景，就明白地看出，抗战有了盼头，实在是你们的功劳，光荣是属于你们的！

熬过今年，打败日本鬼子，一个独立富强和平自由的新中国就出现了，那时候我们就能够过着太平享福的日子，大家对国家尽了义务，建立了功劳，是要愈加为全国人民所爱戴，而且为后代子孙们所崇敬的。我们的国家，对抗战有功有劳的你们，也将给予优渥的奖赐和褒扬的！

亲爱的父母、兄弟、姊妹们，光明快乐的日子已经不远了，我们互相鼓励，共同努力吧，大家咬紧牙关，熬过艰苦的最后一年，今年打败日本鬼子是不成问题的。面对着伟大的胜利年，让我们热烈地来庆祝它，欢迎它，愉快地互相祝福吧！

晋察冀军区全体指战员

中华民国三十二年一月一日

（《晋察冀日报》1943年1月1日，《子弟兵》副刊第63期）

温暖的家庭

——共产党员处处体贴群众

子弟兵里有不少的共产党员。这些共产党员，政治觉悟是高的，革命热情是大的。同时，这些共产党员在部队中，不是有什么特殊的享受，而是更刻苦、更努力，用自己的模范行动来影响别人。对于群众，不是高傲自大、盛气凌人，而是更虚心向别人学习，更积极帮助别人，要成为部队中团结的模范。下面，是一两件共产党员和群众关系的记述：

×××团第三连第三班战士张长近是一个非党员同志。他得了病，不能自己外出解大小便。党员们清楚认识了自己有责任帮助他。是的，他们党员和群众的关系弄得很好。张长近同志要解大小便时，党员们背着他出去；出操上课前，打下开水准备他喝。

神团×连，对于群众日常生活上的困难，党员中很多都能慷慨帮助。比如说，党员宁愿不吃饱，让群众先吃；拿出几毛钱买些蓝花烟送群众吃，解决他们生活上的困难问题；天冷时，大衣尽先给群众穿；党员多替放几班哨等等。由于这些，支部在群众中拥有高度的信仰。

（《晋察冀日报》1943年1月1日，《子弟兵》副刊第63期）

刘红纪同志

句雨

只要到过神团×连的人，很快就会熟习了“刘红纪”这个名字的。这很简单，因为这个名字在他们连里最响亮。

刘红纪一九三七年就参加武装活动。五年的锻炼，他是一个具有高度的英勇坚定的革命意志和布尔什维克的品质的人，虽然他才是十九岁的青年。

他经历过无数次的大小战斗。特别是一九四一年秋天栏道石的战斗，他的英勇的模范行动，曾经得到分区首长的通令嘉奖。在敌人优势兵力合击的情况底下，他带着一个班占领了一个高地坚决抗击敌人，掩护主力安全转移了。战斗中，刘红纪同志负了重伤，敌人向他喊“缴枪!”他呢，他也喊了一声：“好，你看我缴给你吧!”一颗热烘烘的手榴弹，正好落到敌人的身边，他们也不再喊“缴枪”了。

后来，他实在无力了，抱着枪滚下了一个山坡。昏花的眼睛，在夜色朦胧中，勉强地看到在他的身旁，躺卧着一个牺牲了的战士。虽然他全身都疼痛，但他用草把死者盖好，然后又把自己的枪埋在土里，自己就躲在一堆草堆里。他一躺下，就晕去了。当他清醒过来，已经是夜半。红纪心里清楚，天明敌人会来打扫战场的，他重新起来，要转移一个地方。他爬着，他又回来重新整理了那埋着枪的土堆。他爬到高处的一块荞麦地里躲着，第二天，还是不能走动，到了下午，心里正在焦急，忽然看到一个老乡走过。他想叫喊他，但说话的声音也□□了，最后是用□□□了几下招呼他过来的。老乡把他送回连里来了。途中，老乡很为他难过，刘红纪却向他解释说：“我不要紧，革命，是免不了流血的!”

他回到连上来。大家打问了一下他的经过，都又兴奋又感动。有人还流出眼泪来哩。

今年十一月，反蚕食斗争中的孟平杨家庄战斗，和敌人展开了猛烈的冲锋。参加冲锋的，又是少不了刘红纪同志。但是，在第二次冲锋当中，他就光荣地负了伤。“我带花不要紧，这是光荣的！同志们冲呀！”当大家又听到他的热情的呼喊的时候，又一次冲锋开始了。

在战斗方面，我只记下这些。但这个青年布尔什维克，他的优良品质是贯串在各个方面的。他又是一个模范政治战士。战士们有什么问题都喜欢找到他。“我有个什么意见，你给指导员讲一下吧！”“我们班里谁和谁闹不团结”……刘红纪常常被战士们包围着。

在入伍的时候，刘红纪还一字不识。可是，现在他们连里开会都是他记录。他还每天写日记。

他常说：“为革命，必须努力学习。”

（《晋察冀日报》1943年1月1日，《子弟兵》副刊第63期）

共产党员负了伤以后

——“我伤很轻，你看我给你唱个歌儿。”

×××团第三连李玉山同志（党员），在双峰的一次战斗中，身上负了重伤。但是李同志恐怕别人因为照顾他，就影响到冲锋的人数了。他把卫生员拉到身边来，给他轻声说：“你说我的伤很轻，不要紧的。你要不信，你看我给你唱个歌儿。”

（《晋察冀日报》1943 年 1 月 1 日，《子弟兵》副刊第 63 期）

宣传闪击

郭鲁

五日和七日，我部配合了××县政府和×区的政民干部，以突然的动作深入沟外十三个村庄去宣传。虽然我们宣传的地区是在堡垒密布的敌人所谓“确保区”里，但我们都胜利地进行了工作，有一千五百余人参加了集会。我们每到一村时，村里都派人迎接，许多村并自动派出了警戒。多年不见八路军的敌占区老乡，看见八路军来开会，他们的欢喜真是无法形容的。他们紧紧地包围着我们。他们说：“同志，可要常常来，咱们住在敌占区什么也听不着呀！”有一位年近八十的齐老先生，听说八路军来开会，他急忙起床。别人问他夜里起来干什么，他说：“我要看看咱们八路军。”士绅张×和大学生刘×听说八路军来开会，他们都亲自接待，并热情地询问边区和国家大事。我们的慰问组去慰问老乡，老乡们听说慰问组里有县长、团长、政委，他们都很感激，诉说着自己内心的仇恨。

（《晋察冀日报》1943年1月1日，《子弟兵》副刊第63期）

特务在集上想捞洋落　王永仁给了他个正对

照明

在沙城村的集上，我们的侦察员王永仁同志在街上来回走了三次。他是那天早晨冒着寒风奉令渡过沙河去活动的。

但他走了三次都未见一个敌人。只有一个特务在街上摇头摆尾地找洋落（注：意即指抢老百姓的东西）。他在一个卖柿子的担子的正面，也不问价钱拿起就吃，卖柿子的敢怒不敢言，在那里呆了。王永仁生气透了，看着四面都没有敌人，心里就笑了笑说："任务完成了，收了这礼物（注：意即指特务身上的枪）吧！"他就到柿子担上对卖柿子的说："我也买一个。"一边靠近了特务，身子一欠，左手伸出来便抓住特务的脖子，右手就从特务身上，把驳壳枪取过来，再顺手一推，说了声："去你妈的吧！"那特务就和地上的泥土接起吻来了。他还大声叫喊，但炮楼里听到喊声，也不敢出来。

王永仁拿着礼物唱着歌回来了。

（《晋察冀日报》1943年1月1日，《子弟兵》副刊第63期）

给退伍军人的贺年信

各位退伍军人同志们：

过新年了，我们愈发想念起旧日同甘苦、共战斗的同志们来。你们虽然转移了工作岗位——从部队转到地方参加了生产或其他工作，但我们终究是共同战斗在一块土地上，一样是为着坚持根据地，准备胜利的大反攻，我们永远保持着亲密的联系。因为你们都散住在边区各地，我们不能派代表去慰问你们，只好写这封信来，祝你们新年愉快！

你们的日子过得怎样？生意好不好？我们大家都非常关心这些事情，只要你们能勉强对付过去，我们大家就都快乐了，因为现在是抗战最困难的年月，能对付着熬过去，胜利就要到来了。你们干什么营生都是一样，时刻总要往长久里打算，凭着自己的劳动解决吃穿问题；想投机取巧的人，虽然可能侥幸一时，但日子是长的，搞来搞去，就非要垮台丢人不可。再说，你们都是受了好几年的教育，比一般老百姓都明白得多、开通得多，以前是到处受人尊敬的子弟兵，现在穿起老百姓衣裳，就要当一个模范公民，自觉地遵守政府法令，老老实实地过日子、做生意，领导民兵打游击，帮助地方各种工作。这样叫乡亲们看看，也一定会说：真是没白当过子弟兵。

同志们！今年是胜利年，胜利前虽有更大的困难，但日子是有盼头啦。咱们大家约定好：我们勇敢打仗，你们努力生产，同心合力，争取今年打败日本鬼！

代问阖家老幼年禧！

晋察冀军区全体指战员

中华民国三十二年一月一日

（《晋察冀日报》1943年1月1日，《子弟兵》副刊第63期）

新年献辞

新年——一九四三年已经到来了。值兹元旦，本报对于在我国正面战线及敌后战场上英勇抗战的将士，对于在全世界各个战场上与法西斯野兽战斗的盟军将士，对于全国抗日同胞和全世界反法西斯人民敬贺新年，祝大家的康健，祝反法西战争的胜利，祝人类正义的胜利。

过去一年——一九四二年，是世界反法西斯阵营伟大团结英勇战斗的一年。英苏和美苏协定结成了英美苏三大强国的战斗同盟，使反法西斯阵营更趋巩固，发挥它的伟大力量。在世界各战场——苏德战场、北非战场、太平洋战场和亚洲战场上处处充满了同盟国军队为保卫人类正义，奋不顾身和法西斯野兽坚决搏斗的光辉战绩。特别是斯大林格勒的战役，苏联红军创立了空前未有的英勇范例。在同盟国家的后方各界人民，皆以战斗的姿态努力生产，为供应前方而工作。正由于世界反法西斯阵营的团结战斗，所以一九四二年才成为伟大转变的一年。纳粹德国已经精疲力竭转取守势，同盟国家获得了世界战争的主动权。

我们热烈地希望在一九四三年，世界反法西斯阵营将比往年更加亲密团结，对法西斯野兽进行更加英勇的战斗，对法西斯阵营举行坚决的进攻。今天在红军攻势锐不可当之前，纳粹魁酋正嚷着“一切决定于东线”，这正是盟国在欧陆建立第二条战线的极好时机。我们相信英美苏的加紧团结，红军的继续进攻和第二条战线的及时建立，将使一九四三年成为同盟国对轴心进行胜利反攻的一年。

在我国，过去的一年是在极困难的条件下，全国上下坚持抗战力图加强团结的一年。敌寇企图以切断滇缅路扼死我国的阴谋完全破产。在自力更生的方针下，我国愈战愈强，屡次击退日寇的正面进攻，如浙赣路之役、滇边之役等与粉碎敌后无数次“扫荡”，我国乃能屹立于亚洲大陆上，配合同盟国作战，并进行反攻的准备。过去一年来，国内共同团结，精诚无间的重要，已愈益为全国有识人士共同认识。中共中央《七七宣言》说：“中国各抗日党派不但在抗战中应是团结的，而且在抗战后也应是团结的。”中国国民党十中全会宣言云：“必有举国一致之真诚团结，而后乃能负起空前艰苦之使命。”这种共同的认识，奠定了调整两党关系与加强国内团结之基础。

一九四三年将是我国更加接近胜利的一年，但同时也将是我国遭遇到空前困难的一年。在国际形势日益有利于同盟国，日寇进退维谷之时，日寇对我国的进攻不但不会放松而且必然是会加紧的。可是不论日寇怎样凶暴，只要我国进一步加强团结，那就一定能够击败日寇并且顺利地准备反攻，与盟国配合，完成驱敌出境，建立强盛、独立、自由、幸福的新中国的任务。我们热烈地希望一九四三年将是全国更趋团结、克服困难争取胜利的一年。

在敌后，抗日根据地一年来的环境是更加困难了，但是由于正确政策（如精兵简政、党政军民一元化等）的执行和敌后军民一致团结不折不挠的战斗精神，我抗日根据地和敌后游击战争仍然坚持下去。一九四三年的敌后战争，其困难必然加甚。但是我们深信只要坚决执行正确的政策，加强根据地内部团结，和全国配合作战，那么历年来表现了无限的英勇和坚忍精神的军民，以后必定能够经得起最严厉的考验，坚持战斗，渡过难关，一直到最后胜利之日。

最后在陕甘宁边区——一个比较处于后方的抗日民主根据地，“发展生产加强教育”将是一九四三年的中心任务，而“发展生产”尤为中心的中心。在兹新年开始之际，我们谨祝这一任务的光荣完成。在农场上，在工厂里，涌现无数的劳动英雄，无数的吴满有和赵占魁。这样使我们的根据地更加巩固和繁荣，粉碎日寇对我的封锁，屏障西北，并支持华北敌后的艰苦抗战。

胜利的曙光已经在望了，让我们鼓勇前进，来达到胜利的目标。（《解放日报》）

（《晋察冀日报》1943 年 1 月 3 日）

说日常生活

吴伯箫

你又该笑我了，说我眼光不够远大，动动就是细事末节，人生什么不好谈，干吗偏偏谈日常生活？是的，也许这回又是我错了，又落到了牛角尖里，那么就让我把为什么错了的道理说出来，再来接受你的批评吧。

我以为，人世间天上掉下来的奇迹是没有的，奇迹就发生在日常生活里；正像没有天生的英雄，真的英雄多是生长在平凡的群众当中。群众是力量的源泉，脱离群众的领袖，是不值半文的匹夫；日常生活是伟大事业的基础，高远的理想若禁不住日常生活的考验，都将是一场空幻。

我看日常生活，就是“理论与实际联系”里的那个“实际”。咬文嚼字固然可狭义地解释为吃饭穿衣和像穿衣吃饭那一类天天所遇到的物事。但广义地讲，农人的耕耘、播种、收获五谷，士兵的操枪、布阵、冲锋杀敌，政治家的总结经验、分析情况、决定政策，又何尝不是各种人各自不同的日常生活呢？不同处千差万别，一人一样；相同处都无非是行动、思维和更进一步的行动啊！

当我们说：“现在懒散一点没有什么关系，将来我们自然会紧张起来的。”那时候，我们是仿佛期待着一个非常的日子的。但那个非常的日子什么时候到来呢？果真到来了又和现在有着怎样的不同呢？我们是模糊的。其实，仔细想想，现在活生生的日子：全世界都弥漫在燃烧的烽火里，全人类都挣扎在生或死的斗争里；两个营垒：一边是法西斯匪帮，扯着人类向后、向毁灭；一边是民主国家，推着时代向前、向繁荣。求生，我们必须坚强地站在后者的队伍里，为了消灭真理和正义的敌人，消灭自由和幸福的敌人，我们要拼着任何牺牲（甚至生命）来参加战斗。我们没有了安乐的家，抛弃了慈爱的父母，我们曾亲眼看见我们的兄弟和同志在战斗中倒在我们自己的脚边。血泊当中，稍一疏忽和麻木，我们自己也有倒下去的危险和可能。——这些日子还不是非常的吗？若是我们期待的是那个黑夜过后的黎明，是那个渡过了难关而争取到胜利光辉的明天，那么困难的克服，不正就是绝非期待所能袖手完成的艰巨任务吗？要伸手啊，要动脚啊，要拿出全副的体力和精力啊！春天来在花丛里飞舞的蝴蝶是美丽的，但它是从丑恶的毛虫变蛹蜕壳而来的哩！——像一只颠簸在狂澜里的船，我们不能平安到岸，就会沉入海的。生几乎可以说是拿死换来的。

当我们说："这是小事情，管它干吗呢？"那时候，我们是仿佛有一个远大的抱负的。但事情的大小从哪里下定论呢？打一下瞌睡事情不大吧？可是一个站在前哨的士兵，因此错过了敌人的偷袭而使自己的部队遭受了无可补偿的损失了（哪怕反过来又加倍消灭了敌人呢）。"今晚我们谈得很好，过天再来领教吧。"只是句客气话，而托洛茨基匪徒凭这一空隙看中了你了（和敌人讲什么客气呢！——这是一个实在例子）。土木工程师在计算力的方程式中算错了一个数码，可以使一座壮丽的建筑少支撑若干年月。在媒人的一封信里忽略了一个标点符号，你娶了一位又黑、又秃、又麻的老婆了（信的原文是：黑头发没有麻子。——这自然是一个笑话）——事情的重要与否，是决定于时间、地点和条件的。

论时间，这是二十世纪战争与革命交织的五十年代；论地点，这是实行新民主主义的、崭新的、自由的抗日民主根据地；论条件，这里正鼓荡着克服主观、克服宗派、克服党八股，用无产阶级的思想意识打垮小资产阶级思想意识的热潮；那么把我们的生活装饰起来吧！

装饰生活，不是只要谨小慎微，而是要把思想见诸行动，不只为眼前、为今天，也为的是高远的目标和明天。苏联今天这样强大，他粉碎了希特勒的闪击，并注定希特勒的灭亡是最近的日子，那不是没有原因的。那在于三个五年计划社会主义的建设，和二十年布尔塞维克化的人的锻炼。而那建设、那锻炼是革命的，同时也是日常的。譬如挖煤，一班七吨的记录是经常的，而斯泰汉诺夫在一九三五年八月三十日夜间用自己的新方法工作，结果一班挖得一百零两吨了。把这发为运动，为革命竞赛，件件事情上都突破了纪录，而整个苏维埃社会主义的生活幡然改观了。把生活有意识地提高一步，加紧一步，用集体的方法、科学的方法，时时打破那旧的窠臼、旧的界限，而时常跳入那新的路数、新的境地；初跨第一步是非常的事，慢慢习惯了就是日常的了。一壁扬弃陈腐，一壁吸收新鲜，总是从现实的基础上再飞再跃的事，就是革命工作。

看莫斯科红场上阅兵的照片，于叹服那雄伟的坦克、大炮和强大的红军像刀切过的那样整齐的行列之余，往往下意识地奇怪着："为什么苏联的军队竟这样机械？"及至稍一转念，想到铁的纪律（自然，这不只表现在形式上），想到集体的威力，想到"孤立的个人算什么"的时候，我们会衷心地觉出这整齐与严肃所给予我们的畏敬与奋励的。进而自问：为什么我们在衣着行动上总显出一些懒惰样子呢？为什么在某些小的事情上还死死保留着游击作风呢？为什么开会迟到□小时不以为意？公事可以压它十天半月不办，甚至遗忘丢失？公物不爱惜，一气四十里跑死一匹骏马，大路边上三五年栽不活几棵柳树；老百姓的田里小路总是纵横交织？……我们常常说："政治上坚强就好，思想意识正确就好。……"但是这些"就好"表现在哪里呢？别满足于口头，别满足于原则，让我们更诉诸实际吧。不然，我们都应当戴一顶并不冠冕的帽子，叫：自由主义。

高尔基小说《母亲》里的主人翁伯惠尔，原是酗酒好赌，有时也学父亲的□□打打母亲的；可是参加了一种秘密组织后而生活焕然一新了：屋里收拾得整齐利落，喜欢默默地读书，也有了正经朋友往来。我爱那种改变，曾为他母亲看出了他生活的变化而偷偷惊奇的一幕感动过，仿佛从那起我才真的自觉地养成了读书的习惯。我也倾慕着列宁戒烟的故事：在和他母亲简短地交换了几句话之后，“好吧，我今天就不吸了”，把衣兜里的纸烟掏出来，放到桌上，于是，就再也不去摸它了。“放下屠刀，立地成佛”，作为取□，在革命队伍里这种事应当是□见不□的。

这种观念诱导我，使我对有些人和事常取绝对态度。我总以为爱说闲话，保守秘密是难的；公私不清，就容易贪污；好嫉妒的必有所短；很容易做的事做不好，处理大事也必定一塌糊涂。我的逻辑大概是这样：思想意识不正确，行为就容易走歪路；反转来，行为龌龊，一定也是思想意识有毛病。有人说苏联的社会主义建设的成功，是俄国的革命精神和美国的实际精神结合的成果，我赞成，并且认为有着俄国的革命精神的人，一定要也一定会有美国的实际精神（马克思主义本身就是“把严格的最高的科学精神与革命精神结合起来”的）。另一面，实际精神欠缺，必然是革命精神也不纯。

这并不是说思想、立场那些辉煌的大题目不重要，应当绝对承认那是第一等重要的，首先要弄明确，站稳定；不然一切努力都将是徒劳，甚至引你陷入泥潭，走上绝路。但这些既经明朗了之后，是不是我们就以只看见了一个美丽的远景而满足呢？正相反，这时该是行动第一、实际第一。方向对了，又有着贤明的先驱、鲜明的旗帜做向导，为什么我们还踌躇趑趄不敢踏步前进呢？若是今天可以做起来的，不要等明天吧；若是快一些更好的，不要再说“莫慌，慢慢来”吧。战场上消灭敌人，就在那恰好的一分钟一秒钟。性急固然会坏事，等待也常常会误事吧？“我不愿意犯错误……”对，有谁愿意犯错误呢？任何事不做，错误是会犯得少些；殊不知这个“不做”就正是一着大错！一切从实际中锻炼吧。即使是错误，那经验也还是有用的。

当然喽，若是我们能把头脑先洗练得像晴明的天空，一个意境，如一颗金星在亮，一脉思想，如一只白鹭在飞翔，总是清晰，爽朗，一尘不染；对事，我们会像辨白黑一样分出是非，对人，会像认百灵和乌鸦一样看出善恶美丑；一言足为天下法，一举手一投足都是一个正确的方向……那自然是再好不过的，但若事实上不能这样到家的话，我们又何妨从眼前、从手边、从日常生活振刷起、整顿起呢。

譬如，清晨先太阳起一个大早，在河边、在山头或就在住室门口，你奢侈地饱吸一顿夜来新鲜空气；冷水洗脸，一个寒噤你抖掉了全身的慵倦；一杯清冽的冲淡的盐水，给你清一清淤□□肠胃；然后十节丹麦操，舒展了你的四肢，伸直了你的腰身，你像羚羊似的活跃了。

你伸手向遇到你的同志招呼，他们也愉快地回答你，还你微笑。

于是你工作，抓紧哪怕只是两分钟的时间；迅速、明辨、踏实，像铁匠在砧子上锤炼烧红的生铁，你不惜用最大的气力。——还没有会过面的钱同志啊，在你给我的信里，我多么喜欢那句话：“我以工作的疲劳当作光荣和享受。”——就算挤时间，你也争取学习。书籍和文件，在你是知友、是粮食，不见会想、不吃会饥。一拿到手，你便把整个身心沉浸在里边钻研。这□原是聪颖的你更充满了智慧，原是硬朗的你更饱孕着健□了。到晚来，你带着崇高的信心：“我没有白活吧？”去找人谈话，去想□娱乐和休息，因为没有什么憾愧，所以你敢于大声谈话、大声笑。笑乐也会传染。你的莅临，给大家添了喜悦了。你越虚心，同志们越爱你：握你的手的，问你好；拍你的肩膀的，和你开会心的玩笑。于是你沉没到同志们中间了，你成了集体的一份，又以一份构成了集体。

吃饭时，你意向着山上摇曳的□禾，你意向着火线上的兄弟战士，正无妨想得远些，想得深些，而蔬菜黄米你当作粱肉下咽了。——慕秋啊，你那几句话是真情的吐露哩：“在乡间住了半月，慢慢地我爱上了农民：为他们的辛勤，我认识了工作，为他们的朴素，我体验了生活。从前我曾嫌伙食里太少了面粉和肉类，天天嚷着叫苦，现在我才感觉到比起在时代的风暴里我们所尽了的责任，我们的生活已算是相当幸福了。……”

祖国各个角角落落在呼唤着战斗，千百条战线上处处都宣告着牺牲，衬比了看，还有什么叫苦，还有什么我们敢于疏忽。为了斗争，我们须及时锻炼；为了欢乐的明天，我们须支撑过苦难的今天。加速，加力，就算日常生活吧，我们也不应稍有松懈，须保持一个斗士的榜样哟！凌云的翱翔，正无妨从平地飞起。

（《晋察冀日报》1943 年 1 月 3 日）

呈孩子的父母亲属们

周奋

秋天，我会见了丁占才。

我和丁占才在一起玩。好多天，晚饭后我都去看他。他穿一件黑色便衣褂子，有时还露出肚皮来。因为他们结束反“扫荡”的生活时间不久，我找着他是不很容易的。他活蹦活跳，大多是到游戏场上去了。生活像绿色的旷野一样广阔快乐呵。月光下，我问起他在反“扫荡”当中的经历。没有几句，他就说到他们在白洋淀遇险的事情来了。

“我们社长，他老婆死啦。路林，你认识吧?”他看了看我，又继续说，“社长他脸色都没有变，他给我们说：‘走!’我们就跟着走了。”

孩子的眼睛盯住我，眼光里，荡漾着仰慕和喜悦。当我的视线碰着那眼光的时候，一个微笑已经在孩子的脸庞上展开。他又继续讲下去。孩子追慕着革命的英雄哩！英雄，像一支火焰在他内心里燃烧，鼓舞他、摇撼他，也温暖他。

孩子的村里住着八路军，那是一个剧团。他有很多朋友了，他的朋友和他一样大小，整天活蹦活跳。他问过他的朋友都是干些什么事情，他的朋友告诉他：“我们演戏，还有上课。”于是，丁占才和村里几个孩子们，在一块静静地商量了。

“待在家里干什么呢?”

“参加演戏团吧!”

“参加演戏团吧!”

他这和他哥哥很相像。他哥哥喜欢骑马，姥姥家有马，哥哥就常常到姥姥家玩去了。一九三九年十二月，回民支队的骑兵连驻在他们村，哥哥跟着队伍走了。过了些日子，他把便衣托人捎回来，并来信说："我参加抗日了，我那天背出来的粪筐寄在赵老二家。"

"也不说一声，说一声也不是不叫他去。"爹说。

"在队伍上好。哥哥又是喜欢骑马的。"孩子说。

一九四〇年的六月，孩子又参加了演戏团，离开爹娘了。孩子的父母亲属们，你可曾想念他吗？我会见了他。我说，我只有祝贺你们。

一九四二年的冀中反"扫荡"中，丁占才在火线剧社。他是他们当中最小的一个。他们不是战斗部队，分散隐蔽在群众家里。四十多天，丁占才跟着他的"娘"和他的"姥姥"（注），或者和敌人绕村子转圈，或者钻地洞。最后，他又跟着社长他们回到主力来了。一个十五岁的孩子，当他在家时还是只管会闹着玩的，现在在复杂的情况底下管理了自己。我们不难想象，二年来他得到的教育和锻炼及孩子内心里生长着的火焰，是怎么样作用了他的了。

我听着丁占才给我讲着他的故事，看着他的微笑。我好像体会到他和他哥哥有次会面的那种心情了。孩子的父母亲属们记得吧。丁占才和他哥哥都没有回家来，但有次不约而同都□□□□穿上军装的弟弟看见哥哥，心里□□□的喜悦和荣幸；哥哥看见弟弟和自己穿着同样的衣服，骤然添了意想以外的快乐。哥哥打着弟弟衣服上的尘土说：

"哦，好……你们干些什么事情？"

"你们干些什么？"

"我们净打仗。"

"我们净演戏。"

孩子的父母亲属们会记得当时阖家的愉快吧？你们看到孩子的快

乐的心情了。这工夫，我体会到的孩子的心情和那是同样的。我祝贺你们，想着我们的将来，我也感谢你们。你们把孩子交到幸福去了。虽然我这里只简略地记着一个孩子。而在八路军各个岗位上的孩子们的活动，都告诉我们：他们永远是快乐。他们在艰苦地战斗，在工作、在学习、在游戏。他们找到了幸福。

孩子生活在八路军里，生活在伟大的友爱里。他们从冀中过路西来的晚上，过铁路时，他和一个战士走在一起。他们已经走了百里上下了，饿得慌，也累得慌，但都静静地走着。战士想起了自己的挂包，他掏着挂包对丁占才说：

“给你一把馍馍干！”

“不。”孩子说。孩子却□着战士的枪：“我给你背枪吧！”

战士没有答应他，孩子硬要，最后还是让他背了一截路。

“喂，给我背吧。”那个战士遇见他们连长，招呼丁占才说：“我们留下掩护哩。”

“那么好，我先走啦！”

孩子把枪交给战士，摆着他的手。

注：

丁占才分散在群众家里时，第一次说好是娘子关系，第二次是姥姥。

一九四二年十二月二十五日

（《晋察冀日报》1943 年 1 月 5 日）

痛苦和希望

白原

当我踏进×专区敌寇堡垒附近的一个村庄的时候，村里已没有了砖砌的高房，只残存着几堆泥墙的小屋，偎缩在凄厉的北风里。小屋大半是门窗残缺，桌凳□落，听说全村砖瓦木石都被“皇军”拆去修了堡垒和炮楼了。一个瘦小的农民指着对面一所小土屋，低声地对我述说一件新发生的故事：这里的房主人——一个中年的母亲，那天她正在被“皇军”揭去了席子的土炕上，替她的卧病的孩子赶缝棉衣。显然，这是十分吃力而不习惯的活计：要用褴褛的布片，一块一块地缀成一件瘦小的袄子。然而在这隆冬天气里，一个仁慈的母亲是不能看着三岁的孩子活活冻死啊！

忽然外面门□响了，伪村长伴着鬼子来替堡垒驻军征食粮，房主人知道是无法推却，她抖擞地踌躇了半晌，鬼子怒叫了。

“天爷！保佑别生是非吧！”

当她把全家最后的一升米也送给“皇军”后，母亲的眼睛突然红湿了，她记起了二天不曾吃饭的病了的孩子，孩子患着重感冒，他张开干瘪的小口用哑音叫：

“娘——给我一口米汤吧！……娘！”

母亲呆望着空冷的锅灶，锅里没有米汤，可怜的母亲所能给予心爱的病儿的只是两行苦涩的热泪；小屋外面寒风怒吼着，当母亲把破烂的棉絮盖上孩子的小小的躯体时，孩子已不能听到母亲心房的碎裂，他永远昏然地睡去了。

这时，那批“大东亚圣战”的无耻的宣传员和巡逻“治安区”

的威武的“皇军”们，为了取暖行乐，在伪村公所里正大嚼着烧鸡，吞着枣酒，在烟雾朦胧的办“公”室里醉熏熏地狂叫：“今天是大东亚圣战一周年，皇军的大大的胜利，好好的，你们也大大的好的！……”次日在伪村公所的大本流水账上这样写着：十二月八日，支应皇军宣传员、警备队猪肉、鸡子……共洋二百三十元五角。听说在同一天内一个伪宣传员在伪村公所里曾用过六次□餐、二次酒筵。

我走过七个县份，这样触目惊心的罪恶场面，在敌占区的村庄里，不断地排演着。在灵寿×××我看见一个十二岁的儿童被管庄堡垒“皇军”抓去修炮楼，孩子是很寒碜的，身上也没穿棉衣，刚从山上打柴归来，便又得给“皇军”去背石头，沉重的苦工磨破了肩皮，到晚便颤抖在阴湿的堡垒下，用刺骨的夜风温暖着幼稚的灵魂。如此两日夜，孩子再不能挣扎动颤了。在井陉一个未足十四岁的女孩子，被栈道“皇军”堡垒里七八个野兽包围强奸。××村一个可怜的母亲，在日寇的刺刀下为了保护自己十岁孩子的贞洁，竟痛昏地急叫：“太君！别！别！我来，别！”终被刺刀杀死，这种凄绝人寰的悲剧，笔墨是没法写出当时的血泪与悲愤的。

敌寇对敌占区老年人的侮辱与损害，是无所不用其极的。平山一个老汉亲自告诉我，他被敌人抓去石门以后，强迫做苦工学日语，因一个字母读音不正，便被一掌打落两粒牙齿。一个五十九岁的白发老翁，因过城门时没有注意向躲在门后吸烟的站岗“皇军”脱帽鞠躬，便被诬为“心怀莫测”，做了刺刀下的冤魂。井陉城内一个久已不堪劳动的老头子，也被征为“治强运动”的协力者，当在城内修“皇军”的营房时，被诬伸了懒腰，便把五六十斤重的大石块举向头顶，直到他老臂欲折，石块击落头上，引起“皇军”监工的大笑，戏谑才告停止。又马山村李家，因“皇军”来征“生产报国队员”时，儿子恰好出门了，于是被烧毁了房屋，儿子的老父老娘，遭受百般毒打，然后抓去堡垒做人质。在敌占区里，虽将入木的身体，也必须尝尽兽军的残暴。

我曾看到大批大批的青年农民，在敌寇“乐土建设”“协力治运”等美丽的骗词下，被迫用自己的镐铲，毁坏着自己的田地和房屋。这种罪恶的事实。据伪《新民报》自供称：“大东亚圣战一周年，华北治安圈内已设立堡垒六千八百五十四所，‘惠民壕’十一万三千五百四十四公里，实已成为万里长城之六倍，警备道亦将达二万六千公里。”在目前我还不能统计×专区各敌占村内因强筑堡垒、汽路、挖沟所毁坏房田的总数。我看见××村十余里封锁沟墙，便荒毁了三百多亩麦田；原有二百亩坡田的××村已荒芜了一百四十六亩；管庄堡垒下七十亩上等土地只能收获到三斗劣谷，××村一带所有房屋砖瓦拆劫一空；在建屏敌寇“增产”名义下，强迫农民所挖掘的二千眼水井和广阔近百来丈的津石运河，至今仍枯涸无用。“乐土建设”所给予农民的是田园荒芜、生活困迫和赋税的加重。

当一九四三年元旦临近的时候，敌占区人民仍然咽着糠秕和淡萝卜，他们再尝不到节日的滋味。伪村公所里照例摆着烧鸡、油饼，但这乃是用人民的膏汁换来招待巡逻“皇军”和伪军们的礼物；每天在很早很早的清晨，寒冷的铜锣声搅醒了乡村，但这仍是伪村长集合全村农民去修路挖沟的可恨的号令。白天，在冰冷的沙河里人们要赤身去搬石运土，在把空气都要冻结的深夜中人们要僵立在封锁沟边，迎风“嚎嚎!”这样向堡垒里的“皇军”随时报告警戒信号。

在一九四三年元旦将近的日子，我看到××伪村公所里充满了愁苦和紧张，有人告诉我××村因疏于考虑节日送礼，给黄岩堡垒分队长马连科和给冯家庄堡垒伪军班长的节礼分量相同了，没有分出等级，便被分队长把全村保甲长抓去拷打，终于补送上面书有“惠及民众”的银盾一颗，才算了事。在伪村公所的办“公”桌上我发现一张大红纸条：

谨詹一月十二日，我俩结婚，洁樽候光

赵友彬　崔多妮 敬拜

这张冠冕堂皇的结婚请帖，想不到又是一幕悲剧的开始，据说这是去年元旦日发来的，是著名情报员二倒蛋（赵友彬的绰号）和洋白面（崔多妮的绰号）结婚的请帖。这样请帖曾发给百多家，每家规定要送礼金百元。至于那个坏蛋的“爱侣”，到底是否娼妇化身，或是霸占良民妻女，我还不得而知。但在一个农民朋友家里，我看到下面一页信纸：“……关于万恶的情报员李增藩把我的妻强霸，以强压弱，我也不给，他把我抓去住了一月警闭，回家来才把我的妻给了人家，请你给我想一个办法，千万，千万！”由信的下款我知道这是××山一个青年农民写来求援的。我好久注意着这几行歪斜而朴实的字迹，越发感到敌占区冬天的阴郁之气。

然而在饥寒苦辱中熬着日子的敌占村里的同胞，他们并未被严冬的饥寒苦辱所屈服，他们知道残冬过后必然到来的是和暖美丽的春天。他们□念着春天，同时在敌占区人民的心里，另一种新的希望比春天更和暖更美丽。一九四三年的元旦，对敌占区的人民将像阴霾中的闪电，启示了胜利的光芒。我听到人民相互传说着：“希大狼一倒台，鬼子也快啦！”受鬼子侮辱过的一个老太婆恨恨地咒着：“鬼子明年（今年）退却，我要捉住一个挖掉他的心肝！”我看见一个年纪只有十一岁的孩子，听说明年（今年）胜利的消息，自动给我们报告敌情，并引领军队深入敌占区捣毁了汉奸的巢穴。××村一个十岁的女孩子伴着自己六十岁的老祖母，用种种巧妙手段躲避着敌人的眼睛，给边区送交了六百多斤公粮。虽然，这只是一个序幕的开始，新的希望，燃炽了人民的斗争。为了解除生活的痛苦，敌占区人民和边区同胞将更紧密地团结在一起，战斗在一起，创造着一九四三年的伟大胜利！

一九四二年十二月三十日

（《晋察冀日报》1943 年 1 月 9 日）

游击区里的武天飞

左生

武天飞是个英雄，是个了不起的人物。游击区的老百姓没有一个不知道他，都在暗暗地敬佩他杀敌的本领。一谈起他便好像自己也增加了不少的力气和荣耀。

还在前年秋天，敌人“扫荡”边区时，敌人曾杀害了我们无数的同胞，毁坏了许多漂亮的房子，并且在我们村庄的附近筑上了“王八窝”。鬼子和伪军们天天出来压榨老百姓，要东西、要粮食，把我们的财物用大车抢到敌据点去。老百姓没有法子过活了，他们都咬紧牙根痛恨着敌人，要找敌人泄愤。

这时，武天飞出来了，他带着一批呱呱叫的年轻汉，天天在游击区打击出来劫掠的敌人，把夺取过来的东西交还给老百姓。

从此，敌人很害怕了，他们都知道游击区里有个八路军的武天飞——敌人叫他“武团长”。有一次，二百多敌人包围了村庄，一听到说有“武团长”的队伍，马上扭转头就跑了。从此老百姓都感激和爱戴了他，一说起来，就是“我们的老武”怎样怎样！

老武是常胜军，经常打着胜仗：他曾亲手杀死过十三个日本人，抓过廿多个伪军。敌人恨透他了，总想设法子包围着消灭他们。恰好有一次武天飞住的一个地方警戒疏忽了，敌人便集中了几个据点的兵力出来合击，搞去了他两个伙夫、一个伤员。这一下老武恼火了，他带着他的人一家伙便冲到了敌堡垒跟前，向敌人下“战书”！“武老爷在等着你，有本领下来干吧！”你说敌人怎么样？——缩在王八窝里直打哆嗦。

老武也常常一个人到敌占区去。据说，有一次闯进了伪村公所里，一个敌人特务正在向村里要三千块钱、一百名夫，还有大米白面。老武心里恨透了，但他装着没事的样子，走进去，尽望着墙上的字画，眼睛却瞅着这特务，趁着特务转过身时，一家伙便过去把他抱倒了，手枪掏了出来，抓着送到了巩固区。

老武不光会抓汉奸，也善于逃避敌人的追击，有一次正被敌人追得厉害，他跑进了一家老百姓的院子，老太婆和他的闺女正在打黑豆。老太婆说："快点藏在豆梗下吧！"他钻进去了，敌人跟着便进来搜索，满院子找寻，又把豆梗翻了一通。最后敌人走了，老太婆的闺女便叫他出来喝点稀饭。

有一次，在城里，敌人把他抓着了，在铁牢里关了起来，到半夜里，有两个人偷偷地来了。

"这家伙定是来活埋我的了。"他想，"谁？"

"我是老张！你听不出来吗？老武。"

老武一想，记起东街豆腐铺的那个人来。

"你怎样到这儿来的？……"老武问。

"我们把两个守卫的哄到酒铺里了，不要紧！"

两个人把老武的绳子都解开来。"现在你走吧！"他们说。

又送他到城边，用绳子把他从上面吊出去。他走着走着，忽然掉到一个泥坑里，爬出来时变成一个泥蛋了。天亮，他在一个山头上睡着了，追赶他的敌人经过旁边却没有发现他。

现在老武还在健康地活着，天天在游击区东转西转，带的队伍更多了。

（《晋察冀日报》1943年1月13日，《子弟兵》副刊第64期）

新年纪事

马特

一

三十日，除夕的前一天晚上，我们就开了一个全体军人晚会。当点名号“的的打打”地吹起来时，俱乐部已经挤满人了。熊熊的火焰从炭盆里吐出来，映照得我们含笑的面孔更加红润可爱，战士们、勤务员还有炊事员同志们都贡献了自己的节目，多么自然、多么活跃。在欢乐中，我们的朱副主任来给我们讲话。看我们的朱副主任多么亲切，他微笑着看着我们，后来就给我们讲开了。他把我们过去一年斗争的经过和成绩总结了一下，又告诉我们说，要更勇敢快乐地迎接这胜利的一九四三年。

二

那两三天，我们的球场更加活跃了，一排和二排、二排和三排，或者是混合队，球赛热闹得很。

到三十一号、一号，就更热闹了。外边的许多单位都来打球，排球打过了，篮球又开始。

除了比赛，球场整天都没有冷落过，我们都愿意在球场上活蹦乱跳的。新年放假三天里，没有必要，谁也不待在屋子里。

三

三十一日，除夕了。在军区司令部，有一个干部晚会举行。

聂司令员讲了话。抗敌剧社和西北战地服务团的音乐队联合举行了演唱和演奏。当中，又举行了猜灯谜。灯谜有打整风学习某文件中的一句的。有一个谜面写着：

“不堪入耳。(打增强党性决定中一句）”

“呃，我说，‘调不动人’，唱歌的调子不动人。”有一个同志起来说。

还有同样性质的谜面。

——我说。第一个人起来说，又起来了第二个人，接着，第三个人又起来要说了。呵，争着说起来了。同志们的整风学习很不错吧！哪一个文件当中有句什么话，他们都记得清清楚楚呢！

一日下午，我们又开了迎接新年反法西斯大会、晚会，西战团演出了《我爱八路军》，抗敌剧社演出了《人去楼空》。

二日下午，又举行了军民同乐会，由抗敌剧社演唱了《空城计》，斩掉了主观主义的马谡。

（《晋察冀日报》1943年1月13日，《子弟兵》副刊第64期）

感激得掉出眼泪来

周云化

看护员高炳海对于伤员的极宝贵的友爱精神，使伤员同志感激得掉出眼泪来。

夜深人静，无数的星光在天上闪烁。他始终没睡，陪在伤员的眼前，安慰他，解释着，排除他的痛苦。

“我……大便!”伤员痛苦地喊着。

他扶着伤员大便。

“我喝水!”

他烧水给伤员喝。

“我……小……便!”声音有点颤抖。

他又不怕麻烦地叫伤员解了小便，又叫医生去看了看，吃点补救剂。

看护员高炳海同志就这样地通夜没合过一次眼。

第二天，伤员好了很多。感激得掉出眼泪来。

（《晋察冀日报》1943年1月13日，《子弟兵》副刊第64期）

死里求生

——记昌宛县粉碎敌寇“并村”阴谋的经过

小民

一

昌宛有一部分地方是在敌寇血腥统治下的，这些地方的同胞们尝尽了敌寇所给予的灾害：他们的房屋被烧成灰烬，他们的田园被汽车路占去；他们有地不能种，连妇女都要每月给敌人修二十天以上的岗楼汽车路；他们每天要支应“皇军”，不到百家的小村每月要几千元的负担；他们的生命没有半点保障，“皇军”杀戮他们比杀一个苍蝇都不在乎；青年妇女不断地被抢上岗楼，夜间不能闭门，当“皇军”来找花姑娘时不能稍有拒绝，当着丈夫的面来强奸他的老婆，还要叫她男人作笑容；他们不敢三人到一处谈话，他们已没有了半点人的自由。但是，这还不满足敌人无餍的欲望，敌人说他们仍有“匪性习气”，原因是过去他们用“配给”办法去抢人民的粮食时遭过反抗，去年夏天敌人抓他们去到太平洋作战时他们都“逃之夭夭”。因此，“聪明”的“皇军”又想出了更毒辣的办法——要据点附近村庄的老百姓完全到据点内去住。

二

一个暮秋的早上，敌人在他的王八窝里召集了一个伪乡长的会议，当伪乡长步入“会场”时，矮矮的狗熊样的赖野中队长早已来到了，他操着令人发呕的中国话，狞笑着向开会的伪乡长打招呼：“你们辛苦了!”伪乡长照例都给这位“太君”鞠了一个九十度的躬。

开会了，他首先发言：“今天要你们来讨论一个问题，就是怎样可以把我们这个地方的八路和工作人员消灭，大家来想办法！”时间等了很久，没有一个人发言，这位“太君”急了，龇开牙齿大骂：“八个鸦路的！快说话，不想出办法把你们通通地押起来！”

“最好请皇军多去打他们，或者每村建一个岗楼。”一个伪乡长颤抖着说。

“八个的，不对的！”以后又无人说话了，等了好久“皇军”更急了，“你们的心都坏喽坏喽的！如不说出办法通通的打死！”这位“皇军”把拳头向桌上一捶。

一个伪乡长又发言了：“如果没有办法，那就只有我们搬到据点里来住！”

“皇军”狞笑了，笑得更像一个吃饱了的狗熊。“大大的好！这个办法好，这是你们自己想的办法，一定要做！你们回去告诉百姓，限七天十五里地内的人家通通地搬到据点来。先来的住房子，后来的住野地，不来的通通杀光，粮食完全搬来，不然会叫八路抢去。”

这种把群众仇恨的目标由自己身上转移到伪村长身上去的办法，已经太陈腐了，中国人并不像“皇军”所想象的那样蠢啊！

三

一天晚上，××村村公所里挤满了男男女女。他们正在嘈杂地谈论着“并村”的事情，突然门一开，×游击队长进来了。大家见×队长进来，都拥上去要他想办法，每个人的内心都企望着这位最爱护他们的游击队长给他们想一条活路！一位五十多岁的老太太一把拉住×队长的手，亲切得像是她的儿子，叹了一口气，便叫着×队长的名字说：“××！你们可来吧，不然我们活不了啦！鬼子叫我们搬到据点去，粮食也弄去，还有我儿子才娶了新媳妇，到据点去还有好吗?！××！你想办法吧，救我们！唉！不然咱们以后再也见不上面了……”以后，人们都嘈杂地恳问着。×队长沉静地听着他们的讲话，不断地给他们解释敌人“并村”的阴谋。门忽然又开了，进来一个壮年小伙子，他一进门，大家都嚷着：“啊，来了！开会吧！”

开会了，屋子里马上变得很静。主席便是那位小伙子，他说话很简单但很扼要：“前天鬼子通知我们限七天都到据点去住，大家都已知道了。这是鬼子抢我们粮食，抓我们当伪军，叫我们死心塌地地当他的奴隶的办法，大家愿意去吗？”

“不去！”全屋子里雷一样地发出了吼声。

“那好了！这是全村的事，咱们表决一下，不愿去的举起手来！”马上，全屋举满像竹林一般的拳头。

“但是敌人如果来烧房子杀人怎样办呢？”主席又发问了。

“操他妈！还不是烧过几回的几间破草铺吗，烧就烧吧！咱们不是死人，和他干呵！反正到据点去不是饿死也是给他当伪军去当炮灰。”

“对！和鬼子干死也不去饿死，不去当炮灰！”有不少的人同意这个发言。

主席兴奋地说：“大家不要嚷，就这样决定：老幼妇女都往八路军那里跑，青壮年起来干。还有一个问题，就是咱们以后不支应敌人了，大家意见怎样？”

“对！以后不给那些王八羔子们什么了！……”

“叫他们吃手榴弹，吃地雷！”几个青年小伙子痛快地发表了意见。

“对！对！”

会议结束了，斗争的火焰却燃烧起来了。

四

六天过去了，还没有一个老百姓到据点去，连伪乡长副也不见了，电线都不知哪里去了，汽车路被破坏了。鬼子大队长大发雷霆了，遣派二百多个兽军分四路出发了，带队的赖野中队长在接到命令时，他脑子里翻转着一个美满的“赫赫战果”：皇军堂堂进村，伪乡长迎出村来，九十度地鞠躬；点心、金票；摸花姑娘的脸，抱她。召集大会，把开会的老百姓通通地捉去……但事情变得太出他意料之外了，“皇军”刚到××村口，突然“轰”的一声，地下翻起了一个怪物，满天都飞起尘土和烟雾。“皇军”堂堂的队伍乱了，前面的四个“皇军”已经见了阎王。中队长大怒了，下令“冲进村去，先捆起乡长”。事情更出皇军意料之外了：不见伪乡长的影子，无人再迎接“皇军”，茶水点心见不到，连个人影也见不到了，全村静得死了一般。中队长只好亲带兽军到处探头探脑地张望。“飕!”从房上飞下一个手榴弹，正打在中队长的肩上，总算中队长的命牢，手榴弹没有炸，但已吓得像老鼠一样地逃开，命令兽军们冲进院子。但院里什么都没有，一直到天快黑，“皇军”仍未见到一个人，只得抬了四个“皇军”的尸首回去。这样便完成了赖野中队长的“赫赫战果”！当他走到半路上和其他三路的“皇军”会合时，才知道那三路也同样得到了这样的“战果”。

十天过去了，“皇军”的“并村”计划，所得到的“战果”仍然和开始时一样，“皇军”到处吃到的不是茶水点心，而是地雷手榴弹；“皇军”遇到的不是惯受欺侮的老百姓，而是八路军、游击队和民兵；“皇军”再不能使用电话，不得不完全使用通讯鸽子；整天东奔西跑的“皇军”，到了夜间也不得休息，天天有人袭击岗楼；几天的时间，“皇军”的尸体已经有了三十多具。

“皇军”毛躁得直想跳起来，在王八窝里自个儿骂自个儿：

“八个鸦路！这些百姓，都是土匪，每村建一个岗楼的!”

每村建一个岗楼嘛！可惜“皇军”没有分身术呵!

（《晋察冀日报》1943年1月21日）

安静，是我们游击队打来的

史评

近几天来，定襄我某部，活动在炮台堡垒林立的定襄平原。要问敌人对我们这支小队伍是否看在他眼里，只要从游击区来的老乡们的谈话里，便可以看得十分明白。

“这几天可算安静了些了！”

“前天还抢粮，夜天就见阎王。”

自从二十一日（去年十二月）晚上，这支小队伍摸进了杨坊据点，吓跑鬼子和伪军，抓出一个女汉奸，缴了一部文件和食品以后，战士们的情绪就更加高昂了。接着在二十七日，伏击了宽沟（据点）的敌伪，拿回一支步枪来。第二天，他们又在他们的队长率领下，到南王村（据点）附近了。

掷弹筒射手智金存同志兴奋地说：“今天总得想法拿个好使的掷弹筒呀！”

几个拿七九步枪的同志也争着说：“今天要打下三八式就不拿七九枪了。”

果然，四个鬼子带着十几个伪军，由×村往南王村（据点）回返，走到我们的伏地，就展开了激烈的战斗。霎时间，四个鬼子完全“回了老家”，六个伪军也替鬼子送了命。

这个战斗，我们又胜利了。

获得一个掷弹筒，智金存同志说：“我也胜利了！”

拿七九步枪的同志们又多背了三支三八式，他们说：“我们都胜利了！”

“这几天可算安静了些了!”这句话，在定襄平原是实际的，但是我们丝毫没有满足这种“安静”。今天在定襄平原上，还不知有多少个这样胜利的队伍，正在继续扩大着他们的战果。

（《晋察冀日报》1943 年 1 月 21 日）

场上俱乐部开幕了

人

冬天，俱乐部里谁也不愿去。人都怕冷呀！

在××部，情况完全相同。最近一个时期内，俱乐部一直在“冬眠”状态中，无声无息。

可是昨天，一张大布告出现在操场上了。那上面写着：“同志们！我们的场上俱乐部，明天就要开幕了。关于活动时间和项目，详列于下：活动时间：中午十一点钟到一点钟，下午四点半到六点钟。地点：操场。项目：跳绳、踢毽子、弹棋、象棋、军棋、跳棋、网球，下午增设篮球、排球、小足球。如遇阴雨天气，场上俱乐部停止活动，一切玩具，可以外借。同志们，热烈地响应号召，把我们的生活活跃起来，把我们的身体锻炼得更健壮，像钢铁一样！——场上俱乐部，一月十八日。”

真是一个新创造。冬天，俱乐部搬家了，搬到操场上。果然第二天下午，一切活动都在红色的阳光下面进行着。

这里是一块大操场。最西边篮球场上，干部战士正都搅在一起激战。正中是排球场，伙夫、勤务员同志都在里面占着一个位置。东边小足球场上，格外热闹，大群的人为抢着踢一脚那用布缝起的小圆球，拥在一起打闹着、喊叫着；实在，这里恐怕是不讲什么“球规”的，但是大家都出汗了，大家的脸孔都像西下的太阳一样红着了。夹在三大球场之间，那尘土滚动的地方，许多人在跳绳；快跳时，绳子简直看不到了，只见人在一个旋转的圈子里面跳动。靠墙那边，大家玩弄着各色各样的棋，熙熙攘攘，真像集上一片杂货摊。

在操场附近一排房子的后面，那不见阳光的地方有一个小小的溜冰场。这是大家用水“浇”成的。一到课外活动时间，许多爱溜冰的同志都到这里来“过瘾”了。来自南方的同志，也在冰上像小孩学走一样地溜着，当他们很容易地栽了一跤的时候，那笑声马上就像决口的河水一样响着呀……

原来年轻快活的人，是能把严冬变成春天的。

（《晋察冀日报》1943年1月22日，《子弟兵》副刊第65期）

赶　　集

——王国信敌巢捉伪警

野明

燕赵镇是曲阳山下一个有名的地方。这儿是一个最大的集市。“皇军”为了“确保”这个大镇，修了一个比别的堡垒多两层的特大号的草鸡窝。除去有鬼子和伪军共同守备外，还设置了一个伪警察所。

这天是大集。武装工作队员王国信同志接了队长的命令以后，一直就在人群里转着圈子。他从这头走到那头，最后还是找了一个饭馆坐下休息。

人们正低声地谈论着。

“刘振合这小子真坏，上税少一个都不行。”

“真是，没有一点中国人味！”

“嗯，来了。”一个三十多岁的老乡向窗外努着嘴。

聪明的王国信，早已猜透了几分，但是他怕搞错了：“刚过去这个是谁？”

“刘振合那小子呗！”

于是，王国信赶快出来，悄悄地跟上了这个背着大枪，斜披着一袋沉甸甸的子弹的坏蛋警察。

快到集头了，王国信往四外看了一下，伸手抓住了那支看了很久的枪：“走，不走就崩了你！”那个警察受这一惊，简直不知道如何是好了。他没办法，只得跟着张着嘴的驳壳枪走出村子。

第二次集上，谁也看不见那个坏蛋的警察了，而在我们的武装工作队里，却多了一支大枪和三十五粒日本子弹。

（《晋察冀日报》1943 年 1 月 22 日，《子弟兵》副刊第 65 期）

子弟兵的母亲

杨受谦

在我们驻防×村的时候，我和一家姓齐的老百姓很熟，这家只有一个老太太和她的十七岁的儿子齐松林。不久，齐松林同志也参加了部队，成为一个年轻的子弟兵了。

后来，我们部队移防，离开了×村，临走的时候，我曾存放一些东西在齐老太太家里。前天，我和一个姓张的同志外出工作，路过×村，便顺便去看望齐老太太，并取出我存放的东西。

当我们走近她家门口的时候，齐老太太正在外面，见了我们，老远就立起来打招呼，那慈祥和善的面孔堆满着笑。她一面说，一面用手撩起门帘。

"同志们，来啦，进屋子里去吧。"

这五十多岁的老太太，顿时忙了起来，我们还没坐下，她就说：

"同志们，没吃饭吧，我做饭去。"说着，她就刷起锅来。

"不用，我们刚吃饭就来了。"

她哪里肯听，又忙着跑出去抱柴火。正在这时候，从外面又进来两个同志，一个背着枪，一个空着手。于是，我和张同志便乘机跑出来，把带来的干粮吃了，过了一会，我们才又回去。

一进门，大家正在吃饭，我们扭头就向外走，齐老太太飞也似的追赶出来说：

"等了你们半天，不知你们哪里去了，快来吃饭吧。"

我们急着告诉她，我们已经吃过干粮，饱了。可是她怎么也不答应，我们便跟着她进屋了。

原来那位背枪的同志就是老太太的儿子齐松林，我们就很亲切地打起招呼来。因为拂不过老太太的好意，虽然肚子实在饱了，还是随便吃了一点。

吃完饭，天已黑了。老太太又给我们拿了两床被子来，招呼我们去休息，就像照顾她自己的儿子一样。

第二天早晨，很早我们就起床了，准备洗完脸就走，可是老太太起得更早，连我们吃早饭的面也和了，决意不叫我们走，没法，我们便只好答应吃完饭走。

她正做着饭，来了一个运输队的同志，齐老太太很亲切地招呼说："老杜，饭快做熟呀！就这里吃，我们吃面。"可是，那位老杜同志坚持地走了。

这时，我再也忍不住，便跟老太太说：

"八路军多得很，来一个叫一个吃，你哪里来那么多给他们吃……"她还没有等我说完，就接着说：

"同志们都是辛辛苦苦，够累的，吃顿饭算什么呀！"

听了老太太的话，实在使我深切地感动起来。松林同志受了革命思想的锻炼，当然不会有什么自私自利的心念，可是却没想到他的母亲，也是这样胸襟旷达，这样爱护抗日军人，几乎要尽她家所有来照顾这些和她孩子松林一样的子弟兵们。

当我和张同志告别齐老太太之后，在路上，我们谈起她，真不愧是一个子弟兵的母亲。她的亲切和慈爱的面容，便在我的眼前闪烁起来。

（《晋察冀日报》1943年1月22日，《子弟兵》副刊第65期）

语语血泪

向天凝

在敌人的黑暗统治下，城市劳苦阶层的人民已到饥寒不堪的境地。这是一个到北平城内施粥厂去领粥的乡下贫苦妇女，对一个访问她的人的谈话，这种朴素悲凄的语言，道出了一幅多么惨淡的图画啊！

——作者志

“噢！你姓张，我们贱姓王，家就住在西便门外。每天老早老早就往这里来，有时到这儿还显着晚呢。因为这粥场粥稠，给得也多，所以人比别处也挤。谁要早来就可以到第一号棚里去等着，发粥时也是按着棚子发。如果来晚了一点，头几号棚子就叫别人占去，我们便得往后几号等，直到发完回家，差不多前半天就算耗过去了。您算算，从西便门到这里多远呢！这二丫头才七岁，走得顶慢，我怀中抱的这个是小子，半道上还得常歇着，要不她走不了这么远呀。您说，遇到这年头有什么法子！

“对了，前些日子关城早开城晚，等到城门开了再去就得等的时候特别长，那些日子我们便头天晚上进城投奔宣武门外孩子她姥姥家。孩子只有一个四十五岁拉车的舅舅和一个七十三岁的姥姥，住在大杂院中一间小南屋里，我们娘儿仨一去，不是她舅舅在地上铺点稻草睡就是我在地上睡，第二天仍旧很早地随了她舅舅出车到这点（地方）来。您说冬季天住在亲戚家□□扭，又都顶穷，打头先盖不暖，要不我怎么老咳嗽呢！现在就不在那儿住了，省得麻烦人家，自己怎么都好办！

“天实在冷了，咳嗽的人太多，刚冷时我带他们两人来，总冻哭了一个，在怀中的也往怀里挤。我虽说是大人能忍点，可是也冻得红鼻子红脸的。我们的棉衣还没穿上，要赶上大风或下雪，喝！您不用提了，连我都要哭。后来就抱那小的来，大的就不叫她来了，您说要是为打一趟粥把孩子冻坏了也太不值得，是不是！

“唉！您没到我们家去看看，一间小土房，除去一盘炕外任什么也没有。夏天没单衣穿，我就把去年冬天领的棉衣改了。我们在家不用说，他爸爸得换呀，送一次嫁妆得走出十几里，您说回来不换那哪儿成！我们现在穿的这身是今年新领的，我和她爸爸的都是在什么报馆，孩子们的是从红万字会领来的，虽然吃不饱，也得穿暖和点呀！

“我倒忘了和你说了，二丫头她爸爸叫王文山，现在吃红白口——没起色！

“红白口就是办喜事，要不落白事，那些挑桌椅嫁妆的，吹喇叭打鼓的，和窝脖窝嫁妆的都叫红白口。早先他入过军队里，后来遣散便没了事，因为常到杠房串门，也学会了这一行，就这么干了六七年。活该吃这家饭，可是现在都不行了，挣的钱就够吃一顿饭。他卖力气吃得又多，哪能不叫他往饱里吃，我就得顿顿饭八成饱。遇巧了有一回事，谁家整天死人娶媳妇呀！近来更好了，人家多半不办事，或是请一队洋鼓洋号一搭人得了，哪儿有买卖呢？后来我劝他改行，他不愿意干别的，我又说，你还不如来辆三轮蹬，弄来弄去没法的，他才马虎地蹬了。天天晚上回来就抱怨：‘累死我了，裤子也破了，这一天足有五百斤分量！’我就劝他慢慢来，忙不成。您瞧也怪，三轮车太多了，他又不能揽买卖，一天的进项还给不齐车份钱，稍微有点富余他该喝猫儿尿了，我们这家子简直没法儿办！

“人口多还好呢，我们跟前有姑娘一个，二的三的全是小子，四的又是丫头。您看，就是这孩子！五的就是抱着的这个。搭上我整整七口人了，开门七件事，没个块儿多钱的怎过得去。就只吃杂货面一天也得四斤多小五斤子，不好混呢！

“人口多实在累赘。幸亏大的已给了人家，上月十六都添了一胎了。二的刚十二岁，前年有街坊给找事到哈德门外一家织布场学织布去了，到年节回家。那点管饭、管衣裳，用不着家里的。三的叫柱儿，十岁了，夏天他舅舅给找了地方学徒，是个烧饼铺，就管饭，别的全不管。当时没饭吃，就去了，还立好红契，不满不许走，现在后悔也不行呀！秋天发疟子，现在又拉痢疾，还躺在家里呢！小的，小的又这么磨我，我算是罪孽到家了！

“我找事？上哪儿找去！连一份整齐铺盖全没有，谁也不要。今年也四十二岁的人了，慢慢地老了，原先倒有人给我找个事，又清闲，钱也不少挣，可是有孩子赘着我呀，那时正是已死了的那一个正病得厉害，我怎能走；现在又有这死不了的跟着我，更动不开身。天暖时发卖过几天奶，后来我们这小的病了要死，便不卖了，留着给他吃。近来连我都吃不着饱饭，他也吃不着奶，您看看，这黄病的样子！

“爸爸说，把孩子给人，叫我出去给人使唤，我就不忍心，谁的孩子谁不疼呢，再说也没人要！

“小丫头子，老实坐在这儿！等我打开手巾呀，死不了的！

“您可别笑话我们，我们粗人都这样。刚打完粥趁热吃，为忙着回家就随走随吃，今儿个天还不凉，在这吃完再走，也省得半路上饿。

“哟！你小丫头子还知道让人呢！人家先生多暂也不吃这个呀，你打算又是你舅舅呢，一给就吃！

“你少吃咸菜！

“这咸菜还是特意在城里买的。谁知那可恶的伙计还不愿意卖呢，一分钱也是照顾主啊！城里就是这样，太欺侮我们乡下人不懂市面，其实那咸菜还没有城外义兴和小铺给得多，也不透亮呀，生生是卖的字号，反正穷人到哪儿都是苦。您看这牛筋似的大腌萝卜，二分钱的呢，才给这么一点，没法子说！

“喝一碗就得了，我都没喝，你二哥不是病着吗，留着给他喝吧！

“这孩子能喝、能吃，您看吧，越穷的越没饭吃越吃的多，阔人倒吃得少。老天爷也是，不但是个路家雀，还要赶上荒年，命不好，什么都不用说。我们一打这三的落地便不好过了，都说是他的八字怪，妨我们一家子不得好处，自己的孩子，还是得忍着，到孩子一成事自然就好了。我这老太太还能活上几年，叫孩子们好了比什么都好。我怎么都行，挨饿受冻都为的是他们，自然有明白人知道，对孩子可说对得住了。

“今天的粥就多，放粥的一勺下去没一定，多少都是它，反正一人一勺。要比起来还得让人这点，哪个粥场也比不上这点，就是人太多，挤一点。一句话，便宜的事情没有容易的，您说是不是！

“还养鸡养猪呢，高粱好几毛一斤，就是猪胎也得花几块子买一只，哪儿有那么些闲钱干这个！一天伺候着，没个毛儿八分的不行，除去自己个有地，把鸡撒到地里，要不怎么也不行。你是不知道，乡下养鸡的都少了！

“现在倒是找点短工作做，什么街上油盐店孤身，或别的铺子没娶媳妇的，他们的洗洗涮涮便拿到我这儿来。忙的时候一天围着洗衣裳盆转，冬天冷了衣服换得不勤了，买卖就不多了。有时替人纳一纳鞋底，一双连绳子算在一起才五毛钱，还要照管着孩子。活计可差少，多穿的主儿都自己纳起来，要不多花无几的钱买现成的新样式鞋。大不如从前，挨饿时候也就多了。

“我们不大工夫就回去了，就这样子到家也得一点钟，家里还有一个病鬼等着呢。

“您还给她钱干吗，留着你花吧！

“你还不给先生请安道谢！

“有工夫您到我们家去看看，西便门外南关六十五号，没墙也没狗！

“您走啊，谢谢您！”

（《晋察冀日报》1943 年 1 月 24 日）

威州胜利以后

江波

在一个广阔的沙滩上，站满了成群的男人、妇女和孩子……他们快乐地欢呼着，招着手，欢迎从威州胜利归来的子弟兵。

这是一支不太多而很精悍的队伍，去时，他们每人只有一支枪，而现在却变成两支或三支了。另外，又多了一尊八二口径的迫击炮。当中走着被俘的八个伪军，队伍的最后是民兵组成的行列，他们手里提着手提包、皮箱、望远镜和照相机，在他们肩上扛着的是闪着光亮的煤油筒……

当这支带着异样光彩的行列从我们面前通过的时候，好像一颗炸弹在平静的海里炸开，立刻掀起狂烈的掌声和欢呼声："欢迎威州战斗的英雄们！"

靠近我身边的一个孩子指着行列里面的一个，跳着对我说："看，那不总是××连的老韩吗？扛炮的那一个，你不认识他吗？"队伍过去了，孩子也跟着追过去，他跑着、跳着、喊叫着……

下午，我会见了缴枪英雄王文和。他戴一顶黑毡帽，面色很黄，像是有病，可是打起仗来他却像一只猴子似的活泼、机警。部队冲进威州以后，他拿一把砍刀捉到五个伪军。我问他缴了几支步枪，他睒睒眼睛，说道："五支。"他伸出一只手，但是接着他又说道："缴枪算个什么呢？只要胆量大。"

第二天我参加了××的祝捷大会，昨天那成群的大人、妇女、孩子……又伴着歌声和欢乐的微笑来了。他们口里谈论着战斗、胜利和英雄的故事，我听到两个老乡关于威州战斗的对话：

"仗，打得好。"

“自然。”

“你欢喜？”

“难道你不欢喜？”

…………

胜利品在讲台前面陈列出来，枪、炮、手提包、望远镜……这是深冬的早晨，太阳刚升起来，整个会场浴在明媚的晨光里。

我从堆集的胜利品中拣出一本日记，这是“威州建设总署第一督工所”北原技师的生活手册。手册上，记着他的“建设计划”，他是去年腊月到威州的，他是开凿从威州（建屏）到黄壁庄（平山）运河的工程师；这强盗们想在威州建筑一道一千米的大河坝，想把威州到黄壁庄的肥田挖开宽三十三丈，深一丈五的沟壕。十二号的白天，他还绕着威州巡查地形，可是就在当天晚上，这位北原先生便带着他的理想和计划一块从生命中消灭了。

祝捷大会开幕的时候，八个伪军也来参加，里面有一个是队长，他曾经不相信八路军的战术，他认为威州——这敌伪统治的“腹地”，八路军绝不会到。日本指导官归冢警告他：“八路军不见则已，一见就是手榴弹和刺刀……”这次，他相信了，因为他亲自尝到了八路军的手榴弹和刺刀，而聪明的归冢却在八路军到来之前悄悄逃走了。

会后，我会见了这位队长，他告诉我说八路军使他钦佩敬慕者：一是打仗勇敢，二是宽大。这是真的，从××到威州往返一百七十五里，八路军的行军速度不能不使他吃惊。当八路军用火力将威州包围起来的时候，他还梦想能够得到侥幸，可是事实使他失望了，他变成了无能为力的“空军司令”。然而八路军的火力还不放松地捕捉着他的生命。

……后来，他终于被俘了，当夜随着部队一块到边区，他穿着长筒皮靴，路子太难走，我们的战士将自己的布鞋脱给他穿。当过××山时，他累得伏倒地上，我们的战士便背起他来走。宽大的友爱，打动了他的心。他被感动了，他流下泪来。我和他讲话的时候，他摇着脑袋："我惭愧，我惭愧，我……"这是一月十三号的事。

一九四三年一月十五日

（《晋察冀日报》1943年1月27日）

老黑的家

克达

敌人刚过去，老黑和全家的人背着担着又回到村里。可是一走到门前，看见自己的两间破房已烧得光光了。一些破烂的家具也扔得乱七八糟。老黑素来很黑的脸，今天却变成了焦黄。他一面着急地收拾着，嘴里一面骂大街。他的老婆流着泪，怀里揣着小孩子，慌忙地在焦灰里找东西；几个孩子都瞪着小圆眼，惊恐地看着爸妈，他们一动也不敢动。

“老黑回来了？古灵山的‘治安军’要二百夫修汽车道，明天有你的夫……”一个醉晕的联络员，大喊一声就去了。

又愁又恨的老黑通红着眼睛，没言语一声。

★★★★★★

汽车道的苗子，说正好插在老黑那块四亩地里，可是命令下来了，限他地里长着半人高的好麦子，两天内把麦苗一律砍净，晚一会处死刑！

老黑听到这个消息，疯了似的跑回家去，和老婆商量办法。老婆烧香叩头，求天求地，千万保佑麦苗，保佑全家。老黑又东跑西颠求爷告奶奶，请联络员多说好话，乞求“治安军”老爷开恩，把汽车道绕个弯，饶了一家的性命。

其实哪有用呢，人家的汽车道不要半分弯，就是遇上房子也得平了！

★★★★★★

第二天，正是五月廿七日，“治安军”押着千八百夫，去砍庄稼修路。人们刚要下手，忽然一阵枪声打过来，人群纷纷逃窜，锨都扔掉了，奔回家去。

当时好多人都看见七个“治安军”见了阎王。消息很快地传出去，可兴奋了老百姓。有的咬牙切齿：“这就不修了，修掉了脑袋！”有的哈哈大笑，老黑和他老婆也都松了一口气，面容也好看了一些。

可是天将黑的时候，忽然又一阵锣响：“明天净门夫，老爷庙台上集合去修路……”老黑听到这大喊的声音，立时低了头出了一身冷汗。老婆哭了，一群孩子也都哭了。

★★★★★★

一夜过去，老黑只好背着锨混在人群里去修路。敌人昨天吃了大亏，满肚子气正没有处发泄，恰好看见老黑的麦苗还没有割去，鬼子大大地气极了：“谁的麦子的?”老黑一听面色就青黄了，赶快跑过来战兢兢地给敌人跪下：“我的……”啪的一声，子弹穿过老黑的脑袋，他躺在地上。“敌抗皇军命令，八路的。”

老乡低着头谁也不敢看老黑的尸首一眼，人们都掉下了泪来。

老黑的尸首被老乡抬回家来，他的老婆哭得死去活来地办了丧。可是一家子没吃的没住的又没有依靠，于是就过起流浪讨饭的生活了。一群孩子都瘦得皮包骨头。她每天晚上暗祈菩萨保佑村边那二亩高粱，保佑这几个孩子长大成人……

可是祸不单行，事情又发生了。村边剩下的二亩高粱长得很好，可是敌人又下了命令，要各村一律挖围村沟，打土塞，于是又来强迫老黑的老婆把那仅余的一块高粱也砍去了。

老黑的老婆真觉得上天无路入地无门了，心里冰一般地凝结着，她觉得菩萨是要绝她的路了。

去年七月十七日的早晨，她独自悄悄地走到集上，买了二斤猪肉、三斤白面带回家来。

她流着泪做熟了饭，把一群孩子唤到跟前：

“孩子们，吃吧！娘没出息，把你们都快饿死了，……”

她哭着看着她那群孩子狼吞虎咽地吃。

“娘也吃吧，可香呢!”一个大点的孩子高兴地说着。

孩子们吃得饱饱地出去了，她盛了一碗走到一边偷偷地不知在碗里又放点什么就吃下去了。

第二天老黑媳妇死了，剩下了一群孩子。

（《晋察冀日报》1943年1月28日）

一封慰问信

——陕甘宁拥军运动中范例之一

【新华社延安二十五日电】劳动英雄吴满有，响应拥军运动，除捐款劳军外，并于前日托记者代笔，致信慰问其在八路军某部的兄弟称：

满旺二弟，明天是全边区拥军运动月第一天。报馆的记者来访问我，在整天的谈话中，我们从生产的道理谈到抗战的道理，又从我谈到了你。他说哥哥是劳动英雄，弟弟是抗日的八路军，都是中国最光荣的男子。二弟，最近一年里，报纸上经常登着我们的劳动的事情，我的照片和画像在延安街头到处张贴着。还有人把我们翻身的经过编成歌子，到处演唱。我们的窑洞里已贴了好几张我的画像了，全乡的人，以至全县全边区的人，都是向我看齐，而在我们庄上，全体农民的情绪，都一致提高了。二弟，边区同胞对我们的鼓励，真是太光荣了！你是识字的人，你会比我了解得更深刻，也一定会比我更加兴奋吧。

但是在兴奋之余，我又感到非常的不安，虽然说以我们的血肉所创造的边区，是天天地更加巩固了，然而和我们隔河对峙着的日本鬼子，还没有被打走，敌寇不除，我们是绝不能安枕的。二弟，革命和边区是我们生存与繁荣的基础，革命如果搞垮，边区如果塌台，我们还能有什么呢？我们不又是要变成奴隶和穷光蛋了吗？想到这里，我们的担子实在太重了。毛主席号召我们熬过困难，迎接胜利，并且说，现在是最严重的时候，所以更加要挤一把劲，努力生产（这是区里的干部对我说的）。我想这完全是对的。

毛主席给我们的任务，我们一定要完成。家里的生产计划已经定下，大家的工作全已分派好，都非常高兴。过了旧历年之后，我们就要大忙了。

你呢？我想你一定有更好的计划，把自己锻炼得更加坚强，好给敌人以加倍的打击，把边区保卫得更牢固些。听说部队里面，今年也要扩大生产，这是非常之好的，生产越多，生活越好，抗战的力量也就更加坚强。二弟，你参加部队已有八年的战斗历史，我相信你一定能够在部队里做一个模范劳动者，也和我一样，得个劳动英雄的头衔——那不是太美了吗？

二弟，你是八路军战士，我是劳动农民，虽然岗位不同，我们的目的只有一个，就是打走日本保卫边区、保卫中国。延安的人民现正踊跃举行劳军运动，掀起拥军的热潮，由于你参加了光荣的八路军，我被尊为抗属，也就是更加受人尊敬了。

现在家里的光景越发好了，不仅够吃够穿，而且有余粮调剂难民。全家人的力量现在都用在生产方面，大家都非常快活。这些事你可不要挂念。希望你努力抗战，抓紧学习，使劲生产，饮食寒暖，为国珍重，此致敬礼。

一月二十四日

（《晋察冀日报》1943 年 1 月 29 日）

掩　　护

星火

丰满的米粒，
是挥汗劳动的代价，
撒下一粒种子，
便会开出一朵灿烂的鲜花。

——旧作：《因与果》

当我跑到村东口时，街里早已乱成一团，女人尖声的喊叫、孩子的哭嚷、吱喳的鸡叫声……一切和飞起的尘土混在一起。我跳进交通沟，夹在人群中跑去。道沟里已涌满了人。两个暴着青筋的游击组员，伏在道口上，手里的决枪瞄着敌人。在拥挤的大小包袱、披散的头发、苍白色的脸……一切纷乱中，我用力地夹着左胁下的文件包，排挤着人群。区长和农会的老王已早跑得不知去向了，只有通讯员小赵在道沟左侧的土陇上弯着腰飞跑。为了躲开人群的障碍，我便又跳出道沟，跟在小赵后面跑去。

村里响起了枪声，飞弹在空中呼啸着；道沟里的嚣嚷声立即沉静下来。"噗、噗"的脚步声在杂乱地响着，黄土被人踢扬上来，扑在人们的脸上。我偶一回头，隐约可见敌人的骑兵，正向我们这人群瞄准，我急急地拉了小赵，蛮劲地拔起了两条腿，向左侧的漫野里跑去。

在一条横穿田地的小道沟里，我俩暂时止住脚步。年轻的小赵面孔上，已淡黄得没了一点血色，头发、眉梢、鼻孔和嘴角上都塞满了尘土，他伏在沟沿上张着大嘴喘气，两肩也做着高度的起伏。这时候敌人已在村里放起了火，黑烟在村顶上翻卷着，遍地是散跑着的黑色的人影。村边有几个敌人的骑兵，在迂回奔驰，向四围圈着人群。

我们休息的地方是几个村庄中心的漫野，是不通官路和大道的，大车、骑兵、自行车都是行不通的。现在还是晚春，大地没一根青苗，我们可以清清楚楚地望见四野。

五分钟过去了，漫地的人影已渐渐隐伏了，混乱的嚷声也转入了沉寂，偶尔村里传来的枪声，但立时又淹没在顶天的黑烟里。

我们在沉寂中窥探着四下的情况，我们像等待着暴风雨的到来。

“小赵！你想什么哩？”我发现了小赵在出神。

“嗯！”他抬起头来，“没想什么，……助理员同志，把你的文件包坚壁了吧！就在这儿！”他用下巴点着地。

“好！”我把小包埋了起来。

“小赵！你也要记准地方，万一我牺牲了，你就把它取出来，交给区长。”

“可是呀！区长他们不知跑到哪里去了。”他扬起眉头望着我。

“谁知道，他们出来得早，一定不会遇到什么危险！”我肯定地说。

文件包埋好了，小赵站起来，轻轻拍了拍手上的泥土，□□眼□盯□□□脸□鼻纹直下地拖拉着。

“助理员同志，我想咱这抗日的人不会死的！”

“嗯！”我不愿打消这孩子的幻想，“□□看着点敌情吧……”我轻妙地转了话题。

这时的□□已传来了枪声，××庄□□□，但现出了黑色的人影，三个、五个……一群、两群……蜂拥地朝着我们滚来，远处的××庄传出了枪声，道沟里也卷起了尘土。

情况更紧张了，××庄村边已散开了黄色的敌人，刚刚伏下的黑人影又在漫地里交叉乱窜。

我们窜进了一条大道沟里，向西北的×庄跑去。

“信号弹！”小赵一把抓住了我，我止住脚步，在前面村顶的半空中，正飘悬着一朵白烟花。但村边一个人影也没有，村内是平静的。

经验告诉给我们，这村庄是被敌人包围了，村里埋伏着敌人的主力。

“好！回跑！”我马上返回来，奔向原路，但后面飞来了枪弹，嘶叫着在我们头顶上掠过去。

枪声在四面纷乱了，人群也纷乱了。

我俩在道沟里飞跑着。

敌人散成半弧形包围上来，像一个网逐步向中间压缩着。洋马在漫野里狂奔。

“我俩分开跑吧，不要叫他们一起捉住！”

小赵停住脚步，愣了一下，随即好像明白了我的意思，扭身爬出了道沟，转向了东北面。

我拖着两腿飞跑，嗓子里像在冒烟，枪弹在头顶上呼啸着。在一条十字沟里，我跌倒在地上。鼻子是摔破了，眼里冒着火星。我吃力地爬起来，但一只手已抓在我的脖领上。

“还跑！”

我身旁站着两个灰绿军装的伪军，地上躺着一个满襟泥血的人。啊！不！老王，区农会的老王，他仰卧在地上低声呻吟着。

我已是无法挣脱了，我马上沉静了。

“先生！我是一个老百姓。”

“同志！有你这样的老百姓，头上蒙白手巾，满手钢笔水！”他俏皮地微笑着，同时伸手把我头上的白手巾拉下来，“洋人不叫蒙这个！”

"我可以不蒙了，真的，我是一个老百姓。"我看着我的衣兜，"先生我这里还有一块多钱，你们买杯茶吧！"

"同志，别装着了，你刚才嚷的话我们都听见了，不要瞒着啦，我们也不是外人，跟着我们走吧！"

老乡是装不成了，那么便不能再在敌人面前低头，为了保持崇高的气节，我马上挺起了胸，激愤地盯着他那步枪上发亮的刺刀。

"好，你说我不是老百姓，就不是老百姓，随便办吧！不过你要想想都是中国人！"

"你先别发火，咱不是坏人，我觉得你自己跑很危险，你直直地不肯跟着我们走也行，可是前面的道沟里就藏着日本，你看他不是刚被打伤了吗！"他向我指着躺在地上的老王。

那个矮个子伪军弯下腰去向着老王。

"喂！怎么样？忍着点劲吧，不要动，不然回头大队来了，洋人会挑死你！"说着他又把老王棉袍的下襟，翻扯起来，掩盖老王的脸。

"明白了吧！老弟！"高个子伪军用手轻轻拍着我的肩膀，"我们不会害你的，你跟着我们总稳当得多！"他指点着漫地散跑的人群和越凑拢越紧密的敌人："你跑得出去吗？跟我们走，得空我就叫你走了，不冤你，咱们都是中国人，一家人呀，老弟！"

由于他们对负伤老王的态度，使我心中犹豫了。

"大队就要来了，"说着他把我那块手巾捆在我的左臂上，"跟着我们走吧！别掉队，路上要碰上洋人问你，你就说'偷哭墓'（注：特务）。我叫你藏就藏，叫你跑，就跑……"说着他又向老王身上扬了一把土，便推着我，向西走去。

我默默地低着头走着。

"大方点！不要胆小，迈大点步！"他们用对小孩子的口吻教给我。

漫地里鬼子的包围圈，一步步向中心的人群压缩着。枪声里夹着他们兽性的狂呼，老百姓来回奔窜着，终冲不出鬼子的包围圈。

对面一个敌人的横队拉上来，刺刀闪着阳光，我一起的两个伪军和他们呼应着，我也不自然地举起我那捆有白手巾的左手。

一队骑兵又在我们身边过去了，我们仍向西走着。

我们又回到××庄，但村里都变了另一副模样，街上没一个人影，西街口的房上站着两个掮枪的日本兵，沿街所有的大门都被打碎了，家家院里燃烧着农具、破箱、坏镜架、木凳……到处充满了难堪的焦熏的气息。

穿了二个胡同，我们便走入了一个较偏僻的小院里。

“你就在这院里躲着吧！”高个的伪军指点着我，“不许你出院，我们在外头看着日本子。”说完他们便转身走出去了。

我虽然心里仍是忐忑不安，但已失掉了更好的办法，只□□人钻进屋里去。

街里的声音又沸腾起来了，马蹄声、皮鞋声，夹着听不懂的大声呼喊。

我独自一人躲在屋子里，屋里是乱得不成样子。箱柜都张开了嘴，炕上乱堆着破烂的东西，桌子上倒着一些破壶、烂了的镜子玻璃……

街里的声嚷还在继续着，我独坐在一个横柜上，等候着莫测的命运，我心中失掉了恐怖，是一种高压下的平静，像失掉了知觉，像在做梦一般。

脚步声进了院子，我蓦地心又跳起来，我局促着呼吸，站起来，向屋门口望着，进来的却是那个矮个子伪军。他手里捧着两张油饼。

“吃吧！不用害怕，大队正在街上喝水，等会我们就要走了。”

没等我回答，他又出去了。

我瞪着两眼向油饼出神，饼摊软在桌子上，还在冒热气。

时光过得是那样的慢哪！太阳像凝固在正午的天空。

跟着街上的一阵纷乱，两个伪军又出现在我眼前。

“同志！我们要出发了，我们是朋友，请你告诉我们你的名字吧！”他们激动地向我投射着目光。“你在哪工作呢？”

“我就是一个抗日的老百姓！”

我通身紧张着，准备着应付情势的急剧变化。

我仍是不言一语。

“呵！”他点了点头，“你误解我们的意思了，我是想留个纪念，回头好……那么不愿说实话，我们也不便再问了，不过望你见了上级给我们把这事说过好了。我叫赵祥，他叫陈进！”他指着那个矮个伪军，“我们现住××据点，好了后会有期，再见吧，朋友！”说着他们翻身走去了。

我心中感到一种说不出的情绪呀！

“等一下！”我小声喊着追上去。

“呵！同志，请你们原谅我，你们懂得吗？”我抓住两个的手。

“没什么，”他回过头来站住，“还有事吗？”

我两只眼直直地望着他们，却说不出一句话来！

“没有什么，咱们都是中国人！”赵祥好像已明白了我的意思，“实告你说吧，我是被八路捉住又放回来的皇协军。”

“噢！”我恍然大悟了，“我们都是抗日同志！我盼望你们将来要有更大的功绩，希望你们都成为抗日的真正英雄！……”

“不瞒你说，我们都盟过了誓！”

街上哨子吹了，我和他们握了手。

“祝你们早日成功！”

“后会有期!”他们大步地走出去了。

我静听着远去的混乱声，我在院子里来回踱着，回想着这一天的过程。

一九四二年十一月二十二日夜

（《晋察冀日报》1943年1月30日）

新年中敌寇的形形色色

剑清

前年敌人过年时鼓乐喧天，疯狂地庆祝其在太平洋上的“胜利”。今年却不同了，各据点冷落荒凉，没有半分新年的气味，没有开大会，更没有宣传赫赫战果，连“皇军”过年吃喝的东西都没有。过年的前一天（十二月二十九日），塘湖界安的敌人纠集了数百人向西出发，企图到各村抢劫一些过年的东西。天还未亮的时候，大炮就轰轰地响起来了，队伍进至×村，被我军阻截住了，×营绕到了敌人后面，一群野兽们见势不好，拼命地跑回去了。各据点敌寇无耻地向各“爱护村”的老百姓要过“年礼”——猪、羊、鸡、白菜等东西，村里的老百姓一年在敌寇的勒索下资财早已枯竭了，谁还有力量能够负担这些呢？有的村子逼得无法，只好勉强送去一些猪、羊、鸡之类的食品。有的村子没有送礼，敌寇就大抓老百姓，抓去的人没有一个能够逃脱敌寇残酷的刑罚的。有的被迫跪在火炉边，敌寇着一个人问：“你为什么不给皇军送礼！”另着一个人在旁边用烧红的火筷子穿进鼻孔去，有的用香烧脸，把脸上的肉都烧熟了；有的把衣服脱得精光，用冰冷的凉水洗澡。西靠山村里也是因为没有送礼，敌人便捉去了四个妇女，有两个是媳妇，其中一个怀孕的，敌人就给活活地挑死了，那未出娘肚子的胎儿也遭了悲惨的命运。村里的联络员还不知道这两个媳妇已被敌挑死，跑到敌人那里去保，敌寇把联络员也枪决了。另外两个闺女也被荒淫的野兽强奸了。

过年的那天各据点敌寇请伪村长们吃饭，西××一个最坏的敌军班长，在酒席上装腔地对伪村长们说：“你们是我们的爸爸，我们是你们的儿子，我们要依靠你们的，你们要好好帮助我们的。”××庄日本队部也请大乡长、特务队、警察所联合会餐，在这些伪组织人员到炮楼上去怎样呢？二盘生鱼片、三瓶酒、二个大虾，除此以外寥寥无几。赴宴的伪组织人员都大为失望，接着敌人说：“不管会不会每人非喝三大碗酒不可。”一阵“好宴”之后，敌人花言巧语地和他们攀谈起来，向他们要“花姑娘”，提出“丈夫的死了死了的就要”，伪组织人员都皱着眉头，一声也不响。后来敌寇发了怒说：“你们统统的不忠实的，关黑屋子的，干活的！”这些伪组织人员都被扣押到堡垒里面了。

一九四三年一月一二日

（《晋察冀日报》1943年1月30日）

伟大转变的一年

——初步检讨过去一年边区文化工作与今后努力的方向

沙可夫

回顾过去一年整个世界局势，正系《解放日报》在《新年献辞》中指出的，一九四二年是伟大转变的一年，因为我们看到“纳粹德国已经精疲力竭转取守势，而同盟国家获得了世界战争的主动权”。

在边区文化工作上过去的一年——一九四二年，也可以说，这是伟大转变的一年；因为我们看到，去年比任何一个时期边区文化工作更能紧密地配合政治中心任务——主要的是对敌政治攻势，发挥其应有的战斗力量而获得辉煌的战果。这里首先应该指出的是去年边区所有的文艺团体以至每个文艺工作者或多或少地都深入到了游击区与敌占区，展开对敌宣传战，在瓦解敌军、争取伪军反正以及启发广大群众的民族气节，坚定抗战彻底胜利的信心上面起着非常巨大的作用。从文艺创作上说，去年产生了大量以尖锐的对敌斗争为主题的短小精悍的作品。因此，如果在以前某一个时期中边区文化工作对于敌后战争迫切的要求或多或少还有些貌合神离，在实际上还不能完全做到文化文艺站在战争的最前线，那么在过去一年中显然大大地转变了。

适应着这一转变，去年边区在文化组织上进行了新的整顿，文化干部经过了新的配备，并成立了新的重要的文化团体，如自然科学界协会、新文字工作者协会等。——这样，边区文化界的阵容更完整，也更健全起来了。这也不能不说是过去一年间边区文化工作上的一大收获。

边区文化上这一转变，也就是胜利的获得，首先应该说是由于全边区文化工作者以最大的热忱与积极性，勇敢与牺牲精神参加了战斗。对于去年在文化战线上坚持工作而不幸牺牲的亲爱的战友，如劳森、沈蔚、袁颖贺、方壁、路琳、任霄、叶正宣等，他们和她们不是在敌人的屠刀下从容就义而死，便是积劳成疾而逝世。我们不仅致以无限的哀痛与悼惜，而且应当学习他们和她们为民族国家解放事业而英勇奋斗，坚持文化工作岗位到鞠躬尽瘁而后已的精神。敌人所能摧残的只是他们和她们的肉体，而他们和她们的精神——为正义与真理而战斗到底——是永生不死的。

其次，过去一年来边区文化工作上所得到的成绩可以说是边区文化界积极参加整顿三风学习与检查运动的结果。虽然今天我们还不能得出结论来说，全边区文化工作者一般地在思想与工作作风的改造上已经有了如何大的显著的成果，但在文化的某些工作部门中我们确已看到，有了不少的进步。譬如说，在文艺工作方面，一般文艺工作者，因对于党八股的毒害有了比较深刻的认识而加以深痛极恶，竭力排斥，所以在边区文坛上虽不免还有些党八股的劣货走私偷运尚未绝迹，但比以前确实大大减少了，它的销售市场而日渐倒闭了。再说，边区文化文艺工作者之间的团结，由于展开了反对各种各样表现的宗派主义的斗争结果，也比以前进了一大步。整顿三风的学习与检查——这一伟大的思想与工作作风的改造运动在全边区说来都尚未结束，而正在猛烈开展中，有待于我们每个边区文化文艺工作者再接再厉，向主观主义、宗派主义与党八股做无情而残酷的斗争。

当然，今天我们来检讨过去一年来边区文化工作，无论如何我们是不能满足于以上所指出的成绩与收获的：总的说来，是有了转变，但缺点与弱点在目前边区文化工作上还是有不少存在着的。试回忆一下或重新检出去年初文联所发表的《关于一九四二年文化工作方针与任务告全边区文化界书》来检阅并考虑一下吧！在这一文件上所指出的，我们应在过去一年中完成的工作任务是否都已完成了呢？显然的，没有全部，某些个别工作甚至离开我们所要求的还差得很多。举例来说，关于文化普及工作，我们没有完全实现“我们要使文化更加深入到乡村、连队、工厂里去”。我们在这方面尽了极大的努力而且也是有成绩的，但和今天广大群众所要求的与战争所需要的到底还有不少的距离。譬如文艺创作，在去年所产生的大量的，一般说还是比较通俗的，短小文艺作品中有多少真正能深入到乡村、连队与工厂里去呢？我们知道，这是不太多的。更不要说，为大众所喜闻乐见的，又具有中国作风、中国气派这样的作品，那就更是凤毛麟角了。因此，不用说，文化文艺与群众结合这一重大工作需要我们每个文化文艺工作者今后加倍努力的。另外如对于落后区的突击工作，我们去年也做得很不够的。在边区可能条件下应有的新文字推行工作，虽因成立了新文字协会而开始走上了更有组织有计划地来进行这一工作的阶段，但直到今天这一工作还是没有引起我们普遍的足够的注意，而使边区新文字工作始终落在其他抗日根据地的后面，为将来普遍推行新文字——今天还不能这样做——打下巩固的基础，这应该成为今后我们在这方面努力的一个方向。再就是自然科学、哲学等学术研究工作，在过去一年中都仅是在开始进行中，今后也是要我们更多注意与努力。我们要使这些学术研究的团体不成为空架子而把工作真正活跃起来，在边区造成自由思想、自由研究、自由讨论的空气，提高与培养干部，也就提高了整个边区文化，而使边区文化，如文联去年在上列文件中所指示的，“向新民主主义道路上更大踏步前进”。

去年是伟大转变的一年，而今年是争取胜利反攻的一年。今天整个国际形势是对我有利的，那是毫无疑义的。但同时我们在今后一年内将会遇到更多更大的新的困难，那也是不用丝毫怀疑的事。因此，目前我们的最严重的任务就是要“坚持战斗，渡过难关，一直到最后胜利之日”（《解放日报·新年献辞》），也就是聂荣臻同志在《晋察冀日报》上元旦发表的一篇《为一九四三年打败日寇而斗争》中所指示给我们的："准备一切力量，为着反攻，为着一九四三年打败日寇而斗争"。全边区文化工作者在总的方面，如能真正朝着这个方向去尽最大的努力，那么今后一年的边区文化工作一定会收获更大更肥的果实，那是可以预卜的。

一九四三年一月

编者按：本文论述的问题虽系关于一般边区文化工作，但因其中涉及文艺工作之处颇多，特揭载于此，以供边区文艺工作者参考。

（《晋察冀日报》1943 年 1 月 31 日，《鼓》副刊第 7 期）

五个侦察员活捉两个伪军

张金耀

上月十六号早晨，五个侦察员到东沿兴一带去活动，恰好从碉堡里出来八九名伪军，带着数十个民夫，企图锯东沿兴百姓的大树。我们五个侦察员发觉后，便赶快荫蔽在村内北街口。不一会，几个伪军晃晃荡荡地来了，有两个走在最前头。我们的侦察员想：这机会可不能失去了，马上用最快的速度拥上去，白闪闪的刺刀逼住了两个伪军的胸口，把他们吓得话也说不出来了，慌忙举起了手。就这样一颗子弹也没有费，便缴了两支“捷克式”步枪和两名俘虏。其余的伪军见到了，锯树的念头早已不知丢到哪里，连民夫也顾不及便跑回堡垒，拉起吊桥了。

（《晋察冀日报》1943年2月2日，《子弟兵》副刊第66期）

来到了大家庭

——新入伍的战士王兆林同志的谈话

□政笔记

我来到八路军十几天，现在已是抗日军人了，我心里很快活。

我家在南线×村，那里有敌人的一个堡垒。我从前什么也不知道，也不明白八路军是个什么样子，只听说过八路军打开了灵寿城，并夺下了很多据点，从此我心里总是惦记着八路军，想见见他们。果然我的运气来了，洋鬼子为了要修那条绝命沟和绝命墙，就赶着我们到沟沿去，恰好这天八路军也来了，和鬼子干了一家伙，打得敌人乱七八糟，我便乘机跑到八路军里来。

八路军的同志们见到我十分高兴，还特别招待我一番。当时天气是非常的冷，我什么东西都没有带，他们马上就给了我一床被子。第二天谈过了话，我便由一个落后的老百姓，一下子变成光荣的抗日军人了。拿起了步枪和手榴弹以后，我是非常地看得起我自己，今后我再不会受敌人支配，像牛马一样地赶去修路挖沟了。现在我可以随意使着我的枪和手榴弹去消灭我所痛恨的日本鬼子和汉奸狗腿子们了。

我和同志们生活在一起，上课、出操、吃。连长、指导员、排长同志们都和我们在一起游戏，唱着、玩着。才到这里几天便了解了不少的问题，知道了八路军在政治上都是平等的，没有打骂制度，这里只有互相帮助、共同进步，我们同甘苦、共患难。在这个大的家庭里，我愿意我是大家一个最好的兄弟。

（《晋察冀日报》1943 年 2 月 2 日，《子弟兵》副刊第 66 期）

看到了两个世界

刘顺海

看护员潘金生同志的家乡是在敌占区，他参加部队已三年了。

他的家乡的老百姓，是过着牛马一样的生活。敌人不仅压榨他们，而且无耻地进行各种欺骗宣传，说："边区穷极了，粮食都吃不上，八路军在那里把树皮也吃光了，饿得又黄又瘦，快要死光了。"他的母亲听到了，非常难受，她自己的儿子也在那儿呵。

一天，她忍不住了，便独自走到根据地里来看望她的儿子。出乎她的意料，她看到儿子比以前更高了，成了又黑又胖的小伙子，并且识会七八百字，什么道理都懂。她问他说："金生，你在这儿吃什么呢？"

"吃小米干饭，半月二十天还吃顿肉！"潘金生回答她说。

同时，她真实地看到八路军的生活情绪，又看到村里妇女上冬学、开大会，还有去站岗放哨……老百姓们都欢欢喜喜地过民主的安生日子，积极参加抗战工作。和他们家里一比，完全是两个世界，她对金生说：

"金生，我受日本鬼子的骗了，以为你们真的穷得饭也没吃。以后我永不会信那些鬼话了。"

（《晋察冀日报》1943年2月2日，《子弟兵》副刊第66期）

血的洗礼

章子冈

死？

我们还要活下去哪！

死——不过是碰巧的机会。

——列宁语（《带枪的人》）

一

闷热的夜，时钟在单调地跋涉着它那无终点的旅行。

嗦嗦地像树叶地款款地震动，老鼠正开始轻悄的活动，我睁大着两眼珠子像一个开足马力的不规则的轮子，混乱地转动着。

五月的夜啊！静静地……

呼吸能引起伤口的疼痛渐渐地轻了一点，然而我没有一丝睡意，我永远起伏在可怕的震动中。

“也许，我就这样默默地死去吧?!”

一个陡然的念头跳起来，第一次生与死的意念扰乱了我。

——啊！不！我不能死！我应不像经常想象的那样渺小，因为我战斗着，在民族斗争的岗位上，我留下了足迹，我还要在它的需要下继续斗争下去啊！而且，我的同志们，那些爱我的人们……他们都不愿意我死，他们都需要我啊！……

我愤怒地踢开棉被，像一个醉汉似的坐起来。

啊！左胸的伤口像被一根棍子狠狠地探进去，肩头也似乎被一个人重重地咬了一口，我叫着，又倒下去了。

汗又沾满了全身。

混乱、燥热、疼痛的交织里，我的脑子闪过一个片段又一个片段。我喘着，在黑暗中，我更睁大了两眼……

二

五月二十八的黎明，晨曦刚刚从东天爬上来。

步枪的尖鸣声交响着，炮弹混乱地呼啸着掠过去，又沉重地炸开来，××庄的房舍，人民……一切都在毁灭着……

我和笑乡夹在村民的巨流里滚着浪卷出了西北口。

西北口，正在炮火里，牲口们着了魔似的狂跑乱跳，人群大声地叫喊……炮弹旋转着，在人流里激起了一股黑烟，叫喊声突然一沉，而继着又是狂奔的哭喊。

我脱出了人流，也丢掉了笑乡，顺着一条窄窄的地道沟向正北飞下去，后面一群饿犬似的人尾随着追上来。

前面晃动着一列土黄色的制服，渐渐迫近过来。我没有再多想，把一个可怕的预感丢在背后……当跳出地平面的时候，刺刀和钢盔也一闪一闪地呈露出来。

我匆忙而无止境地加速着脚步，麦子狼狈地让开一条路，一块麦田一瞬间过去了。——唯在这时，我看见了朝晨的阳光，一个火亮的印像闪过去，似乎我已脱开危险，侥幸而又喜悦的影子冲上来……"□"的一声，眼前爆开一片火星，身体失了重心，像从万丈的悬崖掉下来，向前面的道沟里扑下去……

…………

前面和后面逃难的人们，正向这里汇流着，渐渐地挤成一个巨大的漩涡，大家互相交流着失神的眼光，紧张地脸抽动着……

我猛地跳起来，虽然身体已失掉平衡，陷入极端瘫软的疲乏，但终于努力地掷向了对面，不顾一切地向一个水井奔过去。

左胸和左肩开始了尖锐的疼痛，血正从棉袍下面不断地泻出来。

刺刀和黄色的制服，又在前面的通沟里现出来，我奋力捉住井沿，让一个感觉电流似的传过去。

——你不能被捉，这是执行你革命者最后任务的时候……

突然一只劲悍的大手从后面捉住了我的后领，一个钢硬的声音在耳边响着：

“子冈！环境允许你的话你不应死！”

我苦痛地回转头，一张黑黑的严肃而热情的小脸现在我的面前。

心头像燃起了一把火似的一阵热，脑子嗡嗡地一阵混乱空虚，数不清的金花在眼前飞舞……眩晕中我死去似的闭上了眼……

★★★★★★

什么时候我静静地醒来了，发觉自己睡在一个阴森地窖子里。

身体像被一条粗长的绳子团团地捆结着，麻木地隐隐作痛，这短促的呼吸似乎不久将会慢慢停止。

“好了，好了，过来了！”

我沿着声音，我发现了仁山、印亥，还有笑乡的母亲，及几个陌生的面孔。

“胸脯怎么样？子冈？”笑乡的母亲用衣袖抹着她那红肿的老眼。

我发不出声音，只是出神地注视着她灰白而蓬乱的头发，紧张地煽动着干瘪的嘴唇，给生活刻画上深深的皱纹……我觉到一种从未感觉过的温暖，而沉入到无边的想象里去。

我想起母亲——五年多不见的母亲，如果她还活在这世界上，也许被苦难咬蚀得是可怕的衰老了！……

——啊！母亲！这不就是我的母亲呀！——可怕的阵疼在左胸和

肩头上，断断续续地扩展着，我又疲倦地闭上了眼喘息起来。

“大姆！让他休息着吧！……敌人还在各村搜人呢……晚上……我们抬他走……”

像是仁山的声音，他说着和着许多脚步声出去了。

天渐渐黑下来，脚步声、马蹄声杂沓地在耳朵边响……

我盲目地睁开眼，那眼睛红肿的老脸仍在监守着我。

——她一直没离开我吗？她为什么不去照管她的笑乡她的媳妇孙儿……我心里感觉到一种酸热，泪潸潸地落出来。

“唉……”

一声丧丧的长长的叹息后，她把一个打破壳的鸡子向我的口里送上来，我无意识地啧啧地吮吸着，我没有发觉嘴里嘛滋味，我只觉得又恢复了童年时躺在母亲的怀里。

脚步声、马蹄声，还有吱吱呀呀的人声，犹在不断走过。我和母亲会心地对视着——扑扑地一个声正走过来了。

“……”我听见第一句叫骂和哗哗的枪栓声，我眼前一阵黑，耳朵里嗡嗡了一阵乱鸣，我离开这个世界。……

★★★★★★

夜里，我又悄悄地恢复了知觉。

下弦月正从窗子口探进了头，清凉的光，轻微的风抚摸着我的头发，远处有着微弱的鸡鸣，夜半了。

我又忆起了刚才的事，伸出右手慢慢地摸着，这里是一堆打烂的鸡子，包得很严的几张面饼和饼干，那边是一把翻在地下的茶壶。

然而，母亲却没有了。

我尽力昂起睁大着眼睛的头，这里是一个小小的地窖子，什么都没有了。——母亲呢？她到哪里去了呢？……

脑子乱得像一团，我昏昏的像在云雾里歪来倒去，肺部和左肩仍在不断地发着奇怪的疼痛，整个身体感到一种压力，好像坠满了万斤的大石头，不自主地向下沉去……

——就永远倒在这里吗？一直到停止呼吸，腐烂……仁山他们怎还不来呢？被捉去了！……也许不知什么时候，啊！也许马上会跳进一个敌人；然而也许仁山就抬着担架来了，……我死了，僵直地睡在血泊里。我的工作、母亲和书籍……一切都完了，只留下一块红的土……在人们的记忆里……仁山，仁山的母亲……

脑子乱七八糟地运动着，伤口木木的，还像在有血淌出来。

——仿佛，仁山的母亲说过，敌人明天还要来，与其叫鬼子折磨死，还不如自己死掉的好，自己虽然不愿这样在今天死去，但是……

幻想停止在这里，我开始渴望地想象着，一颗手榴弹和一支手枪，不然就是一把小刀也好……

天渐渐发着亮，黎明的白光代替了下弦月的清辉。

脚步声咚咚地走过来，我陡地屏住呼吸，杂念也被一齐逐开去。一个头伸进来，这是阴郁而枯瘦的老面孔。

“吃下这个，我背你到×庄去！”他命令着我，沉重地放下一大碗里边盛着两三个鸡子的挂面，他又无言地缩回去了。

我并不觉饿，但嗓子里正要冒出烟来，我辗转着忍住痛，侧起身子把面汤尽力地吸到肚子里去。

时间过去了，他又不动声色地钻进来把碗推到一边，不容我发表意见，慢慢地把我扶起来。

“怕吗？别心窄！告诉你，我是双珍家的看坟的，他娘叫我弄你到那里去……”

这句话，使我感动得说不出一句话，感激呢？惭愧呢？我茫然了。

伤口痛得更厉害起来，呼吸器里像插满了尖利的细针，我想吐，又像马上倒下去，但终于咬紧下唇任他随意地摆布着。

地窖子外面，仍是个光明的世界，太阳正爬上了树梢，充满生机的微风，在麦穗上一摆一摆地溜散着；野地里没有人劳作，也没有人走动，只有他背负着我，在这被蹂躏过的大地上，举着艰辛的步伐。

“看！那是我的家！”他抽出一只手，向正北指去。

我望他指去的方向，看到一片阴郁的柏林，在缝隙间可以看见几间小房子，数不清的坟墓，静静地安卧在里面——一个守着坟人的小天下啊！这将是我的归宿了！

我无言地点点头，他也无言地前进着；我用力按住他瘦长的脖子，他吃力地摇摆着。疼痛又使我合紧了眼——我将变成一个废人了。我还能为自己的事业做一点什么呢？这样一个吃饭都要叫人喂的活机器，死了也好，我总算没像彼得裴说的讨厌地死在床上，而是死在战场上了呢？……

“老奇！背的谁？”一个刺耳的声音在不远的地方响。

我睁开眼，心立刻突突地跳起来，是在做梦吗？——不！我是受骗了，一列零零落落的汉奸正走近来。

这老家伙，假充双珍家的人欺骗我，这算什么呢？死就死吧！我愤怒，我悔恨，激动使我窒息着发不出声音。

我奋力地把全身的力量集中在两手，牙咬紧着，心头像被一把火烧着，像一个疯子似的叉紧了老头子的喉咙。

“唉！唉！又是你们……外甥病倒在我家……怎么……唉！唉！我背他家走……”他在我死命地叉抑里，声嘶力竭地叫喊着，似乎他和这群汉奸很熟识。他一面应酬着，一面加速了脚步。一阵剧烈的运动，我第三次又晕过去。

…………

醒来，阳光又射上了西窗。

义之、笑乡、仁山，还有一堆老少的男女围在我身旁——这是义之女人的家。

人们的脸上撒着一层枯黄的寒冷，苦痛里面又含着一个沉默的期望。我的眼开始迟滞地转动着，迷茫中，我会心地苦笑着了。

“唉，好了，好了！”这是熟悉的义之嫂的声音，大家都默默地点着头。

强烈的酒精气刺激着我的嗅觉。我发觉左侧的一个陌生的人，他正在洗涤着一个小巧的注射器。——医生……

人们陆续无言地退出去，我呆呆地望着义之，心里想说出什么，喉咙里却像梗住一块橡皮，嘴只是轻轻地蠕动，却没有一点声音钻出来。

肺又在可怕地抽动着，疼痛像一块沉重的黑云突然包围了全身——面前这一切似乎都消失了。

三

夜，在座钟的滴打声里行进着。

沉闷的炮声在不远的西南方向荡漾着，是的，我是在距××据点仅二里地的×庄啊！

我渐渐地清醒了。

——死？

我们还要活下去哪！

死，——不过是碰巧的机会。

钢铁般的言语，清晰得像澄清水流过我脑子，闷热的黑夜里我遥望着那颗光亮的星，一条曲折的路平坦坦地显示着。……

“我们的困顿的苦役绝不是徒劳，

星星之火将化作烈焰燃烧！……”

听啊！这是雄鸡在歌颂着新生，□散的兴奋，使我忘记了疼痛——生命的火、斗争的火，又在我的身上继续燃烧起来！……

夜脚正从窗前踏过，黎明就要来临。

一九四二年十二月二日完县

（《晋察冀日报》1943年2月3日）

胜利的保证

——记边区首届参议会阅兵

晨曦微动的时候，广漠的沙滩上，排列着无边无际的子弟兵的行列。那伟大的阵容如太行山般的庄严。当清脆的号声掠过晴空时，鲜明的国旗，随着这嘹亮的乐声徐徐地升起，广场上所有的人都仰望着国旗，国旗是骄傲地在自由的晋察冀的土地上光辉地升起，有力地招展。敌占区的参议员们在见了国旗，感到无上的慰快，他们和子弟兵一齐向国旗致敬。

聂司令员陪伴着全体参议员向子弟兵走去，雄壮的军号又吹奏起来了。寒风吹动着聂司令的黄色斗篷飞扬，寒风吹红了参议员的面孔，他们的眼睛掠过子弟兵，子弟兵在寒风中向他们敬礼。当宋主任在每个连队前问“同志们辛苦了”的时候，都得到亲敬的响亮的回答：“祝参议员健康！”那是代表边区父老向他们的子弟慰问，那是代表边区子弟兵向他们的父兄回答。

子弟兵见到边区人民的代表——边区首届参议会参议员，感到无限地兴奋，因为他们知道民主是自由光明的象征，没有什么比民主更宝贵的，过去流血牺牲是为了民主，而将来的幸福和快乐也离不了民主！

无尽的子弟兵的行列，在山麓下的阳光里行进，朝阳斜射在子弟兵的脸上，显得通红，他们迈着整齐的步伐，勇敢地向阅兵台行进。那是一个异常动人的场面：成千成万的子弟兵，穿着整洁的草黄色军装，按着军号的调子，迈着均匀的脚步行进，像一片麦浪的起伏，像河水的波涛。我们几乎看不清那些年轻而勇敢的子弟兵的面孔，这让我们感到在我们面前是一条无休无止的铁流。当一位青年指挥员喊：

“向右看!”的时候，他的手挨紧了帽沿，无数的子弟兵的脸一齐转向阅兵台，宛如铁块被吸铁石吸引一样的迅速整齐。这不是什么麦浪，不是什么波涛，这正是保卫家乡、保卫祖国土地的英勇的子弟兵!

步兵大队过去了，后面传来一阵马蹄声和沉重的铁链声。不久，一辆挨一辆的炮车，出现在阅兵台前了——那些拉炮车的马都是肥胖的，差不多都是扬着头，口里泛着白沫，吃力地拉着。每辆炮车过去，都在冻结的土地上留下二条平行的车迹。

参议员们亲眼看到了他们的子弟携带着各式各样的机关枪、掷弹筒和那大小不同口径的炮，他们感到无上的安慰与无比的光荣。因为他们知道这些大炮和机关枪不是从国家大后方运来的，不是边区所能制造的，而是他们勇敢的子弟以热血和头颅换来的。

部队集合在阅兵台前，聂司令员庄严地站在阅兵台上，开始了他的讲话：“今天检阅的队伍虽然是边区子弟兵的一部分，但它代表了边区五年来的斗争，五年来的建设。”台下异常肃静，千万只眼睛集中在他一人身上，注视他的每一动作，倾听他的每一字句。这时微风吹动着国旗在空中飘扬，聂司令员又以洪亮而坚定的声音，把抗战胜利的热情交给每一个子弟兵和每位参议员：“我们一定要把日寇驱逐出国境，迎接胜利的到来。”

又经过了一阵热烈的鼓掌，宋主任讲话了，他说：“五年来，我们边区子弟兵和边区广大人民每天战斗在一起、生活在一起、流血在一起，千千万万的人民都在说：‘子弟兵是为了老百姓，老百姓是为了子弟兵’。全边区的人民都在高呼：‘保证子弟兵的经常满员与给养的充足’。”

最后白发苍苍的参议员×××先生走到台前，他还是第一次见到这么多的子弟兵，他感到抗战前途有无限的希望。他说：“今年是抗战最艰苦的一年，也是抗战胜利的一年，我们要克服一切困难，打败日寇，建立三民主义新中国！”

阅兵完毕，在归途上，一位头戴黄帽，身穿红袍的喇嘛参议员，兴高采烈地说：“过去我们虽然听说今年要反攻，但不知靠什么力量，今天才知道反攻胜利是有保证的。”

的确，边区子弟兵是反攻胜利的保证，五年来，他们与边区人民一同创造了边区、战斗在边区、保卫与发展了边区。今天他们仍然像铁一样地站立在五台山、太行山、恒山、燕山，驰骋在滹沱河、永定河、潮河、滦河。凭了他们，我们将取得最后胜利；凭了他们，我们将踏破长白山，让凯歌高奏在鸭绿江边！

（《晋察冀日报》1943年2月4日）

老国会议员×××先生

×××先生，山西人，现年六十岁，为老同盟会会员。民国初年曾被选为众议院议员，追随孙中山先生，从事革命工作达数十年。抗战后，参加边区政府工作，不久调任一专署秘书。至一九四一年冬，始以年老力衰，退居乡里。

这次来参加大会，先生非常兴奋。他以六十岁之高龄，不辞辛苦，冒着腊月的酷寒，跋山涉水而来，这种精神是极可敬佩的。在路上为了避免敌人的阻扰，深夜翻山，把右手抹伤甚重，但先生丝毫不以为苦，他很愉快地说能够参加这次盛会是“十二分荣幸，十万分光荣”的。

大会第四日（十八日）讨论政府工作报告，先生曾感奋地登台发言，从第一届国会讲起，历述过去军阀官僚们违反民意的罪恶行为。先生说第一次选举总统，袁世凯虽然口头上说国会是神圣不可侵犯的，但在投票的时候却命江朝宗带领武装，莅场威迫，非写袁世凯三字不可。在枪杆威胁下，第一届国会根本就未能行使职权。审查国家预算是第一件大事，袁世凯却迟迟不交，交到了那庞大的浮支浪费，国会虽予以否决，袁世凯却置之不理，还蛮不讲理地说“你们有的是议案，我这里有的是枪杆”，那算什么民主呢！

我们这次参议会开会，政府把五年来的工作详细报告，各种地方完全公开，让大家讨论，这才是真正的民主。先生很感慨地说，为了真正的民主政治，全中国人民数十年的努力，并无所获，奔走终身，年已衰暮，正自恨将无缘得见，不想却在敌后的边区，偿获了穷愿，这是谁的力量呢？——这完全是由于友党领袖毛泽东先生对抗战建国事业的伟大远见和正确领导的功绩……末尾，先生又说边区参议会在今天召开，恰当其时，因为不久我们就要反攻，大家来商量一下反攻大计和抗战胜利后的一切设施，是非常必要的。

先生的讲话，感动了全体参议员，博得了全场热烈的掌声。

关于战后问题，老先生很恳切地说国共两党既能团结抗战，也必能团结建国，孙总理所倡导的联俄容共扶植农工三大政策正是要和共产党长期合作的。有人把“容共”说是“溶共”，那简直是总理的叛徒。战后的中国，毫无问题，一定是一个三民主义的新中国。

这次大会，先生被选为驻会参议员，对记者谈话时先生说：“民国初年的国会，驻会的除议长、副议长及各省驻会议员外，还有一个组织庞大的秘书厅，总计不下百人，比我们驻会的人数要多十数倍，而他们的工作，归结起来只有一句话‘公事公办’，可以说是‘事多事废’。我们的参议会驻会的只有七人，本着民主集中的精神干下去，结果是‘省事事理’。鄙人蒙大家不弃，推为驻会参议员，今后只有竭尽全力帮助政府，拥护政府，领导民众，以完成抗建之大业。”

（《晋察冀日报》1943年2月5日）

“二十年来的愿望在今天敌后实现”

——刘奠基先生谈话片段

刘奠基先生，山西崞县人，现年四十六岁，曾任中学教员，国民党山西省党部委员，国民政府黄河水利委员会委员，现任边委会委员兼教育处长。

五年前的一月十五日，刘先生曾参加了在阜平城举行的临时军政民代表大会，那时到会人数一百四十余名，代表着四十多县，代表着各党派各阶层、少数民族和尚喇嘛，代表着无限的统一战线的团结精神。五年后的一月十五日，他又参加了边区首届参议会，这次正式出席的民选参议员二百八十余人，代表着九十多县，代表着更广泛的人民。这次的会议不仅在讨论内容与会议的基础上与上次不同，而且在会场上出现了更多的具有声望的耆老，与久经锻炼的各党派各阶层各界的优秀人物。在来宾席上，更有西欧国际友人的座席，朝鲜独立同盟和日人反战同盟支部的代表。刘先生目睹这一反法西斯阵线的缩影，回溯当年阜平军政民代表大会，感奋不已。发表如下之谈话：

“我从没有想到我二十年来所追求的愿望——民主，在今天敌后惨酷的战争中实现。

“我对于孙总理的民权主义是完全相信的，可是我曾经为它奋斗了二十年，始终没有得到。因此，我也曾感染过失望的情绪，以为民主自由是可望而不可及的，至少是不会在短期内实现的。谁知道在抗战以后，在敌人的后方，在天天和敌人炮火的战斗当中，竟实行起来，而今天边区参议会也成立了。这实在使我寤寐欲狂！在此我愈相信，民族、民主、民生的革命，即三民主义的革命是不可分的，如果分割了它，那是大大错误的。

“至于这次参议会的开会，集合各党各派各阶层各民族的人士于一堂，和乐融洽，知无不言，言无不尽，亲密团结，精诚无间的现象更使我感奋不已，如果说阜平的军政民代表大会是我历史上最兴奋的一次会议，那么这一次的兴奋更大了，我是永远不能忘掉的。”

（《晋察冀日报》1943 年 2 月 5 日）

庆祝废除不平等条约的感想

续范亭

【新华社延安四日电】我国革命前辈、老同盟会会员、国民党老党员续范亭先生，顷于《解放日报》发表一文，题为《庆祝废除不平等条约的感想》，语重心长，特为转播如次：

当此全国力求精诚团结、抗战建国的时候，都不应该讲尖酸刻薄、感情用事的话。但是真理所在，老老实实的话，恰需要我们全国都来讲，才能发现真理，造成正确的舆论，促进国家的进步。

第一，应该了解废除不平等条约的这一场功劳是怎样得来的。在纵的方面讲，是中国革命先烈们百年来牺牲奋斗的结果，尤其是我们的总理孙中山先生。在横的方面讲，是全世界革命力量的增进，真理的抬头，法西斯蒂就要崩溃等等所赐给我们的。当然，我们五年余的团结抗战，是一个重要因素。但是，我们本身的努力实在还是不够，如果夸大成绩，因此自满，也就未免有点贪天之功，这种想法是与国家民族前途有害的。

第二，旧约废除、新约成立是一件大事，值得我们庆祝鼓舞。从此外来羁绊是解放了，我们的国家已经不是罪人了。但是我们的一切都没有健全，我们依然还是一个不健全的国家。孙总理十三年北上时，曾以两件大事号召全国：一件是召开国民会议，一件是废除不平等条约。临终遗嘱，又复以这两件任务付托我们，并期以最短期间，促其实现。然而这个最短期间，已经十八个年头了，思想起来，令人愧煞。现在英美对我们的不平等条约，因时会而取消，召开国民会议，尚迟迟而无期。总理虽稍慰于泉下，但十八年英灵只能瞑得一目，因为他的目的只达到一半，我们何敢以此骄傲而自满。

第三，我们的一切尚不如苏、英、美进步而健全，欲将日寇驱出国境，必须发挥人民最大力量，全国的物力财力同时并进。孙总理所谓人尽其才，地尽其利，物尽其用、货畅其流。欲使人尽其才，必须召开国民会议，建立真正的民主制度；地尽其利，要发展农业；物尽其用，要发展工业；货畅其流，要发展交通与商业。总之，就是要发展全国经济。然而发展经济，必须以民主制度为决定因素。我们民国三十二年了，村长尚不得民选，民国之实，究在哪里？这是我们病根所在，人民起不来，就没有方法克服贪污土劣、腐化堕落的现象。

第四，美国参议员乔治说，此次大战后，世界必须为心中不怀着希特勒观念的人所管理，这是对的。那么今天最小限度在同盟国家以内，必须为心中不怀着希特勒观念的人所管理，才能保证最后胜利，这亦是当然的。十余年来，同盟各国（当然中国也在内）散布的法西斯奴才走狗，实在不少，他们几乎把各国拉在黑暗的深沟里去。在今天局面之下，对这些人，最客气也应该让他们休息休息，或者加以教育说服，或者给以惩办免职。凡是同盟国家，这都是应该做的事。因为这些人暗藏着，虽然不敢公开帮助法西斯，而以反共暗帮法西斯是最危险的。旧俄在中国的不平等条约，在十八年前，已经由苏联自动放弃了；今日英美对我国废除不平等旧约、订立平等新约，这表示我们国家有了进步了，法西斯奴才走狗们不足以妨害他们的政治主张了，对于苏联也真诚地合作了，丘吉尔、罗斯福亦不反共了。因为真理只有一个，智者所见略同，共之不可反，尤真理之不可违。共产党是革命的先锋、和平的先锋、和平的保障、人类的救星、真理的拥护者。你如果要反他，就是帮助法西斯，使世界倒转，而况中华民国的革命进程，已经是世界革命的一部分了。

第五，现在有些报纸上，已经把中国列入四强之一——苏、中、英、美，这是何等荣耀的事？（电码不明四十字）既然我们是 A 字头，又列入四强之一，当然我们的一切都要像个样子，最小限度，要跟上友邦进步。

最后，我再讲一讲团结的必要。好比一辆车子，用了四条牛拉，但是向着四个方向，虽然都自以为是很努力的，但是越拉越不能动，并且几乎把车子也拉破了。抗战以来，方向是一天天正确了，现在我们是向着一个方向努力，都会有成绩，白费不了力气了。同胞们，努力吧！一致向三民主义的道路迈进。实现三民主义，就是抗战建国的具体步骤。前进呵，我们要把中国拉到最好的地方。

（《晋察冀日报》1943 年 2 月 7 日）

“舌头没老，心没老”

——×××先生谈话片段

×××先生，山西××县人，今年五十五岁，是一位很有经验的教育家。

先生以文弱的体质，又经过了长途跋涉，面色略显□□，但精神却很愉快。记者与先生认识是在大会第四日的上午，时间大约是七点钟，开会的时间还未到，先生一个人正在低矮的一座山坡下散步，灰色长袍，黑马褂，手里拖着一条长长的木杖，神态颇似深山的隐士。先生极健谈，与记者略事寒暄后，即畅叙这次来时一路上所受的热烈招待，言已，不胜感激。俟后先生又说，到这里后，看到所有上上下下、男男女女、老老少少，彼此之间的亲密团结、毫无隔阂的情形更使人非常感动。先生曾着重地说：“这样的团结才是真正的亲密团结，像这样不分党派、不分种族、不分阶级阶层、不分宗教信仰的全民大团结，直赛过百炼的金刚，其力量之强大，任何东西都不能抵御，打败日本鬼子又算的什么哩！将来，抗战胜利后，到了建国的时候，共产党、国民党像这样团结，党外一切人士也这样融洽，国家的事哪能办不好？”

附近山庄上的一位老乡走过去，穿着一身很干净的蓝色土布棉衣，脸色很黑很红。看到了他，先生忽然想起了什么，他笑着说：“在家的时候，常听敌人造谣说边区内地非常穷苦，既没饭吃又没衣服穿。这次来时，在路上看到的情形正和敌人所说的相反，越往内地来，人民的生活越好，比起敌占区来强得太多了，敌占区的一般老百姓，□能穿得出这么一身衣服呢！”

抗战前，先生曾办教育多年，家乡沦陷后，先生不愿给敌人做事，家务又需要料理，遂在家中匿居。但先生并不是避世的隐者，看到敌人的暴行，常常很愤慨地教导他的子女和族中的后辈们说，一个人最要紧的是节操，生死算不了什么，一个人要没有气节给敌人当走狗，留下了臭名，连后辈的子孙都没脸见人的。

这次大会，先生极兴奋，看过历次晚会上所演的话剧、歌剧和旧戏之后，一再地称赞“太好了，太好了！”大会期间，时间是非常宝贵的，先生不怕辛苦，在饭前饭后兑空儿到展览室去看了很多遍，对各类制造品、农产品、书籍报纸照片、统计图表，看得非常仔细。有一次在谈话当中，先生很感慨地说：“在敌人的后方，能有这样建设，真不容易呀！”

落雪的天气，记者在一个木棚门口又遇到了先生，先生很快活，拍打着身上的雪，老远就打招呼：“痛快极啦！这次大会的收获太多了，几年来在敌人压迫下所积累的闷气，在这里可痛痛快快地过了几天！”先生更兴奋了，他好像有些惋惜起来，“老了，不能拿枪杆去打敌人了，不过舌头还没老呀，心也还没老呀！这次会后回去，一定要把耳闻目见的事情，好好地向大家宣传宣传！”

听到有人在招呼他，拍了拍身上的雪，×××先生走了。

（《晋察冀日报》1943 年 2 月 7 日）

贺信一束

晋察冀边区参议会第一届大会公鉴：

值兹参议会开幕之日，正胜利年开端之时，逊听好音，曷胜庆幸。边区为抗战堡垒，参议会为民主楷模。诸先生对于如何完成抗战大业，奠定建国基础，久已胜算在握、成竹在胸。此次济济一堂，研讨大计，定能高瞻远瞩，继往开来。抗建大业，实利赖之。遥致贺忱，并祝大会之胜利。

国民革命军第八路军三纵队司令员吕正操

政治委员程子华及全军指战员同叩印

晋察冀边区第一届参议会全体参议员：

愈是过着不自由的生活，愈感到自由的需要；愈是生长在不民主的地区，愈感到民主的迫切。我们相信真正的民主的政治是全世界的归趋，我们也相信政治上愈民主，人民也会愈团结，团结得钢铁一样的强。我们在这民主自由的社会里已住了好久，我们看到党政军民坚固地团结在一起粉碎了敌人几次的“扫荡”，我们也看到这里的人民过着其乐也融融的生活。为了发挥更广泛的民主，边区参议会成立了，这是令我们非常欢欣、鼓舞而且下决心学习的。在这会里我们希望边区的党政军民会更加团结，渡过黎明前的黑暗以争取反攻的胜利！现在我们在这里，谨祝

晋察冀边区参议会第一届大会胜利完成！

华北朝鲜独立同盟晋察冀分会

（《晋察冀日报》1943 年 2 月 7 日）

边区第一届参议会献辞

于力

我们晋察冀边区的广大抗日人民，曾以民族团结的精神，创造了边区抗日根据地；以民主政治的组织，建设了民主政治的政权。我们边区的广大民众，拥护了这个政权，更依靠着边区的子弟兵与人民武装，摧毁了敌寇无数次的侵略“扫荡”、逐渐蚕食的阴谋诡计，保卫了这块未曾沦陷的圣洁国土。晋察冀边区民众的家乡，成为向日本法西斯强盗反攻的一支基本动力。晋察冀边区不单是广大民众抗战力量的具体表现，它更是中华民族民运史中经过实验到五个年头以上的最坚强的政权。在这次的实验过程中，证明了中华民族有着任何他力不能克服的坚韧意志与力量。在今天艰苦卓绝的环境之下，边委会为集中广大民众的意志与力量，保障具体实现三民主义的政治，巩固抗日根据地，准备反攻以前应有的力量，使中华民族在全人类反法西斯的集体中，完成从全人类分来的工作，消灭日寇法西斯的思想，击破法西斯的组织和军队，解放中华民族半封建半殖民地的束缚，团结边区各阶层民众共同建设独立、统一、和平、自由、民主、繁荣的新民主主义的中国。在本届参议会中，从诸位参议员的整个情绪中，带来了全边区广大民众的热忱与信心，预料到本届参议会在圆满进行各项议事日程之后，必然获得预期中的成功，庶几不负边区群众父老在患难中对本届参议会的□望。本届参议会的成功，也就是中华民族真正实行民主政治的成功。谨祝边区第一届参议会的光荣胜利。

（《晋察冀日报》1943年2月7日）

抢救苦力!

陆望

这四五天，不论是村公所中队部，或者是街坊十字口，或者是厨房里和纺线车子间，从那里，正奔泻着边区人民的战斗热情，他们都愤激地喊着：

“抢救苦工!”

“先抢救苦工!”

由一月中旬起，平山、井陉、获鹿、安国、新乐、正定、无极等十四县的敌人就开始活动了。他们右手食指紧紧地贴着枪的扳机，骑着大马前行；那些出卖民族出卖自己良心的汉奸奴才们扛着上了刺刀的“牛腿”，跟在洋马屁股后面跑。他们把强行征集到的民夫，像押解重要囚犯一样，前呼后应地向行唐输送，其数目，总在三万人左右。

六年来，敌人把敌占区的人力，已经摧毁到难以收拾的境地。所以这次出于百般无奈而被抓去应差的人们，如果不是十三四岁的小孩子，那么就是五十、六十的白发老人，青壮年是极其不容易看到的。男的也有，女的也有，各人都带着比厨房里烧火炭锨稍微大一点的破烂铁铲。

这些善良的同胞，他们在“增产”的名义下，也都曾种了不少的棉花和食粮。然而，棉花是已经送到“棉业组合”里去了，所以他们现在多半穿着各样颜色拼凑起来的破布败絮；食粮是被平汉车转北宁路运到日本国内去了，所以现在他们谁也不曾带上几个糠饼子来。

年老人总是幻梦般地想着对强盗们或者能够找出万分之一的人性来，因此他们有的竟冒死向敌人哀求：

“太君！我们已经四天了没有‘米西’。”

“通！”一脚却把他蹬出丈把远，“没法子的。”这是差不多普遍的情形。所以沿途不断有人在路旁倒下去，死了！

数九寒天，在行唐丘陵地带的岭岗上面，牛栏里已经没有了牛群，羊栏里也已经没有了羊群。敌人为了防止民夫逃跑，照例是不能让他们随便接近村沿，零散开来，于是就把我们那些老与弱者的善良同胞，驱逐在一堆，圈在牛与羊的树枝栏栅当中，小便在里边，拉屎也在里边。夜晚，西北风呼啸着，大雪向脸上飞飘，饥饿在肚里燃烧，寒冷在外面鞭笞。为了取暖，大家只好挤得更紧一点，但是胡须上的冰粒，摸来真像一枝葡萄，寒噤战栗的惨叫，在寂静的夜里，其声能闻数里！而丧尽天良的汉奸伪军却帮助敌人巡逻在栏栅周围。其间，如果有谁的呻吟，渐渐地渐渐地微弱起来，那么第二天早晨一定有冰雪眼泪模糊成一片，冻结在他的两颊上面，因为它再不能因有体温而溶化了。至于他是什么时候死的，大家两泪眼望着两泪眼，相顾茫然。

这些日子，饿死的、冻死的有多少呢？没有人去统计，也没有人能够去统计，但是这两脚兽的残暴行为，是把铁证摆在灵寿文庙以及行唐城寨、文城头，屹塔头等地一带的。任他怎样，也是无法灭迹。

根据昨晚逃出来的平山那几位年老人说，连夜被我们八路军已经解救出来的苦力至少总有四分之三，然而究竟那里还有一部分正遭遇着磨难，所以骨肉情切，人们还是在嚷道：

“抢救苦力！”

“先抢救苦力！”

一月二十六日于行唐边境

（《晋察冀日报》1943 年 2 月 13 日）

参议会随笔

（三则）

田间

一、铃

参议会开幕之日，一位老人摇着铃并且这样喊："参议会开幕了！"

——题引

一道阳光，
正射在山上。

山间：
有铃响！

我们仿佛走进田园，
去摘果子，
也去栽果子，
在铃声里，
我们并肩欢歌。

我们并肩欢歌，
我们就是铃。

我们——共产党人，

地主、士绅、农民，
共同地，
握紧一把刀。

“我们要同心合力，
打败敌人迎接新中国。”（注）
听呵！铃响了，
民众的灵魂
也在当当。

——这正如
天快亮的时候，
百鸟之合唱。

今天
在田园里；
美的果子，
要更好地结着。

那金的阳光，
正射在山上。

注：
聂司令员在晋察冀边区第一届参议会上的讲演。

二、某老人

这是上午。上午休会了。我走进一位从敌占区来的参议员的宿舍。房子在一个小山坡上，墙上白的石灰还有些潮湿。然而，因为太阳常常照到那里，加以炉子里炭火正熊熊地烧起，房子倒也暖和不过。

我会了老人。

——先签名吧！

他很快拿过纸笔来。瘦长的脸和薄薄的嘴唇微微地波动了两下，仿佛有些惊异："这个年轻的参议员也会写诗的吗？"但这惊异很快也就消失了，他坐到长凳子上轻轻摇着腿。人没有到全，燕赵诗社马上还不能开会，大家只有随便谈谈。

——到会的人，今天每个人就要交一篇诗。

——好呀！

有人这么应和着。并且，不久就有人到外面写诗去了。

——咱们新诗也要，别一说，就说旧诗，显得我们……

他的思想很快，他的语调比较急促同时相当宽阔，无拘束，像老柏树的叶子，风要一吹便沙沙地响着。这正如他说他自己从来就是洒洒脱脱的人，拘谨不来。现在他站起来，来回走动着，脚上有一只鞋还未提起，踏着。跟着上面的话题，他接下去说，实际上也不是正式说，仿佛是问道，边区的妇女同志们——像那些剧社的女同志们可有会写诗的，如果没有，他的意思要鼓起她们也写诗，为了叫"诗学不衰"！……因为大家都是来开燕赵诗社的成立会的，所以谈诗较多。这之间，他还很抱怨他的家人为了怕敌人的搜查把他许多的诗稿烧掉了，"这也是血呀，这要叫后人看看！"而他们烧掉了。（那些诗稿，大部分是老人年轻的时候在外做事期间抽空写的，"到一个地方写一个地方"；一部分就是事变后在被压迫的情境中写的，"要写还是写"。总之，都是他的心之歌。）像老人的本性一般，他想写就写。似乎不太斤斤于字句，似乎不是过分讲求"诗"，——大概凡是诗人：与其说他写诗，不如说他写心吧！

大家谈来谈去，突然他又提起：

——无论如何，今天大家要交卷！

他笑着，我们都笑了。在笑完了之后，他附带表明："开诗会就是写诗！""你看大会日刊空下这么一页就是要登诗。"

我们都很希望老人能常常和我们在一起，能留在边区工作，这一次我们选了他为驻会参议员。这里，我就问：

——×先生，你能留下驻会吗？

——不能！不能！……鬼子都知道我。……

于是我们好像感到失望，而他也好像被某种失望压制着（他好像永远不愿离开我们似的，但又不得不离开）。他的脸色暗了一暗，脚步停止动了。然而为了不让老人心里痛苦，大家又热闹着。老人呢？——他也抖去脸上的阴暗气色，笑了起来。屋里又进来两个人，他就忙着把隔壁房间里班威廉夫妇用的长椅子借过来，并且忙着找小鬼。他也叫：

"小鬼！小鬼！"

这么一来，虽然大家没有感到悲哀（本来也就没有什么悲哀的问题），甚至也不觉着什么失望，但有一种仇恨却像一些斑斑的火点从老人身上射出来，像一阵低沉的暴风雨的水珠从一棵柏树上滴下，你听他说道：

"头可断，汉奸决不当！"

他的步子迈得大一些了。脸上白的鬓发也竖起来。

燕赵诗社开过会后，老人走出来站在那山坡上，拢着手，观望周围的山景，或者他又这么想着吧："我愿意多活几年，看到更大范围的新中国，和更大地区实行民主。……"老人七十二岁了。老人七十二岁了，但看起来，脸色还很光润，心情像个青年，因此他才署名

"皓首青年"吧？——这确是一个精练的老者。他的个子比较高大和瘦长，穿着一身秀朴的衣服，他的眼睛常常望着前面。今天当他一站到那坡上，在我看来，他是像一棵柏树！

三、伟大的时刻

参议会第六日（一月二十日）上午十二时后开始的讨论三十六号参议员刘澜涛先生所提出的"请确定中共中央北方分局晋察冀边区目前施政纲领（双十纲领）为晋察冀边区行政委员会施政纲领及施政纲领实施重点案"。

——题引

呵，
我多么兴奋！

我想：我的手
怎么不是铁？

如果它是铁，
请把它拿去。

这一个议案，
今天
需要雕刻起来了，
需要将它
雕刻在铁上。

——因为，

它像一位战士，
在战场上
曾经百战百胜。

（肩上唧唧地，
扛满着好枪。）

刘澜涛同志，
你的议案，
我完全赞成。

我是公民，
我还要它
作为我的纲领，
——诗的纲领。

“这一个议案，
全场一致通过！”

我，此刻呀，
好像听见窗外，
我们的山谷，
震撼和召唤……

——山谷，
如一个英雄，

在敲着钟，
庆祝它的前程。

而它在率领我们
从钟声里行进。

呵，我兴奋
我写：“伟大的时刻!”

一九四三年二月

（《晋察冀日报》1943 年 2 月 21 日，《鼓》副刊第 8 期）

二月通信

——寄一个没有到会的参议员

孙犁

××同志：

几次我想写信给你，信寄到你工作的那里是这样困难。但是，这一次非写不可了，我希望你能辗转地知道我写给你的这些话。

去年我们在冀中区平坦的大道上见面，你就问我，边区参议会什么时候才能开，我们都在等待这个大会。因为这个场面对你我虽然还只是三十岁的人，也可说是空前的一种在生命史上值得辉煌称赞的履历了。你是一个参议员，我是晋察冀的一个公民，我的家乡选出了你。我们走在正月的温暖的风光里，到了长汝村，大远你就指给我看一首写在墙壁上的宣传诗，那是拥护你当参议员的诗。

而在今年正月，我在这里参加了这个大会，当作一个记者参加了。你没有来，别人说你像孙悟空一样跳到妖魔的肚子里去了，你的工作是扭断敌人的肚肠，所以，就不能放手来了。也好，来了你的爱人，在讨论《双十纲领》时，她发了言，那样干脆而漂亮的发言，使一些老年人也为之鼓舞了。她能够代表冀中平原青年妇女们的那种可宝贵的活泼，又有些矜持的可亲爱的精神。我用从小在平原上长大的经历来评判。她的发言，使我的故乡的邻居的姐妹们在这个大会上扬眉吐气了。

在这次大会上，就像我们原先预望的一样，长了不少见识，大会在我的心里、感情上栽种上甜甜的、神秘的、生命力的种子，从大会以后，在我心里，就有一种急剧的激动，那就是要求一种工作上的建树，一种对人生的新的义务。我被胜利后的新中国场景的种种预见完全激动了。

对于我们，一个写文章的人，你没有亲身来参加，我为你惋惜。因此，我有责任向你报告一二。在会场上，我坐在前面的一角。对了，我得向你说明，你无论如何也猜不出这个参议会的大礼堂有多么富丽庄严，这是边区的创造。

我坐在记者席上。聂司令员是大会主席团之一，我注视着他，那时会上正在讨论《统一累进税税则》。我看见我们的将军对每一个农村来的参议员的发言十分注意，你知道这个税则上尽是些数目字和百分比。他回过身去和一个白胡子的老人商量着、研究着，凝神考虑，突然爽朗地笑了。我从他的举动上、精神上想起许多事，在我的印象里，聂司令员和中国一些可歌颂的名将的风度凝结成一个形象。这个形象，我是无比重视的。

一天晚上，又演《日出》，聂司令员和萧副司令员坐在我的前边。萧好像对上海的生活不很熟悉，聂时而向他解释几句。他感动地说："看完这个戏，可以得到多少知识啊!"萧常到展览室去浏览我们文学部的展览品，你的《平原上》也在那里陈列。还有别人的几个长篇。萧很为这些作品不能印出惋惜，他每天要花一些时间去读，你知道他也在写一部长篇小说。萧在我的印象是一个最漂亮的中学生的风度，而风度里内含的是一个天才的军事家。

最感动我的是这些军事家对民主政治的热情，对人民福利的关心。这几天情况很紧，敌人出动几千兵力，蚕食行唐口头一带，飞机从山顶上轧轧飞过，聂司令员每天还是静静地坐在主席台上听着每一个参议员的发言，考虑着每一条决议。一个深夜，一团子弟兵从五台山的雪峰上赶来，分驻在会场的周围。在会餐席上，我见到了那个青年的团参谋长。他也是冀中人，他说子弟兵担任保卫大会的任务，是最光荣的一次任务。

大会第二天，聂司令员代表中共中央北方分局做了讲演，第三天大会通过了《双十纲领》为晋察冀边区施政纲领。在这一天，刘奠基先生主持了这个讨论，边区国民党部负责人郭飞天先生第一个发言，他说，对这个提案感到很大的兴奋和愉快。从冀东、平北来的参议员们说在那些地区，人民对《双十纲领》感到了领导的爱抚的幸福；一个士绅参议员说，从《双十纲领》公布的第一天起，他就深深感到了中国共产党的关心各个阶层的大公无私的精神。

同志，我们几年来，为《双十纲领》在边区的彻底实现尽了不少努力。在这一次会议上，我再看见《双十纲领》在过去几年间的成就的光彩和今后将放射的更大的光彩。战后新中国的形象，如同我最爱的作品的人物的形象一样，在我心里站出来，为我的一切思想感情所拥抱。

我对大会的总的感觉是正义战争和民主政治的交流所培养起来的历史上无比光辉的果实，这果实将喂养我们这一□到完全的幸福和自由的日子。我生活在大会的十几天，是非常可纪念的。我好像走入一个新天地，我的生活不断激发着热情和向往。

别人也一样，男的和女的一样，青年和老年一样，农民和地主一样，工人和资本家一样，再没有自觉到自己所处的天地这样稳定而光彩，生动而富有希望的前途更快乐的了。政府宋主任报告了五年来的政府工作，第一部分是“从战斗中壮大的晋察冀边区”。那一晚，我沉醉在我们在抗战第一个年头的努力和见闻里，对眼前的一切，更感到难能可贵的亲切了。

大会选出的议长是成仿吾先生和于力先生，除去为全民庆祝，我们为我们的文学工作庆祝吧。成先生虽然在风沙里奔波了这么多年，据许多人说他比在上海时年轻了，近来他少写文章，把精神用在边区民主政治的发扬。他致了大会的闭幕辞，用关注着较创造社开创时更大的热情的果敢的词句。于力先生是平津的大学教授。

在这次大会上，我们的文艺工作并不逊色。冀中火线剧社演出的《把眼光放远一些》我很满意，因为冀中风味很浓厚。我们的老朋友史立德先生也串演了一次花脸哩。

我想起了在冀中工作的同志们，想起家乡，我这封信要用多么大的篇幅才能结束？大会给我的印象，我把它同家乡和工作在家乡的同志们给我的印象连结起来。对于你们，我应该把大会分开日子详细报告，但因为现在我不能直接写信给你，要宝贵我们的《鼓》的篇幅，就只好停止了。

祝你工作胜利！聂司令员给大会的题词上有一句："旌旗指向长白山！"

二月十三日于平山

（《晋察冀日报》1943年2月21日，《鼓》副刊第8期）

向边区第一届参议会致最敬礼

朱牧

边区第一届参议会隆重开幕的一天，我们边区子弟兵团的巨大的队伍受了全体参议员的检阅，边区父老兄弟一千五百万的代表们一齐来检阅我们，边区党政军民领袖一起来检阅我们，我们感觉有说不出来的荣幸，所以我们都是争着来受这次荣幸的检阅的。实在说，我们想瞻仰瞻仰边区人民代表的风采，或者比参议员——人民的代表们要来看看他们的子弟的要求还要恳切。当我们看到令人尊敬的参议员中，有士绅也有农民，有汉人也有喇嘛，有老年也有青年、妇女，有学者也有军人，我们立时觉得这真是代表全民的参议会，这真是最广泛的天下为公的民主。

这次边区参议会，在全部×百余席参议员中，有我们边区子弟兵选举的参议员二十余席。我们子弟兵也以十八岁以上公民的资格选举参议员，参加盛会，这尤其是我们觉得荣幸的。在会议上，我们看到了边区各界无限真诚的团结，看到了活生生的所说的民主政治，看到了各界人民代表对于政府是如何的拥护，对于共产党的主张，特别是《双十纲领》，是如何热烈地一致举手赞成。

我们深感荣幸的，莫过于这次大会上对于子弟兵的关心和慈爱了。当大会讨论宋主任报告的时候，许许多多的参议员都讲到子弟兵的问题。有的说："当边区创造的初期，我们在下边看得最清楚：那时国军南撤，散兵土匪遍地，人民不知往哪里逃。在那样混乱时期，只有聂荣臻将军率领着八路军在敌后坚持，把人民武装起来，几年来不仅保卫了家乡，保卫了边区，而且成了将来反攻的巨大力量。……"有的说："边区子弟兵是边区人民的爱子，是边区人民哺乳养育下长大起来的。五年来！边区子弟兵忍辛茹苦浴血战斗，尽忠尽孝，始终如一，他的功绩已经传播于中外，……我们向参议员先生建议，大会应讨论爱护子弟兵的办法。”有的说：“看到子弟兵的检阅，想到子弟兵的英勇战绩，坚决保卫边区，保卫我们生命财产，感到我们自己过去对子弟兵的爱护还不够。因此我们提议，要贯彻政府的优抗条例，提高抗属的地位，减轻游击区抗属的负担，慰问我们自己的子弟兵，慰问我们的负伤将士。”这正是子弟兵的父母哥哥对自己子弟的溺爱和关心。每个子弟兵是要最恭敬地来领受这种关爱，并且发誓：边区子弟兵要永远属于人民，听边区人民号令，永远不脱离人民，永远不脱离人民利益。正像子弟兵给大会的献辞：“我们跟边区同胞一起抗战，我们跟边区同胞一起建国，我们永远跟边区同胞在一起！”

（《晋察冀日报》1943年2月23日，《子弟兵》副刊第67期）

新　年

（杂感）

问春

又是新年了。

新年，我想起很多事情，想起我寄居他家的童年来；新年，人们是倍加快活的，而别人的快活，却更增加了贫苦的我的悲伤。想起我童年时候看到的我所认识的人们，在除夕之夜逃避债务的情形，他们躲到别家的屋角里，家里却坐满了讨债的客人。

但是现在，我快乐地过年了。新历年过去，又过了旧历年。我参加着晚会，参加着军民联欢会，我以愉快的心情迎接着我的快乐的同志们。在会上，小同志李沛然指挥着大家唱歌，军队和老百姓纵情地自由自在地歌唱着。平日，我们的小同志李沛然热烈地活动着，他召集着他的小伙伴们开讨论会，他到冬学里头教歌子，人们欢迎着他，他的快乐的心更激荡起工作的热情。

我没有悲伤。我也看不到人们的忧愁。

人们是快乐的。人们有着幸福的明天，他们为着这个明天奋斗。思想又是这样的尖锐、这样的纯净——什么事情对于这个明天有帮助的他就赞成，有妨害的他就反对。一切杂渣子被清除出去了。他唱歌，随着心情的愉快自然地哼唱着。他笑，任从自己的意思在笑。有时，他们也看着山、看着河流出神。……他无所忧虑，他好好地工作，好好地学习，好好地生活。快乐的人们是不断地进步，飞跃地进步。

人们是快乐的。天快亮了。人们倍加兴奋，但也更其勇敢。人们是爱惜他的过去的，但更爱惜他的现在，只有加强现在的射击，烈士们的血花才会最后开放。在胜利的鼓舞之前，没有昏乱。——这是真正的快乐。伟大的生活要在快乐的人们手中建起。

（《晋察冀日报》1943 年 2 月 23 日，《子弟兵》副刊第 67 期）

老乡的感奋的话

宋世武

敌人在上月十一日到马庄一带来，被我们打得落花流水，落荒而逃，那一带老百姓高兴的心情，真是难以形容了。我曾在他们中间听到他们的议论，一个穿黑长衣的老乡笑眯眯地说："要没有八路军打，说什么敌人也准到咱们村来了。你看人家八路军，夜里给咱们放着哨，敌人来了给咱们打，他们多好啊！"另外一个女人说："过去八路军打碎了我一个碗，赔了我八毛钱，我心里还非常不高兴，看起这时来，打我十个碗又算怎样！"

（《晋察冀日报》1943年2月23日，《子弟兵》副刊第67期）

新年，在我们这里

泰茄

会，在我们这里进行着。

在会场的前面，在主席台的跟前，抗属们围坐着两张桌子，桌子上放着茶点。当抗属们走进会场来的时候，村里童子军和子弟兵的青年队分列在道路的两旁。我们的年轻的一代的纯洁的心灵，随着领导的同志喊着："我们要尊敬抗属！"他们仰着头热诚地注视着在面前走过的老太太、老伯伯、嫂嫂们。是的，孩子们的心灵是纯净的，孩子生长起来好的习惯。是的，抗属是多么值得尊敬的呵！当抗属们还在会场以外，我们一个同志为她们每个人戴上了光荣花，老太太们是有很多感触的，她们用她们的习惯谢谢那个同志。然后老太太们笑着说："我们这花就只戴一年了。再过年，我们的儿子就打走鬼子回家来了！"

我们就要胜利了。会场上坐满了子弟兵和乡亲们。我们这些人——边区人民和边区子弟兵，在今天，在就要胜利的今天，同坐在这里。会上，村政权的代表讲话说："我们能够在这里平安地过年，我们这个×××没有来了鬼子，是靠了我们八路军的同志们在前方英勇作战。我们八路军的同志们，就好像在我们的大门口站上一个岗一样……"当部队代表说："……以后我们老乡们见到我们的子弟兵，就不用说'你们军队上的'，我们就说'我们的子弟兵'；军队上的人见到老乡，就说'我们的老乡'，也不用说'你们老乡怎么的怎么的'了。……"

那时候，老乡们说："对。咱们就该是这个样。"

现在，游艺节目开始了。军队和老百姓一同快乐。看那部队上的青年队和村里童子军合唱着他们的歌子，看那跳秧歌的同志，为大家的快乐，是那样地热情，那样地卖力气，他们自己也是那样的愉快。

抗属席上的一个张家的老太太，她咧着缺牙的嘴笑开了。张老太太今天的容颜愈加快乐，不同于以往。在昨天的夜晚，在除夕，他的孙儿回来了，孙儿携带着他的枪回来了。他走进家门，坐在炕上的老太太的花乱的眼睛还没有认出他来。

“谁？”

“我回来了，发子回来了。”

老太太确实悲喜交加了。她叨絮着很多话。孙儿也和她说着很多话。在夜里，他们睡觉的时候，孙儿静静地告诉她说：“咱们打走鬼子了，我领着你到北京去看看，到南京去看看，坐车子去。”

老太太不同于以往，今天的容颜特别光彩愉快。“到北京去看看，到南京去看看，坐车子去……”老太太对我说着，缺牙的嘴又咧开了。

“他是回来看望看望我。要不，他也不准回来。”老太太又说着，微笑着。

会散了。人□□街上走着，在踢□子，相互用快乐的眼睛和心情碰着头。老乡们有和部队的同志在球场上一起玩的，部队的同志也有到老乡家里玩去的。我们今天都在放假。我们一块谈着。老乡们有人又说起会上村政权代表的讲话来了：“我们的八路军的同志们，在刮着大西北风的夜晚，睡在那么一块门板子上，大家说冷也不冷，不能不冷吧？可同志们就没有说冷，这是为什么？我们当老百姓的，帮助同志们解决一些困难，这还有什么说的吗？”于是，我们的谈话就连及度过这黎明前的黑暗，他说：“咱们军民一同熬着点苦，甜的就在后头。”

“对的！我们无论怎样艰苦，我们都在一起。我们在一起，那就是怎么样的苦也是甜的了。”我们大家说。

（《晋察冀日报》1943年2月23日，《子弟兵》副刊第67期）

荒城落月话“皇军”

——从二个俘虏中得来的一幅画图

凌梦

昔源氏遗言：

火□若是到了败绩时，

把自己在城上烧死，

这悲凉，

是值得歌颂的。

——日本名歌：《荒城落月》

在目前，这歌词还传遍在每个日本士兵的兵营里，但是在另一方面，却成为一幅讽刺画了。以身殉城是容易做到的，但要日本士兵们经常不断地在半饥饿的状态中去维持“武士道”的灵魂，却并不容易。

去年八月，在忻州城内，五个日本新兵联合起来殴打一个老兵，因为老兵的虐待使他们太吃不消了。可是这殴打老兵是和军部的“心境宪□”不合的，因此，五个新兵被判处三个年头的禁闭。这禁闭虽不“名誉”，但比在火线上走来走去安全得多。又因此，这□比装病避免战死更妙的终南捷径，正在日本兵营中逐渐发展呢！

五台城里一位日兵见到老百姓的小孩子，想起自己的孩子，大哭了一场。他希望能回家去，看看孩子，就是死了也还瞑目。可是隔不了一星期，他又决心不回家了，因为回家后，还要有二度征召和三度征召的。回家等于一场可怕的噩梦。现在老兵愿意在部队中鬼混。新兵们一方面看到自己勤务的繁重，被老兵和上级的虐待，一方面又看到老兵们不想回国，愿意在中国“就地归还”。因之，他们新老兵给战争做了一个结论，现在对华作战是“虎尾难放”（中国语“骑虎难下”之意）、“减食”和“强制贮金”等一堆恶劣名词的总和。

由这结论所引证出的故事是到处都有的。譬如说“皇军是世界第一的军队，八路军是世界第二的军队”。大约因为是“第一”和“第二”之差别而已吧，所以士兵对八路军，已经大大改变了观感了。老百姓问“皇军”“应该不应该给八路缴公粮”，“皇军”说“小小的给”。反之，在某种场合，反而说“不给八路纳粮的是坏了心的”。去年七月间，五台城内味野中队的一个士兵开了小差，后来在西关找到了，也只好禁闭六天，作[为]薄儆。因为如果处分得重一点，不但有妨碍“皇军”的尊严而且会引起恶果的。

五台城的宪兵队队员，是被夸为“宪兵大学”出来的，忠实于“皇军”和执行“皇军”纪律的“法兵”的，但是一个宪兵的队长，仅仅是准尉阶级，就要用三个翻译。因为这些翻译是白洋收入的经手人，法定雇员。伍长奥山贞夫，到田家村去查案，说是因为分遣队长勒索“中国女人”，奉派来彻查的，可是自己却实行勒索起“中国白洋”来了。勒索的对象是村长，款数是一百五十元，用途呢，伍长奥山贞夫并不隐秘，是用来做西装用的。这中间要经过□殴打，给以罪名，然后伪票也不要，一心只要白洋这些手续。因为表演这一幕活剧迟了三天才回城，在路上这伍长在我们的伏击中，仅以身免而已。

下面我们再谈一谈“皇军”眼中的“坏了心”的人的事件吧。

每次“皇军”“扫荡”回来之后，民众都要被迫去“欢迎”，自然日本人在那种场合里，见到遗骸（实际上是骨灰）就低着头默哀，但是朝鲜人却又说又笑。一九四一年冬就有这么一回事，一位朝鲜女人见到遗骸以后还是谈笑自若，当时一位日本顾问，想用佩刀来打这女人。可是宪兵来了，认为这是不对，把那顾问打了一顿，还把他的职务撤去。日本士兵在食堂就常常闲谈，如今不光朝鲜人“坏了心”

的，日本人也“坏了心”的。

在“大东亚战争”周年纪念日，朝鲜人都被监视起来了，朝鲜爱国分子的活动（利用纪念日）已经使“皇军”心里有了数。经常二三个朝鲜人在一起时，就要受到追问，过去是熟人吗？是亲戚吗？为什么这么亲热？但是这追问引起的结果是朝鲜青年对日本士兵的痛恨。他们集合了四五个人，换上中国的衣服，把日本人偷偷地打个痛快，而“皇军”却以为八路军出现，关起城门，搜索了大半天呢！

现在朝鲜人从偷卖日本公家东西，到给吃后弹（注一），经常干着，最近已经发展到更大的不敬事件了。在华北，敌人强迫着朝鲜人一定要买一张天皇圣像。一位朝鲜人在理发馆看到了皇后的相片说：“漂亮得很，可不可以‘慰安’（注二）咱一晚。”当时就被特务抓了去，判了“不敬罪”，禁闭三年。像这样的事现在正在发展呢！

“皇军”“减食”和“强制贮金”的结果，盗卖公具已成公开的秘密，当队伍出去“扫荡”时，留在后方的士兵，就以盗卖破枪为得意收入，一支短枪或破枪，每每是换六七十元伪币，而且还要向买者说一些“我的，法子没有的，你的明白的”心照不宣的求情话，这不是“坏了心”的真凭实据吗？

注一：吃后弹是士兵在战场中从后面将其官长打死的暗语。一九四二年四月间，朝鲜人常借其友人的短枪，将其官长于“扫荡”中打死。

注二：“慰安”是陪枕的意思。

（《晋察冀日报》1943年2月25日）

刘振五回来了

——军区东线反蚕食斗争报告之一

洛灏

刘振五回来了!

当太阳出来的时候，刘振五和很多很多的子弟兵都胜利地回来了!

这是二月二号的早晨，子弟兵昨天晚上强攻小口头的敌人。

我们的刘振五，这个勇敢的子弟兵在昨天晚上的战斗里，从他手里就扔出了一百七十多个手榴弹。现在，他的手和脸孔已经给火药熏得又黑又黄了。两只疲惫的眼睛在转动着，头部和颈旁的血一直滴到油腻腻的棉衣上。他第三次被掷弹筒炸弹炸断了他的右手以后，那支捷克步枪还是他自己用左手背回来的。

政治委员来看他的勇敢的战士了，刘振五两只手捧给政委看的是一堆手榴弹的导火线绳头，政委安慰他，他涨红了脸很吃力地说：

“政委，死了光荣!”

崭新的九二式的重机枪，在朝阳里闪着光辉，那是强攻小口头的时候，我们五连的文化教员和十八岁的战士刘庆海夺取的。

每个战士和指挥员回来的时候，他们都带着极大的愉快和兴奋。歌声和笑声飞遍山林，红润的面孔显现出冀中子弟兵特有的年轻和活泼。因为他们履行了昨天晚上自己的诺言，这个诺言是：“用头颅和热血献给这次任务!”

强攻小口头的子弟兵，是曾经纵横在冀中平原获得南龙岗战斗胜利的××团。在强攻小口头的战斗中，表现了八路军应有的果敢和顽强。

向我们光荣的××团每一个指挥员和战斗员致敬！他们强攻小口头的战斗情绪是令人感动的，在动员会上二营教导员王文江要求班排连的干部找出代理人来。在出发前所有的人都把私人的行李和文件都留下了。

是的，有的同志受了伤了，他们还悲壮地呼喊着：

“小口头还没有拿下来呵！”

在战斗还没有进行的白天，各连就开始擦枪磨刀运动，战士们是被激发得沸腾起来了，他们想象着今天晚上的情景。投弹组向突击组说：“我们投了弹，你们不能不冲呵！”拿梯子的向投弹组说：“我们靠了梯子，你们不上房可不行。靠不上梯子我们不回去。”在战斗以后的几天，我在前方见到××团的部队，没有一个不是这样对我说：

“在这次战斗里，我们没有一个孬种！”

强攻小口头，我们的子弟兵向敌反复地做了六次冲锋，由村口一步追一步地争夺着每一座房子，敌人终于被我们逼退到最后一座高房里去了。

“皇军”没有出息地啼哭着，××团的战士，他们曾经带着一种骄傲，向我学着“皇军”啼哭的声音。这是历史上的奇迹呵！“威严”的“皇军”的眼泪，怎么会和武士道的血迹流在一起呢？那个时候，陪衬着这幅图画的，在房顶上墙角下躺着几十个头破血流的“皇军”，他们惨厉而低沉地呻吟着……

有谁能够战胜我们顽强的意志。一个敌人的中队几乎全部被我们歼灭在小口头的村里。

在我们队伍回来的时候，小口头村边的河滩上，有十七个“皇军”和一匹失了鞍辔拐了腿的洋马迟缓地拖了一辆大车。大车的最上面，在血浆里安静躺着的是岩濑中队长，岩濑中队长已经失去了平时的暴躁而变得难有的安静了。一个“皇军”手里拿着一个刚从岩濑身上掏出来的小铜盒子，里面存着的是几十个保险套。

太阳更高了，一面是惊天动地地被欢迎着归来，一面是拉着笨重的脚步，无声无息地消失在河滩里……

一九四三年二月五日，夜

（《晋察冀日报》1943 年 2 月 25 日）

她从天津来

孙犁

旧历正月十五晚上，圆月皎秀，我们在家里举行一个团聚谈话会，庆祝苏联红军反攻大胜利，罗斯多夫、卡尔科夫、伏罗希洛夫斯克诸大城市的克复。这几个大城市，在德军兽性的蹂躏下面解放出来。《真理报》的社论标题，《罗斯多夫是自由了！》是全世界渴望自由的人的同声欢呼。在炉边，我们怀念着那里的居民的欢乐，预望祖国的胜利。这时一个同志带进一个女客人，介绍给我们：

“×小姐，新从天津来，到边区还不过三天，愿意参加我们这个联会。”

“欢迎，无限地欢迎。”主席代表大家说，“我们更愿意听听天津的情形。”

“虽然我从事变起就没离开那里，”×小姐说，“可是从哪里说起呢？”她想了一想，慢慢地节奏清晰地说了，像在市里深夜来到的巡更的木梆声响……我们静听着。

从“五次治强运动”以来，居住在天津市区的人民更痛恨敌人了，因为全体人民的生活都陷于□望的境地。青年学生们从学校里出来，想学习一些特殊的技能，可是哪里有？女人从家庭的幸福里□出来到职业里去，即使是最下贱的职业，这样来帮助家庭的生计。饭馆里也没有白面和大米，卖的是棒子面饼和高粱米。敌人是给棒子面饼加封为“东亚糕”，给高粱米加封为“文化米”的。虽然他们又在报纸上宣传在这两种食品里有多少“维他命”Y和Z，在市民看来终归是个笑话。而市民是穷得连这些东西也买不起，说确切一点，就连这些东西也没地方出售。市区里的人们，已经吃糠皮和树叶了。洋车夫，在拉了你一条街两条街以后，伸手向你要的不是线，而是吃食。天津太缺吃的东西了，人们每天焦心下一顿的饭，排上队去粮店等“配给”，整夜整夜地等，带着铺盖去等。粮店老板在棒子面里掺上石头，加大它的重量，人们向警察局告了，结果只是老板认了罚款，面里的石块加多了。在这个时候，敌人正宣传“减低物价”“安定民生”两口号。在三不管地带有一个说相声的二磨姑，他对这两个口号的体验是：减低“物”价，棒子面的价钱加大了；买不起棒子面，饿死了，民生就真正“安定”下来了。结果，二磨姑被传到警察局里去了。说相声的是专拿现实材料、人民心里为话题的。在配给制度下面，惨剧是非常多的，一个孩子连夜去候着买粮，身上的钱丢失了，哭了半天，各处寻找不见。回到了家里，饿候在炕上的母亲，一气就打死了他的儿子。邻居怕连累，去告诉了警察，传母亲到法院，大概以杀害亲属论罪了吧。配给、配给、配给！除夕的晚上，全市没有一点乐趣。有一个人家在除夕晚上才配给来了一些面，吃了一顿饺子后男女老少一同归天了，他们用红丸做了馅子。在天津，粮食虽然是配给的，红丸却不必，随便你用。市上有戒烟局，更多的是一家连一家的土膏店，青年人有许多慢慢堕落下去，女学生们则以捧戏子为乐。青年，从高小学生到大学生，谁也不愿意到学校去，长期请假，特别是遇到什么“节日”要参加游行的时候，事先几天就请病假了，市教育当局无计可施，来了一个“勤劳奉公日”，叫全体学生站在自己家门口上，拿一把扫帚转了半天，弄得全市尘土扬飞，迷人耳目。为什么学生不愿到学校里去？一些流氓充当了教员。在一个医科学校里，因为翻译官是回教，全体学生就得禁食猪肉；日本教授吃饭，叫女学生轮流“了理”，切好面包抹好黄油送过去……而杂志的编辑在向学生们悬赏征文：“五次治强的意义”。登录的是那些编辑的手笔，把悬赏打了埋状。提起五次治运，它有四大目标，每个市民花了一毛钱买来一个像招待员的襟条号码一样的东西，上面写着那四个“目标”，挂在胸前，走在街上，还要随时答复警察的问题。

“什么时候，现在是？”警察问。

路人看了看表说：

“十二点半了。”

警察过去打了路人两个耳光，他是要他背诵那四个目标的。在那里，我们是深居简出的，所以知道的事情很少。日本兵在街上追女人是每时都会发生的，所以连花园也不敢逛去。总之，在那里，像我们青年人就过着两种生活：一种是自己的良心生活；一种是做戏的生活，到处装傻！

听众留恋今夜的欢乐、皎洁的月和×小姐的叙述。但是夜深了。×小姐最后说，在这里生活的自由舒服，我是早就想到了，可是没想到这里这样从容，还有电话、自行车等东西。我们说，岂止这些，我们什么都有，不然，开个留声机给你听，一个强烈的进行曲演奏起来。

元宵节

（《晋察冀日报》1943 年 2 月 25 日）

那是，从喀喇沁赶来的牛群

——我们的队伍回旋在长城外

雷烨

□□的黑色的山峰仿佛像微微起伏波动着的海面。银色濛濛的月光在□海面上□□地移动。

塞外的纳尔河上的秋夜仿佛像河上的雾气一样的凝静，只有沿着纳尔河川赶路的牛群里的牡牛在响着重浊的鼻音——那是从喀喇沁赶来的牛群。——在大雪花还未向喀喇沁卷旋的时候，喀喇沁人就向草原里唤回牛群，沿着纳尔河川，沿着草原里的小队长开的路线，把肥肥地、柔□地黄牛赶向口里，向滦河流域或者向长城下的山村赶去。我们的队伍常常在塞外的月夜、黄昏或者是在滦河的渡头碰到他们。当滦河的船夫在急流里喘息地低声地唤着队伍下船之前，在船上，我们的队伍就望见那朦胧的牛群，我们的队伍心里就知道那是“远客”的牛群——又有草原里的小队长亲自开的路条。于是，我们的队伍坦然地把“远客”看成自己地区的人，把牛群看成是自己家乡里的牛群。

我们的队伍也知道那肥肥的黄牛将是草原里青年血液里的盐分，也将是草原里的姑娘身上的衣服呵！

从那时候起，从红色的枪带子飘忽到草原的那以后，喀喇沁的人们才把牛群向口里赶去，卖掉牛群，换回铁犁、盐、红布……

——我们那支“红枪队”——塞外的农民看见他们的枪上系的是红布做的枪带子。胜利地奇袭青龙县的大金矿鱼儿岩之后，就遭受到长城线的关东军、“满洲军”的联合追击、频繁搜索。黑夜里，小队和敌人在山岭上回旋。队里，有几个草原的队员，于是，小队沿着山脉线飘忽，沿着河流飘忽，飘忽到草原的边际了。小队把村长召集来开会——他们直截了当地、亲切地宣布：村长们，你们看着队伍人少，不错，一袋烟的工夫连枪带人都能数清楚的。人少？也是八路军的弟兄呀！我们来，不向你们要钱，不向你们要大烟土，也不向你们要好的吃……没有棉被子，只求把炕烧烫一点，我们盖自己的羊皮袄……我们来就是来为你们打“官家”，……请听着：就是不许向“官家”报告队伍的行动。谁要去报告，瞧瞧：——小队长在村长面前，从枪套里掣出发蓝的系着红色枪带子的二号驳壳枪——谁坏，我的枪就和谁□□！……以后要靠村长照顾了——小队长把枪收进枪套——多多照顾……对，村长已经知道大家全是中国人，一家人啦……

“官家”——日本军、“满洲军”、特务、警察——还是像猎狗似的到草原里到处去嗅着小队的气息。然而，小队从此就在草原里和“官家”们回旋了。

已经两年了，飘忽草原的小队——队员们的羊皮袄上已沾上一层厚的羊脂了。那红色的枪带子，小队长的红色枪带子——那美丽的布纹，还绣着白色的小花。姑娘们欢喜枪带子的色彩，鲜活的色彩诱惑着姑娘们萦回童年的梦，长年只看见灰色的沾着羊脂的白羊皮衣，多年没有穿到红布衣服了。

那枪带子的采□唤起草原里母亲的憧憬：当围着火堆的夜里，一□□母亲曾向小队的人们打□——你们那里不“□□”，□年纪人□口粮□。

“我们那里，”小队长指了一个出太阳的方向，说，“我们□□□□□□和你们□里一样呀，我们□□愿和你们心里一样。”

篝火，映红小队人们的脸。

“你们是年轻人，心里□□着妈不？”母亲像对她自己的儿子说话。

"想妈，"小队长□着姑娘们笑了说，"想妈，就得露屁股。"

于是，那些欢喜红色枪带子的姑娘，威胁似的，□着白桦树枝要烧小队长的手……姑娘们□□像负着伤痛似的声音说："'官家'不配给布，□□□……呢"□姑娘们的青春的眼睛里闪耀着红色的枪带子。——草原上的星星知道，牛群也知道她们的姑娘心里荡漾着红色的枪带子。夜里，草原上萦回童年的梦——那红色的枪带子上还有像开着似的小白花呢！姑娘们记得母亲谈过她们的童年——那时候你们穿红布袄，红绒线结成的小花儿插在你们乌黑的头发上……人家说那小红绒花仿佛像你嘴唇边的小笑涡——以后，汤二虎跑了，"官家"来辖治我们了……

白桦枝仿佛像伤痛似的在火的燃烧里叹息。小队长的眼光仿佛像纳尔河川上的夜雾一样凝静地射着姑娘们的伤痛似的眼睛，他脸上弧形的皱纹微微地抖动说："怨谁！你说？""怨'官家'呵！"

已经两年了——红色的枪带子飘忽草原。

当猎狗们——"官家"——嗅得紧张的时候，小队的人们就分散隐没在茫茫草原里的牧场中；当猎狗们疲倦、迟钝了的时候，小队的人们就集合起来掣出红色的枪带子，饥渴似的去袭击单个的到牧村中来解馋的猎狗——红色的枪带子在草原里回旋，要解馋的猎狗们□软了腿。

桦树枝燃烧着。姑娘们从童年的梦里回到现在的生活："官家"再辖治两年，到春天，连羊皮袄也缺了。到今年，"官家"许给的生活变成草原的噩梦。今天的生活：没有盐，没有铁犁，也没有红布……一切许给配给的又不配给，这生活仿佛是草原里的泥沼。人们自己知道：自己和牛羊会渐渐地淹没下去。这生活，在姑娘们觉得仿佛是草原里的涸池，人们和牛羊将渐渐渴死，人们仿佛像牛羊似的温顺受"官家"的鞭子，他凶狠地把人们向泥沼中赶去，反抗吗？"官家说"："抗日反满的……已经□平啦。"人们低下头用脊梁骨驮着沉重的□□被鞭子赶向泥沼、涸池。虽然大草原的天空依然按时按节出现太阳、星星、月亮，虽然□□□□□地雪花也按节到草原卷旋。然而，在人们心里□□□□□崩溃了，生活的，□□的巨大热情……熄灭了。□□□□□日子里，人们没有□□□□□关心牛羊，也没有心□□□□□□□了。夜里，人们□穿着羊皮袄躺在热炕上做梦；□□，喝着没有盐的菜粥，人们已经忍受用酸□水当盐吃了。

蓦然间，□□□边□飘忽着红色的枪带子，以后，赶着牛群，赶着骆驼的人们从冀东载回来新的铁犁、银色的盐，还有红红的布，更振奋的是人们带回来好消息：

"该换换主了吧，八路军打出长城啦。"

"八路军出口了!"好消息仿佛是春风里飞翔的山燕子——它越过重重的山，它越过纷纷地河流，它飞翔在喀喇沁——向草原的边际……

还像两年前一样，小队长凝静的眼光四射着屋里的人们，他还是那样确切地宣传：自己打粮自己吃，不要让"官家"收去配给——"官家"快站不住啦！……满洲国要倒啦！

"官家快站不住啦!"老人们像桦树枝在火焰里叹息似的声音，怀着期□的心情说："该换换主啦!"……

喀喇沁的秩序正在酝酿变化：新生长的、壮大起来的气流，反抗的气流，在和萎败的、垂死的气流——"官家"的气流，正在激烈地酝酿大的冲突。喀喇沁，草原边际的大地上波动着隐隐的雷鸣。

那从冀东来的新铁犁，由"自己播种自己吃……"的人们掌握着在松动坚实地、茫茫的泥土。人们心里复活了劳动的青苗，姑娘们复活了她童年的梦——红布袄红过了红色的枪带子。

那从冀东来的白色盐粒激活了青年们的血液。

草原边际——喀喇沁的大地上波动着隐隐地雷鸣……年轻的人——牧人和雇农们从猎狗手里夺来枪，他们把柔软的羊皮做了枪带子，跟着小队长在家乡里回旋。

哈哈，草原的姑娘复活了她童年的梦！

有时候，在山岗上，牛群会蓦然间向林子里去隐蔽，“官家下道来卡了吗？完蛋啦！……”——那赶牛的人们在心里捉摸，猛然间听到森严、低声地吆喝：“站住！”“站住！两只手都举起来！”那吆喝的黑影向他们□来，在银色濛濛的月光下，哦！哈！原来是“远客，”……“远客。”——“走吧！后面有我们的队伍，过去没有事。”于是那“远客”们又低声吆喝牛群上道，牛群里，牡牛发出重浊的呼吸，赶牛人微微地抖动黑□发向隐约在林荫里的黑影——我们队伍里的侦察员，发出衷心的感谢——以为是“官家”下道来卡啦！原来是同——志。这么一下，脊梁上出汗啦。

哈哈，草原的姑娘复活了她童年的梦……

松木船逆着急流绕着湾徐徐地靠近滦河的渡头，船夫喘着气唤着队伍下船，走过砂地，我们的队伍看到河边上那朦胧的牛群。

我瞭望遥远的山峰，黑色的仿佛是微微波动着的海面，我愉快地，低声地唱着赞美喀喇沁——草原边际的小夜曲：

红色的枪带子呵！

——飘忽喀喇沁。

草原的姑娘

——唤回她家的牛群。

银色濛濛的雪花呵！

——卷旋在喀喇沁，

红色的枪带子呵！

草原的姑娘

——唤他回牧村。

这正是给子弟兵回旋的月夜，正是给喀喇沁牛群赶路的月夜，也正是草原姑娘复活她的童年梦的月夜呵！

哨兵窥望林荫上空火花似的星星，今夜，我们队伍的宿营地就在凝静的纳尔河上。

（《晋察冀日报》1943 年 2 月 26 日）

齐福同志

张文凯

韩村战斗时，齐福——七中队的一个排长，负了伤。部队转移了，临时把他和别的伤员坚壁在离岗楼只几里路的一个村子里。

天刚破晓。日军和警备队便包围了村庄，一个奸细领着他的主子到各家搜我们的伤员。一个被搜出了，村长被打得流血，伤员不肯吐露自己的实情，也挨着敌人的鞭打，绑紧的伤口又流出鲜红的血，浸透了白色的棉花。

消息很快传到了齐福那里，女房东颤抖了，太阳出来的时候，想把齐福背出村去，已经失了时机。奸细和鬼子的叫嚣越来越近了，齐福躺在炕上，失去了血色的脸，被阳光照得更加黄了。

男房东重新嘱咐他："年老的叫娘，年壮的叫大嫂，你的名字叫陈康！不要说话，日本来了不揭开被看不见你的伤，我嘴里是不会说出你是八路军……啊！就是，看见了你的伤，你就是说那天过路那里打的！"齐福的眼睛里流下了眼泪！

"同志不要难过！这还不和你的家一样吗?!"

齐福擦了一下眼泪："不！我不难过，在军队里我永远没流过眼泪，你今天这样地待我，我感动得……"

隔壁传来了惨叫：

"你说没有了！这是什么？你敢欺骗皇军！"

过后便是一□鞭打和呻吟！

"你说这是你的兄弟！妈啦个屁的真会造，看看他的手像不像？子弹打得还看不出来吗?"

又是鞭打！

"还少一个，皇军！那个，我看见往那边胡同里去了。"

这句话针似的刺透他们的耳朵，浑身麻木了一样地对看着，棍棒声和脚步声越近了。

男房东说："齐同志，就像刚才那样吧！我去迎他们一下。"说完便去了，女房东也躲到别家去。

齐福由炕上坐起来，看看院里的树荫，发紫的茄子和井台上的绿葡萄架，低下头去在想："装有病的老乡也不是办法！隔壁还不是这样吗？村长挨打，房东也跟着挨打，掩护不成又连带上这老诚的老乡，……跑？已经失去了这样的能力，胸上有伤，腿部也有伤……一会儿敌人来了搜出来……"

"我是一个党员，我是八路军的一个干部，排长，我不能向敌人屈服，我不能受敌人的侮辱！——拼吧！没有手榴弹和枪，……就连处理自己都已失去了力量！……"

他抬起头又看着院子里，一个东西吸住了他的眼睛——"井!"

"我跳井！保护我党的光荣，免□老乡的危难！——不！假若鬼子和汉奸走过了呢？我还是保存我的身体，养好伤再对革命贡献更多的力量!"

声音更加近了，脚步声也更加清晰，他打消了再活下去的念头，毅然地起来，下了炕就走，走了两步，伤痛使他倒在了门边……

皮鞋声停止在门边了。

他赶紧找了一根木棍支持着身体很痛楚地转动到井台上去，他像向自己的母亲告别一样，嘴里念叨着："我不能再为党工作了！同志们你们努力吧!"

井里面荡出水浪的巨声。

太阳更高的升起，照着大地的万丈光芒，像齐福的名字一样照耀着冀中每一个分区、每一个八路军和每一个人民。

（《晋察冀日报》1943年2月26日）

巨峰的抗击战

延安新华社稿

敌人的侦察队，在上月九日晚上遭到意外的损失后，于十日晨又集中七百余兵力向巨峰以西的东沟，进行报复“扫荡”。

在东沟东南高地的公路上，我某部特务连、七连，迎击前进之敌，贾友立同志一连射杀了三个向他冲来的“皇军”，敌人接连死了几个之后，惊惶地退了回去。

子弹像暴雨般落下来，敌人在其强大的火力下，又进行了第二次的冲锋。勇士们沉着地瞄准着，每一颗飞出去的子弹，都索取了它的代价。

敌人更愤怒了，多次地增援，连续地进行了第三、第四次的进攻。

“同志们，坚决地打呀，上级没有命令撤退，全班都要守住这个阵地呀！”

王班长鼓励着同志们，打垮了敌人最后一次冲锋。

又一股敌寇向着东北高地我××团四连的阵地猛犯，当遭我排枪和机枪痛击后，便伏在前面约百米之小沟中，用强烈的火力，拼命地射击。这时一个“皇军”小队长舞着指挥刀，一纵一跳地乱喊。

“他妈的，让我结束他！”杜成美同志坚决地喊着，他一鼓勇气跑上去，但不幸被一颗子弹打中了，他恨恨地倒下去。特等射手傅□中看见他倒了下去，马上就端起枪，一枪把小队长打了个筋斗，无力地跌在地上。

五连奉命占领了前面的坟山，但被敌人用严密的火网封锁住了。张政治指导员做了有力的鼓动，田照文接着应声冲了过去，其他同志也都跟着前进了。

五班吴启山同志，一个人伏在最前面的坟坡上，敌弹啾啾地擦过身边，脸上也给弹道烙成一条红痕，但他始终领导着全班，完成了击退敌人的任务。

小鬼田大汉像猴子般在战场串来串去，做“临时的军械股”，替同志们运送子弹。

这时敌阵地又发现了一个拿着指挥刀的军官，投弹组的老手陈妙兴同志又显出特等射手的本领，只一枪，小队长应声倒下了，几个“皇军”像死猪一样地向后退却。机枪射手李时瑞同志也准确地射中了敌人的重机枪射手。

×团一连奉令突击敌人的指挥阵地，策应正面的全连同志像暴风一样地打过去。×团一部也向敌的左翼进攻，强迫着敌人抽出进攻正面的兵力。因此，侧翼也展开了激战。

二连在达到目的以后，又灵活地移到新的阵地。机枪组同志在掩护转移中，光荣的射手杨金玉同志身负重伤，不能动弹，但他怕武器落于敌手，迅速地把机枪压在身下。

二连这样顽强地战斗着，他们虽然转移阵地，但敌人始终不敢踏进一步，两位勇士也都安全地担了回来。敌人的猪嘴也撞肿了，到下午三时，敌不得不沿着旧路，狼狈地溃退了。这次战斗，敌人是以将近百名的伤亡来换取的。

（《晋察冀日报》1943 年 2 月 27 日）

从苦难来，走向幸福！

人

这是一群不幸的年轻人。半月以前，他们被敌人抓到据点里，然后又被迫来到前线，替敌人修路筑堡，一天做十八小时的苦工，却不能从敌人那里得到半粒粮食。直到八路军攻袭敌人堡垒的战斗连续展开，他们才一群一群地跑出来。

所有的面孔都是一色的青黄，骨头像要凸到皮肤外面了，只是半个月的生活呀，健康的人竟然变成这副形象，实在太使人惊异了。

敌人这次抓夫极疯狂，连六十多岁的老人和七八岁的孩子都被捉来和青壮年一起劳动着。即使在平汉路车站上的村子，敌人也不能经过伪政权有组织的要夫，而是和游击区一样乱抓乱捉。民夫是一律要自己解决吃饭问题的，但他们怎样解决呢？饿着是唯一的“解决办法”。从××出发，行军四天，民夫都没有吃到一口饭。后来经过××城边，大家都哄动起来要求，才喝到一顿稀粥，还说是伪县长私人的施舍。许多都饿得像一团棉花似的软弱无力了。

假使从村庄走过的话，或许他们能寻到一点什么吃的东西吧，可是敌人永远不让他们走村庄和住村庄，因为他怕一过村庄民夫就逃跑。这样，民夫就只好白天走在旷野，夜晚宿在旷野；晴天如此，落雪的日子也不能例外。他们是曾经遇到一个大风雪之夜的，那天晚上，他们正走到一座小山下，敌人就让他们在雪地里宿营了。许多人连被子都没有呀（他们都是从温暖的被里叫敌人抓起就走的），于是就十个人或是八个人坐在一起挤着，把他们之中仅有的一条被子顶在大家的头上。只要雪不落到身上就很幸运了，不睡觉还算什么呢！……这样，一夜的工夫，好几个年老的人都停止了呼吸，冻死在雪地里了。

在很高的山上修堡垒，而每一块石头、每一根木柱都要从山的下面运上来，这艰巨的工程的担子是全部地放在这群连饭都不能吃饱的人们的肩上，放在许多七八岁孩子和六十岁以上的老人的肩上。背不动吗？歇一会吗？那么皮鞭拳头马上就会照顾到你身上来。

逃跑是困难的，只要你一离队，子弹就向你飞来，押队的向你射击了。在新乐桥，两个可怜的老汉只因为少说了一句是到路边拉屎去，结果敌人认为他们“良心大大坏了的”，就把他们打死了。

但今天在八路军的帮助下，许多民夫都被解救了。单在灵寿一县，起初敌人一共抓了三千多人，但到城里集中的时候，所余只有几百了，今天自然更少。不管是什么情况，只要八路军的枪声一响，他们全会动作起来的。许多从敌人虎口逃出的民夫这样说：“去找八路军，找到八路军就有办法了！”

是的，今天在这里的一群民夫都已找到了八路军。他们没有白找，年老的、孩子，八路军都送给了他们粮食和路费，让他们回家了。年轻的绝大部分都自己要求留在这里不回去，他们说，回去迟早还是要叫敌人抓去的。

家住××城外的一个青年，他被捉的那个夜晚，年轻的妻子几乎眼睛还没有睁开，他就被抓到门外了。现在我问他是不是要赶快地回家，他这样回答：

“回哪个家呀？八路军不就是俺的家！”

这个回答是淳朴的。而且我想他也说了敌占区广大青年心中所要说的话。

（《晋察冀日报》1943年3月2日，《子弟兵》副刊第68期）

我们怎样收复了塞外的乡村

雷华

黑河川的山岗仿佛像这塞外的农民在朝阳里裸露着砂金色的胸膛。山上繁茂的桦林里还有篝火的青烟轻轻飞散，我们的队伍在林子高声呼唤着隐蔽在山中的老乡。我们的队伍在新鲜的气流里，青年战士们因为在新的环境中，因为紧张、因为愉快焕发着在周身潜伏的热力，在呼唤老乡的声浪里还有口琴伴奏着歌声，还有为取得联络而吹起来像画眉鸟歌唱似的口哨，这些音乐似的声浪亲密地溶化在林子里。

他们亲密地呼唤："老乡，咱们是从口里开来的八路军——中国队伍——大伙出来见见面吧！……"没有声音答应我们队伍的呼唤，热情的呼唤像青烟似的溶化为桦林所吸收了。

村长却领着李教导员来了，周营长向密林里吹响集合的哨子，闻哨音而来集合的战士中间却出现了十几个惊恐的农民，他们□□战士们挽着臂膀才走出来的。他们以忧虑和狐疑的眼睛向村长、向队伍张望。村长，他已经从营长、从教导员那里，从战士的行为当中知道这支队伍，不是匪，也不是讨伐队，是确确实实的八路军。这时，他决定地对这些农民招呼："你们只出来十几个人，队伍走了一夜，还上山找大伙一直到天明，去，我跟大伙都赶紧去把全村的人招呼出来，还用队伍摆酒席请你出来吗？"

"出来吧！出来吧！开来的队伍是八路军！"呼唤的声浪仿佛像黑河里的流水深沉地流向桦林、岩石间、峭壁下，隐蔽的人们就为这熟悉的呼唤所振荡，被吸引出来了。

"开来的队伍是八路军？"老人们喘着气息走出来了，零零落落地坐在青草上，远远地向绿色的队伍张望；年轻的女人用手遮着太阳，张望的眼睛闪烁着忧虑、狐疑的光芒。

我们的队伍唱起歌来啦，歌的音节因兴奋于新的生活而明朗，农民们让这新□的歌声所吸引过来，走拢来的老人们用模糊的眼睛来注视这支新的队伍——他们心里想这眼面前的队伍，也有闪闪发光的枪刺，但是完全和善，这许多年轻的“老总”的眼睛看我们的男人，也看女人和小孩，但是眼睛完全亲近。注视着队伍的农民，昨夜的忧虑狐疑，在心里一片片地被分裂，信任这支开来的队伍是八路军，就像春雪后的麦苗。

“要相信我们是从口里开来的八路军!”周营长的沉静和喜悦的眼睛，向集合拢来的农民征求最后信任的第一句话。他接着问：“大伙相信吗?”

长年的忧虑扼紧农民的喉咙。被激动的瘦损的老人忧虑地低了的头又抬起来，用烁烁的眼睛望着队伍说：“我有这么大的年纪，没见过队伍央着老百姓说‘大伙相信吗?’什么时候老百姓都一样：不该挨揍的还是得挨。我这么大的年纪，年轻的时候不说，立了“满洲国”以后，我挨过揍；到老骨头痛得不能做活的年纪、不该挨饿的年纪，还得挨饿。”这老人为长年的忧虑而颤动地注视队伍，哭泣似的接续说：“队伍走了一夜，还上山找大伙到天明，要是口上‘官家’(注)的队伍，老早就打枪啦!现在，无论大人小孩，该挨揍的没挨揍，该哭的没有哭，你们真是吉祥的队伍，你们真是从口里开来的八路军，中国的弟兄。我盼望你们有十一年了……”

“我们的眼睛都盼烂了，”农民群里发出低长的叹息，应和着老人哭泣似的声音，“哪怕今夜死掉，也算亲眼看见了中国的弟兄……”

“是的，老大爷、婶子、弟兄、姊妹们，十一年了……”周营长的柠檬色的脸上闪着□静的光泽，伤痛地招呼大伙的时候，一个赤膊瘦饿的壮年农民插嘴说："中国队伍再不开过来，我这条破裤子就穿不到明年了。十一年的罪是我们受了，中国还要我们吗？'满洲国'把鸡狗都上了捐，把人也当牲口一样上了捐，我们让'组合''配给''集家并村'、抽壮丁、当'国兵'压住了……"长年的抑郁绝望过的眼睛凝注着痛苦的眼泪，使他颓丧地说，"十一年的苦没处诉，八路军也会不要我们吗？"我们队伍用同样的湿润的眼睛迎接了他的注视，我们想扑过去拥抱他，拥抱坐在我们身旁的大人小孩，要告诉他们，我们要跟你们生死在一起的话。可是，周营长注视着队伍激动地说："同志们！我们是冀东的子弟兵，也是口外的子弟兵，我们是和老百姓要生死在一起的队伍……""我们在一起呵！"李教导员领导着卷起队伍高亢的声浪。像桦林一样正直的身材高大的周营长，他注视着农民群众接续地肯定地说："老大爷、婶子、弟兄、姊妹们！我们八路军说要和老百姓受苦在一起，就受苦在一起，我们说要打就一定要打掉害你们的'组合''配给''集家并村'，让他不敢向你们来收牲畜捐、人口捐……"直□站着的高大的周营长，人们用亲爱的信任的眼睛注视他。

孩子们也看得出神了。蓦然地一只大雄鸡从一个女孩子的怀抱里挣脱了，在人群头顶上拍着翅膀飞叫着，女孩子哭嚷地张开手，母亲咒骂着，爸爸——一个赤膊的、瘦损的壮年农民乱舞着手指挥伙伴给捉鸡……

好一会儿，秩序恢复，捉回了的大雄鸡，在女孩子紧紧的怀抱里惊恐地仍然喧叫，所有孩子们怀中的鸡，也跟着唱和起来。"嘿嘿！瞧！你们这些孩子……"这个瘦损的农民满心舒服似的笑骂着。周营长还像春风一样柔和接续说着："以后，队伍就得住在大伙家里了，要给大伙添麻烦了。""不打人，不骂人，自己的弟兄来了，谁还嫌麻烦吗!”一个农民热烈地在旁接口说。他仔细地望着周营长，郑重地继续说下去：“吃呢是用自己带来的油盐，吃菜给菜金，粮食呢——”他向大伙投过了诚挚的征求同意似的眼光，“粮食吃你们一斤小米，按市价给你们钱，大伙看行不行呢?”

农民群众顿时活跃起来，大伙的声音轰然答应着：“弟兄们在冀东没饿着，来到咱口外大伙也敢管饱!”这回答的声音使队伍就像雨里的麦苗一样地喜悦着。李教导员向队伍高声鼓动：“同志们，我们自己打柴呵……”但马上他的声音被另一个黑黄脸的农民的大声所淹没：“弟兄们辛苦，不用上山打柴，我们家里的木柴是烧不完的……”“谢谢老乡们呵!”李教导员重新领导着卷起队伍的高呼。

“噢!还有点事，”周营长向大伙提出，“得去两个精明的小伙子，到山头上去帮助哨兵瞭望瞭望，因为队伍是新来的——叫谁去呢?”一个胳臂粗壮的机灵的青年农民走出来答应道：“就是我去!”周营长注视着他，他原来是“满洲国”承德县黑河甲的牌长呢。一个刚过童年不久的媳妇，从他手上接过了他们看来才刚满月的婴儿，在大家亲密的注视里，她的苍白的面颊开始泛起红晕。

口琴又奏起愉快的调子，大人孩子纷纷地站起来了，女孩子们蓬乱的头发上，红色的小甲虫时时张开小翅子，想飞。蓦然地，女孩子们举着泥垢斑驳的小手，向从林荫里跑出正爬上山头的两个男人的背影喊叫着：“大福叔叔、四锁哥哥!”我们的队伍也和大人孩子们一齐从灼热的阳光里向那里凝望：山脉的棱角在阳光里闪着鲜明的虹彩，闪着蔚蓝色的峰峦，仿佛是海兽们的奇怪的头角，巨大的背脊在光波里浮动着，在这燕山山脉的光艳里，队伍的哨兵和两个青年农民，屹立在山头上瞭望着长城线上的要塞，那屹立的人像看去仿佛是巨匠雕塑成的铜像。

——庄严、勇敢、壮美的铜像呵!

“大伙回村里去呵！”红色的小甲虫终于在女孩子们头上纷乱地飞舞起来，孩子们怀抱里的鸡也喧叫起来了，口琴伴奏着《八路军进行曲》，女人穿着用灰、黑、蓝色还有红色的旧碎布缀连的衣服，沾在脱线的布片上的蛛丝，在阳光里闪着苍白的光亮……

暖和的、光艳的天气，我们的队伍和喧闹的大人小孩的行列，回到新收复的乡村里去。

已经是塞外的十月了。夜里，农民们在泥盆里燃起桦树枝了，还有人没有睡下，那就是营长，教导员、村长三个人。村长要求队伍不要打仗，打了仗，他怕敌人到村里来残酷地报复。营长、教导员他们早已顾虑到：在新收复的乡村，长年忧虑的人民是再经受不了敌人残酷的报复的——“好吧！村长，可以答应你不打仗。队伍进山沟里去隐蔽，可是，明天天亮时刻，不会有敌情吗？……”刚抽足大烟的村长，没有一点狐疑地说：“电话机在我手里，没有坏人去报告，讨伐队就不会出发，我敢担保没有坏人。”他轻松地讽笑着说：“电话机总不会自己□□吧？营长。”“不会的，绝对不会的，哈哈……”

山脉的棱线上已经出现下弦月了，村长从街道的窗前走过，窗里，那温暖的泥坑上发出健康、匀和、疲劳的鼾音，——他铭记着这开来的队伍是八路军。

塞外的十月拂晓，我们队伍睡眼惺忪地吃饱小米饭和老乡慰劳的猪肉，也喝足了南瓜汤，虽然还有人打呵欠，但个个人肩起枪，走出新收复的乡村。

沉静的队列进入山沟里隐蔽目标。一班班的战士浴着曙光围着燎火，吸着老乡们赠送的新采的烟叶。……当朝阳从桦树上流过来的时候，周营长和李教导员上山去观察地形了，青年的战士们仿佛周身都在向外挥发着青春的蓬勃的生命的力，他们一班班地在继续讨论教导员传达的李司令员的报告——收复塞外的乡村，坚持地区，巩固、壮大部队，要保证胜利完成这三大任务！

我们的队伍开始分散去收复祖国的疆土了。塞外的十月，一个个的突击组，像轻骑小队似的在广阔的沦陷十一年了的祖国疆土上驰骋。在十月的塞外，我们的队伍纷纷地燃起抗战的烽火，举起《双十纲领》的旗帜，去呼唤逃向山林的人民回家里来。一个突击组在一个月里收复了四百里的幅员。从承德城到幽暗的山沟，卷起了纷纷的议论：“开来的队伍是八路军。”桦林里牧牛的少年也敢唱起八路军歌子了。太阳下、山岗上，纷纷地站立着新生的仿佛铜像似的瞭望哨。

我们的队伍从那时候起就有计划地收复起那些被日本法西斯奴役十一年了的土地，有什么力量可以强制阻止这蓬勃的运动呢？长城□上的要塞上的关东军和戴着钢盔的“满洲国”兵吗？是关东军司令部和梅津脚底下的“满洲帝国政府”的庞大的统治机构吗？

虽然，我们的队伍被关东军和他的爪牙所日夜追逐着、阻止着，但他却阻止不住“开来的队伍是八路军！”

我们的队伍，克服着被追逐的艰难，机巧地隐蔽着，□抱绕着人民，回旋在广大的新收复的乡村里，呼唤人民和日本法西斯无情的分裂。

我们的队伍是和猛兽似的关东军进行隐蔽的白刃战，我们的队伍隐蔽着而又突然地去袭击，也为他的锐爪攫去过年轻的战友——在繁星照耀我们队伍，在险峻的山道上行军的时候，突然遭受敌人的伏击，两个负伤的青年战士，共产党员李义、张为民就在突围中坠落在山下黑幽幽的深潭里淹死了。

但新收复的乡村，相信八路军不会离开他们了！

塞外，大雪花卷旋了的黄昏。雪花卷旋里我们的队伍还穿的是夏秋的服装，还有战士赤脚拖着破烂的布鞋头，走向新收复的乡村去宿营。

新收复的乡村里，母亲的湿润的眼睛，凝视着冒着大雪花的队伍，告诉自己的儿女："孩子！那开来的队伍是八路军！"

大雪花卷旋了。塞外新收复的乡村里，家家燃烧桦树枝升起闪闪的火。围着火，我们的队伍还是讨论着李司令员报告的政策：不给收复了的乡村增加一丝一毫负担，吃的、用的、穿的都要自己买。坚持《双十纲领》的精神呵：不要把参加"协和会"……的人看成是汉奸，要到处去团结各阶层，对吸大烟的人更要劝告和宽大……

新收复的乡村相信八路军不会离开他们了。

雪后，塞外的天是那样明净，是那样蔚蓝，白金似的太阳辉耀着新收复的乡村、山脉。孩子们穿着战士们在秋天赠予的绿色的衬衫，白的、绿的裤子，在火□和战士们欢笑，孩子们竞答应向战士叫声叔叔以争取他唱一支歌或奏一次口琴。

村外，仿佛是用大理石雕塑的山头上，披着伪装雪色的外套的哨兵和拿伐木的钢斧的农民一起屹立着，仿佛是用大理石雕塑的巨像。

那塞外山头的巨像，他们手里的枪斧，在保卫着塞外新收复的乡村。

注："官家"是塞外人民暗指奴役东北的敌伪。

（《晋察冀日报》1943年3月5日）

新中国的女儿诞生了——妇女劳动英雄马杏儿

新华社稿

杏儿的妈叙述着杏儿的故事。杏儿的头颈微微颤动了，眼圈也渐渐红了，蕴含在她眼睛里的两颗明晶的泪珠终于夺眶而出。

十七岁的少女不应该说是少妇，当人家还盘坐在炕上过着年轻的幸福的生活的时候，她已饱经了人世的辛酸。而去年丈夫离开了她，在母家披荆斩棘，忍痛熬疾，顶上一个男子的好劳动力，上山种庄稼，吃尽苦中苦。会有几个妇女是这样的呢？把这个情景□□起来，就刚好触到她一向自己也摸不到的心底深处，她把袖管掩着半个脸，非常天真地像小孩子一般“哼……哼……哼”地啜泣起来。

当杏儿还是十二岁的女孩子的时候，便为生活所逼离开母亲，她曾哀哀地哭着：“好妈妈，我愿在家里陪你饿，不要让我叫人家使唤去。”但是，母亲的眼泪挽回不了她三毛钱一个月的代价（当时一个馍就是二毛五分钱），她被引到一家朱漆大门的财主家里去，财主也唤她杏儿，但声音不如穷妈妈那样软和了，好像煤矿里锤子凿煤的声音一样，是生硬的、冷酷的、肯定的。幼小的心灵上蒙着一层沉重的灰色的帷幔，把她关在“服从”的圈子里。她小心翼翼地执行着主家的命令，扫地、做饭、抬水、端汤……一切侍候主人的工作。她的“命运”被“注定”了是“下贱”的，好像她是为着服侍主人而生活到世界上。

十五岁的时候，她带着婢女的头衔，由朱漆大门搬到一破窑里去，她和一个比她大四岁的陌生男子结婚。他家也和她家一样，是米脂“世袭”的贫农，八个吃饭的人向一家地主租了十二垧薄地，打六石谷子就要交给地主两石四的租子。剩余三石六斗怎样吃呢？但是这和地主毫没关系，这是穷人自己的事，“冻不死的衣，饿不死的稀汤汤”，黑豆荞面就是他们上等的食粮。

“不要管这些，能喝饱就算了。”杏儿心里这样想。但是公婆喝饱了，丈夫喝饱了，兄弟姑娘都喝饱了，等到做饭的媳妇抬起头来一看的时候，放在炕上的只剩空钵空碗和狼藉的盘筷。如果钵子里面还剩一点稀汤的话，那就是特等的恩赐了。杏儿是人家的媳妇，传统的风俗对于这样的人有着一种巨大的无形的压力禁锢她的“口动”和思想的权利。杏儿的母亲这时已移到延安来了。丈夫对她像陌生人一样。公婆的眼睛是冷酷的，姑叔咕咕喳喳的嘴巴好像“广播间”一样。她整天的职务就是服侍丈夫公婆全家人，什么也不说，也不敢说，没有吃是常有的事，吃不饱则是更经常的事了。

前年年底，她离开米脂到延安找母亲。虽然没好吃，但母亲还是给她吃上了。去年春上，丈夫也因为家里没吃的逃难下来，并且和她的爸爸约定在边府农场合伙“安庄稼”，但是他没有来，杏儿也没有办法使他来。他到城里做打窑工人去了，一百六十亩的庄稼爸爸一个人怎顾得来呢？杏儿感染着全家不安的感情，紧皱着眉头，把丈夫恨得牙痒痒的，陷于无底的痛苦中。

“不来就不来”，在深夜里，她把拳头捶着土炕，继续着她的呓语，“他不来我来。”第二天，她果真这样向爸爸和妈妈提出来。妈妈睁大了眼睛，指着她道：“你发疯了，妇女做庄稼！”然而她坚持着，最后爸爸才答应：“好吧，试试看，大家一拢来做吧。”

和爸爸一样，当人们还在沉睡的时候，她就背着镢头到了高山上。高山把她爬累了，镢头的柄把她的手掌磨出了水泡。“女人真正不顶事吗？”当爸爸劝她在家休息两天，妈妈把她扣留在家里的时候，有种精神上的兴奋支配着她的身体。“他不来我来。”“难道一定要依靠汉子吗？”所以当爸爸一转身，她又跑到山上劳作了。有时劳动过度，面色白苍了，可是□到□□的陌生的丈夫和金黄色谷子的时候，她的面色便又红润了。

劳动对于她渐渐地习惯了，熟练了，爸爸在前耕地，她和一个全劳动力一样跟得上打碎土块。夏耘的时候，她被太阳染成紫酱色，爸爸休息，她也躺在山上休息。

最快活的时候要算是秋收季节了。遍山遍野的谷子、苞谷……她拿着镰刀像一匹马迅速地驰骋过去。镰刀割破了手指，伸到嘴里一含，衣角一擦，又毫不介意地割下去。当庄稼背在她背上的时候，她的步伐多么轻健呵！“这女子像男子一样呢！”乡亲们也为她上山下坡毫不疲累的情态而赞叹起来。

现在，在农村每一个男子的心，每一个女人的眼睛，谁不炽热地瞧着她呢？谁不衷心地尊敬她呢？马杏儿再不是“人下人”了。

“熬过来了，自己可以受苦了。什么也可以不靠人家了。”她从鼻孔里哼出一口气，宽阔的双肩摆动着。是的，她可以扬眉吐气了，她不再是俯首从人的妇女，她有自持与自信，她用自己的劳动建筑了自己的经济基础，她已经挣脱了几千年所加在她们身上的枷锁了，从她坚定的面容上可看出了一点：新中国的女儿诞生了。

（《晋察冀日报》1943 年 3 月 9 日）

塞外，新收复的乡村为什么拥抱子弟兵

——我们的队伍回旋在长城外之三

雷烨

塞外，大雪掩盖了滦河两岸的山林和河流，海拔七百公尺的山头雪层上，我们的突击组在爬行着，冻裂、负伤的血濡湿了干燥的雪花，这正是我们的突击组被关东军、“满洲军”追击的日子。

春天，承德县瀑河边的白杨树上，被敌人反缚着我们的突击组员张福庭，敌人用铡刀铡断他的喉管，把头挂到承德——热河省城的大街上。

那瀑河南岸山怀的松林里农民秘密地埋葬了这个无头的英雄：至死不屈服的青年共产党员张福庭——晋察冀军区第十三军分区的子弟兵，冀东抗日大暴动时代的少年射手。瀑河村的农民们在墓前供着粟米饭。这已经是农民们心里的秘密坟墓。

秘密的英雄墓下，子弟兵在走向新收复的乡村，走出险峻、幽森的山峡，我们的队伍就在明朗的瀑河边上了。脚步踏在濡湿的沙壤上，仿佛踏着柔软的茵蓉，我们的队伍敞开胸怀，迟钝的脚步变成□美有力的步伐了。

我们眼前，新收复的瀑河北岸的山脉和承德的峰峦亲密地相连，挺峭，棕色的山□里繁生着郁苍的柏林。河南岸，青葱的松林沿着东长城线的山脉起伏绵延。若在林荫里，我们的哨兵可以远望到喜峰口上的烽火台。

河两岸山林相峙之下，就是我们的心爱的瀑河：

河水像春天的树叶子一样绿，山燕子频繁地在河面上低飞，我们心里恍惚有支歌要和瀑河的流水相溶合。

河边的沙壤上波涌丰饶的绿色：落花生青青的茎叶亲密地接触土地，粟穗将要成熟，玉蜀黍吐出马樱花似的须丝……用高粱秆簇编的瓜架上挂着□豆了。这丰饶的绿色曾吸收了子弟兵的汗水：在春天，我们为农民送粪，重垒坝墙，老人们曾眯瞅着扶犁的战士感叹地说过："心眼好，手也好。"

这丰饶的绿色里仿佛有芳香洋溢，使我们加速步伐走向新收复的瀑河村，我们心里恍惚有支歌要和这丰饶的绿色相溶合。

瀑河村的人，有的早已用手遮住太阳在细望了，和我们队伍相熟的人用欢笑似的眼睛，欢笑似的声音向我们打招呼："同志们，辛苦，辛苦啦！"我们欢笑似的眼睛，欢笑似的声音回答着："不辛苦，不辛苦。""□苦心不苦哇！"——哈哈！人群里哄笑了，有人说："真说得对呀！"也有老人感叹起来："往年老百姓不敢和军队见面，见了日本军也是一个人影也见不到。八路军来了，大伙来瞅他，真是一家人！"认出是在自己家里住过的孩子们，青年们用泥垢的手捉住我们的臂膀，姑娘们——她们身上的破布衫连自己的乳房也不能完全遮住——手提着凉水壶仿佛用眼睛招呼我们："同志，先喝一点解解渴吗？"在这样的地方，风俗使我们先对她们的母亲招呼："老大娘，我们在你家里住过，还认得我们吗？""天天为你们烧平安香呢，"母亲说，"怎么不认得呢！"

欢笑的眼睛，欢笑的声音使我们唱起兴奋的歌，用优美有力的步伐走向村中心。迎接我们的老乡把我们一班班地分开领到自己家里去住下。孩子们捉住我们的臂膀，为了心爱的来客，风俗使姊姊和母亲先已推动碾子为我们碾黏米面了，她为我们蒸发糕、烙煎饼，发糕里还有红枣泥作甜馅。母亲们说："十多年没见到糖啦，把红枣泥当糖吧。"

还有，我们喝了浮着蜂翅的蜂蜜水，那是孩子们的姊姊给的，那是她们显示对祖国子弟兵的心。

还有，我们问过赤膊的壮年农民："八路军来了，你为什么不跑呢？如见八路军不跑，'官家'说要杀掉欢迎八路军的人，烧掉欢迎八路军的人的房子，你为什么不跑呢？"

"八路军来了还跑？"他似乎有些轻微的怒意和奇怪。

"为什么不跑呢？"我们想激起他更大怒意的回答。

他庄严地回答了："是一家人，都是中国人，还跑！"

还有一个富农老周在军民大会上说的："跟八路军走是不会错的。"

还有，我们和赤条条的身子被太阳晒成铜色的孩子们，坐在临河林荫下的石条上。我逗他们回答我的问题，并且设法要他们唱歌——他们从队伍那里听会的歌。

"你是'满洲国'人吧？"我问一个名字叫小小的孩子，他是个眼睛明亮、睫毛粗黑，只有十一岁的孩子。

他把头轻蔑地一摆，说："不！我是中国人！"

"为什么不当'满洲国'人呢？"

"'满洲国'害人，烧房子！"

"'满洲国'是谁的呢？"

"是日本的。"

"今年是哪一年呢？康德×年吗？"

"今年是民国三十一年！"

小小、满意，九个赤条条的孩子唱起歌来，竟唱得那样熟练。

小小、满意在不久以前还在"村国民学校"里在教鞭下朗诵："忠良国民爱陛下呀！"可是，在今天，当小小回答我是不是"满洲国"人的霎时，就轻蔑地一摆头，使我们感激的轻蔑呀！被奴役十一年的童年的轻蔑呀！给童年以奴役的"满洲国"得到震撼的、轻蔑的回答了！

庄严的回答，轻蔑的一摆头，像瀑河的奔流，流过秘密的英雄墓下，在塞外波动、展开。

还有，新收复的乡村还没有得到最后的解放，解放的斗争正在发动。

新收复的乡村还在被日本法西斯残酷地奴役。

在河边林荫里的石条上，充当"'满洲国'热河省承德县九虎岭村瀑河甲第三牌牌长"的农民李荣，说："老百姓被'官家踩在脚底下'，他仿佛是刚从噩梦里睁开蒙眬的眼睛。"他说，"我们关外老百姓就受够了谁来就给谁纳钱粮的苦了。"他那为桑树叶的绿光浮映的梗出的胸肋骨像是一个个铜环紧紧地束缚着他的呼吸。他说："我是牌长管十户，我上面是甲长管二百户两千五百个人口，甲以上是村长管十四个甲。一个村有一个警察分所，村的上司是县知事。警察署、县里日本宪兵队长就坐在村上司的狗头上。县上头是省长，过去是日系人当副省长，现在也慢慢地换日系人当省长了。省上头是国务院的九部大臣，日系人明为副大臣暗为正大臣，国务院的国务总理张景惠大胖子让日系大臣摆着做样子。溥仪呢是个白薯，就是多两个眼睛，梅津是日本关东军司令官，协和会最高顾问。他骑在溥仪、张大胖子、九部大臣的身上，再一层层地□下来一直骑到我身上，我骑谁呢？"他茫然地摊开两手，鼓起梗出的胸肋骨唱起从孩子们那里学来的歌了：唉——咳！"抬头望青天，天也没有边，数不清的树，看不断的山啦，……我天也不埋怨，地也不埋怨，只埋怨九月十八那一天啦！"

接着，他从口袋摸出来"官家"的公事，"你看九部大臣的公事吧！"他学着警察署长求乞似的声音，"村长，甲长……大伙听清楚，散会回去要立刻办的，这是九部大臣联署的命令呀：一、增产棉花：

二十年的计划，耕作面积三十万町步，生产繰绵一亿五千万斤；二、……三、集家并村工作：准备期，康德九年三月一日到三十日，防卫期四月一日到三十日，集家期五月一日到十月。集家并村后，没有房子住的，携带家眷到各矿去服役。四、……五、义仓：一村一仓，每仓需粮三百石。六、各村结成勤劳报国队出动服役，修筑青龙县下鞍子岭、王道、冷口三村之警备路，需工二十五万，以二十八个村结成勤劳报国队去服役，要去二百个队，每队五十三名，服役者从十九岁到四十五岁，每人每月发四斤小米，下雨减半，疾病者每天十五两，过五日由原村更换，自带行李。七、……八、国兵应征之条件：男子在十八岁至二十五岁者立即赴承德第五军管区司令部受国兵检验入伍……”求乞似的声音中止了，他学着甲长哭丧似的声音说：“大伙怎么办呢？九部大臣的公事呀！”大伙捶响自己梗出的胸肋骨叫起来：“官家，吃了我们的肉，喝了我们的血，还要啃我们的骨头吗？”大伙狠狠地叫起来：“官家不想想吗？修警备路，一个月给四斤小米，那还不是从义仓里掏出来的，官家偷剩的，耗子啃过的发了霉的小米吗？”大伙沸扬的叫声更厉害了：“官家是吃屎长大的吗？他也不想想，集家并村，逼我们用自己的手拆自己的房子，逼我们撇开祖先传下来的用死活开出来的土地去住‘人圈’吗？种繰绵吗？毁地挖警备路又活活饿死吗？抽‘国兵’！那不是逼大伙去死吗……死……”牌长用手节骨支着下巴骨凝望绿绸子似的河水，仿佛陷入噩梦，阴沉地，他说：“男人，女人的眼睛瞪着甲长，狠狠地闪着光，像夜里的鬼火……甲长像挨了打的牡狗一样蜷伏在草垛里。他像负了伤似的哭泣着：九部大臣的公事呀！我当甲长的有什么办法呀！”

牌长第三次中止了阴沉的声音，鼓起梗出的胸肋骨，阴郁地、痉挛地唱着：“——唉，我两眼泪不干呀！天也不埋怨，地也不埋怨，只埋怨九月十八那一天啦！”

他像受伤的枭似的反复地唱着。

赤条条的孩子们扑到河里喧笑起来，用木棍击响河水从上流向下流把鱼赶向网里去，站在水下流张网的战士们喧笑着，总是爱唱他们新学会的歌："阴湿的地方需要太阳，苦难的中国需要共产党。"赤条条的孩子们在绿色的河水里却接续唱起："太阳照着万物生长，共产党壮大，中国才能解放……"

"哈哈；聪明的孩子们，站在队伍跟前听几遍就听会了，"牌长潜在的男性的愉快发挥了，"哈哈，小小！大伙统统唱呀！"

在河边上帮助孩子们打鱼的姑娘朝着我们细望了，牌长也望到她们，他说："十七八岁的丫头了，身上的破褂子连自己的奶子都遮不了。"他恢复被奴役者的仇恨状态，他说，"要是不知道这儿是满洲国的人就看了笑话，当咱们队伍乍开来时，丫头们也不敢和队伍弟兄们照面，现在才敢照面啦……"他接续说，"你问的是满洲国不是有组合配给布吗？我一家子大人小孩七口人，在去年一整年只配给全家六尺布，还是代用品。去年一整年只配给两盒洋火，每口人配给九两盐，这不是白配给的还得花钱。"

河水里孩子们、战士们喧笑着，把绿绸子似的河水搅挠得哗哗响。牌长说："夏天孩子们像青蛙似的向河里跳；到冬天，山涧里冰雪闪发银光。孩子们、大人也是这样像冻傻了的蛤蟆不敢离开热炕……"

不知道这儿是"满洲国"的人，要看到瀑河的水像绿绸子似的哗哗流，青葱的松柏，丰饶的庄稼，这里的人该过得多幸福呀！然而，牌长说："人过的日子还不如瀑河的水！——有这么好的土地还养不活一家人吗？可是我吃的是什么？我一家大小七口人吃的是什么呀！长年用一半糠一半杂粮一半野菜做窝窝头，'满洲国'不许我六十多岁的爸爸和六岁以下的小孩有口粮，能让老小全活活饿死吗？只有我下地费力的日子才能喝点粟米粥啃饱糠窝窝。”

被奴役的痛苦和仇恨激烈起来，他说：“我们全家屙的屎把猪喂大了，要宰一个猪得向官家报告纳税。我偷宰了，官家知道了就用凉水灌我，下了小猪过了三天不报还得受罚。”

瀑河的沙壤生产好粮食，但是河边上的人民却饥饿。牌长说：“六十以上六岁以下的老小不许留口粮，只许青壮年一个人一季到组合去买五斤杂粮，一年只能买三季。组合用官价一毛钱一斤收买粮食归组合。警察还要到村里来查，翻出藏着的粮食，粮食没收，人坐牢。”

“河边上的庄稼还不够纳捐税！”牌长说，“请看看我们一年要给满洲国纳多少捐税吧：牌捐每人每年六分。门牌捐：每年四分。证明书捐：每年五毛。地亩捐：正捐，好地一亩三毛六分，次地一毛七分五；附加捐：甲等，五毛，乙等，二毛七分五。验契税：值百抽五。仓粮捐：地每亩捐粮一斤，无粮合钱。国势调查捐：每人三元。房捐：草房一间每年一元二毛，瓦房捐值百抽五。鸡、狗、猪、马、驴、牛、羊都有捐。还有，娶媳妇的捐二元五毛，养了孩子的收生捐五毛，死人捐五毛……”

十一年了！瀑河边上的人——一切东北人民就是这样死掉，或者凄惨的死尸给狼吃掉。

十一年了！就是这样活着：饥饿的人们梗出胸肋骨，孩子们没有布做衣服，女人的破布褂遮盖不了自己的乳房……

十一年了！就是这样活着：灾病剧烈地流行，青年人变成愚騃、患侏儒病……

十一年了！就是这样活着：瀑河上磨香粉的工人肺给白灰似的柏屑粉咳呛烂了，他们唉咳地愤懑和叹息自己的命运：“……上工前，纸上写明：到过年给猪肉三斤，斤半粉条，豆腐三斤，……到过年啦，东家什么也没给。”

是谁给东北人民这样的生活？再能让东北人民这样生活下去吗？

为什么在塞外被奴役的人民拥抱子弟兵？

我们是祖国的军队——晋察冀军区第十六军分区子弟兵突破长城线上重重的要塞回旋在被奴役十一年了的土地上，进迫山海关东向辽宁，从冷口外到古北口，从喜峰口到喀喇沁向草原伸展，子弟兵举起为祖国、为东北人民解放而战的旗帜。

在兵团中，一切优秀的共产党员动员起来组织突击组，分遣出去的突击组是准备牺牲一切的轻骑队！在雪层里爬行，关东军、“满洲军”追逐着要消灭他。然而，突击组坚韧地回旋在被奴役的乡村里，蓬勃地燃烧起反奴役的烽火，到处去吹响发动人民的号角：祖国的队伍——八路军打出长城来收复失地了！不愿再忍受亡国奴痛苦的同胞快快联合起来！反对日本强盗集家并村设人圈！反对粮食归组合！反对日本强盗抽国兵！中国一定要胜利！日本强盗一定要失败！东北失地要收复！独立、自由、和平、繁荣的新中国一定要成功！

被奴役的人们倾听了那号角的呼唤，用绝望的眼睛，用蒙眬的眼睛注视着新燃烧起来的烽火，他们说：“真的吗？”“也有这一天吗？”

子弟兵在塞外新收复的大地上恢复了祖国的政权：建立了承德、滦平、兴隆联合县，建立了青龙、平泉联合县，建立了丰宁、滦平、密云联合县，这新恢复的祖国政权是在晋察冀边区政府的领导下。

新收复的乡村里民主政治正在萌长：乡村里建立了村政委员会，村政委员会有甲、牌长、地主富农、被奴役的贫苦农民和“满洲国兵”的家属，还有参加过“协和会”的人。

子弟兵和祖国政权拥有雄厚的财力尽最大的友爱去救济新收复的乡村被奴役的人民，祖国政府运输队将大批的布疋低廉地去换取人民不愿归给组合的粮食。为了不增加新收复乡村的一丝一毫负担，子弟兵以巨大的财力购买人民不愿归给组合的粮食作军用公粮。

在敌人威胁面前，新收复的乡村里，一切被奴役的人民大联合起来创造了反日本强盗奴役的组织——抗日复国会——创造了全民大团结反奴役的新阵地。

若是根据“满洲国”的《国防保安法令》对我们应当判处死刑，或终身禁锢，五千元以下的罚金，但是，他要子弟兵，祖国政权抗日复国会去受《国防保安法令》的审判吗？蓬勃燃烧的烽火高唱着朱总司令《勉东北同胞》的号召回答日本法西斯：你，已被“……五年战争拖得头昏眼花！”你，“日本军阀刺刀尖下的满洲国”也不是什么铜墙铁壁，不过是建筑在东北人民血泪与仇恨上的一块粪土之墙！只要我们团结坚决斗争！配合世界上反法西斯人民的力量予以打击！今天报仇雪耻之日已经不远了，团结起来，发动起来准备迎接反攻的胜利！

被日本法西斯奴役的人民已经在这样说了：“想不到还有今天！”我们的烽火，照明了他们的蒙眬的眼睛。“哈哈，想不到真有今天！”在白杨树下被奴役的人民迎接子弟兵，孩子们在哗哗响的河水里唱着：

“阴湿的地方需要太阳！”

人民反奴役的斗争，在塞外正在发动起来！

（《晋察冀日报》1943年3月11日）

饥饿的北平

雷行

北平，这拥有着三百万人民的古城，以它特有的文化、礼义而在全世界知名。那些温雅的周旋、谦逊的揖让、细致的生活讲究，都使到过北平的人，称呼其为“幸福的伟大的城市”。日本法西斯的统治，毁灭了它的和平与礼义，北平的人们，今天整日地被饥饿威胁着，见面时，已不再是请安问好，而是问着他们从不曾问过的话语，说着以前根本未想到的问题：“你家现在能吃饱饭吗？”“今天你买到粮食没有？”从前北平人遇到知己朋友，常会热情地拉到自己家中去吃饭，现在却要厚着脸皮说：“对不起，我得回去看看，家里不一定能买到东西，买到了再通知您吧。”由于饥饿和疾病的威胁，盗窃拐骗的事便到处发生了。从拂晓到夜半，每条街巷里都奔跑着抢买粮食的□民，充满着叫花子的哀叫，而在这仓皇地混乱当中，抢粮的骚动还不时地爆发着。从前在北平住过的人，看到这种情景会要深沉地哀叹：“呵——这是北平吗？还是饥饿和罪恶的涧薮啊！”

那些为日寇豢养而吸食人民膏血的汉奸们，曾号召人们节约，对各机关的职员每天进行“精神讲话”，他们恬不知羞地一再地重复着“食不宜饱”，一些空着肚皮的小职员们，谁不暗暗地切齿痛骂呢！他们每人每月有的挣二十元伪钞，有的三十元，最多也不过五十多元，白面固不敢妄想，就是棒子面也不能吃饱。北平每斤棒子面卖伪钞一元七角，每天一人至少要吃一斤半，一天光吃棒子面最少就要二元五角五分，一个月就要七十多元。可是棒子面不能生吃，必须用柴、油、盐、菜，这些都要从那微小的薪水中去支付。家里的父母妻子还要仰仗他们的供给，他们只有饿着肚子去拼命工作。××大学的一个工友，每月薪水二十元，家中四口人，不够吃用，他每天从家中喝点稀糊糊，便到校去工作，常因肚饥昏倒，终于饿死。许多小职员们为了免得饿死，不得不分格劳动。每当夕阳欲落的时候，北平的街道上便拥挤着一群群带有挨饿面孔的人力车夫，招呼过路的顾客。只有在北平住久的人才知道他们就是为生存而竞争的一些贫苦的大学生、中小学教员和各机关的小职员。

北平的人力车本以数多价廉闻名，现在由于许多学生和小职员加入了他们的队伍，就更多更便宜了。但是因为粮食的恐慌，使大部分人将所有的钱全买粮食尚不够吃，哪有闲钱坐车呢？在北平广大的大街小巷，你可以见到有成群的人力车夫在焦急地等待着顾客，一有人向他们走来，便蜂拥着上前请求坐车子，许多人从早到晚等不到一个顾客，只有饿着肚子等待着明天的幸运；拉得最好的顶多挣三元伪钞，还不够吃两个棒子窝窝头。那些年，老的更无人照顾，到处用他们嘶哑的嗓子凄凉地叫喊着："老爷们，小姐们，坐车行行好吧！"一个新从北平来到边区的人，告诉我，某一天，他可怜地坐了一个老头子的车，老头用尽气力拉到地点，当他给了车费正要走时，那老头跪到地上哀求道："老爷，行行好吧，你再给我一毛钱，我就能买一个窝窝头吃，饿不死了……老爷，我一天没有吃东西了……"

那些洋车夫和其他劳动者拼命地奔忙了一天挣了几元钱后，饿着肚子到粮店买粮食，但是粮店的老板们都说没有粮食或是已卖够了配给数了，他们只好拿着票子哀求。有时饿着肚子买不到粮食的人多了，便挤到粮店里抢粮食，但仍按市价把钱放在那里。日寇"配给"限制零食饭铺的营业，最大的饭庄每月只配给机器面粉七袋（二百几十斤），几天便被争买光了。因此，在北平要买白面食品除了有钱外，还要有面子有势力才行。北平的卖窝窝头的，因敌寇配给的棒子面很少，每天卖够一定数量后，恐怕明天不能开张便把剩下的留着等明天卖，因为在北平任何商业只要一天没有东西卖便会受罚，或停止营业。那些买不到吃食的人，抢着窝窝头就吃，最后按价付钱。那些为饥饿□到死亡面前的人，抢吃了零食商的吃食后，一抹嘴就走了，老板抓住他□过了警察，警察问他："你为什么抢吃？"他毫不在乎地说："我饿得慌。"警察□□他，要送他进监狱，他更干脆地回答说："带走更好，不用抢吃了。"以后警察就没趣地对老板说："他没钱叫我们有什么法，以后碰到这样事情你们自己看着办吧！我们管不了这些……"不久，便有一个人在××饭庄吃了饭菜，没给钱就走，被老板抓住打起来，他没有反抗，坦然地说："你们打吧，反正我没理，给你们打打出出气好了。"

大学生、中学生们也不比职员劳动者的生活好。从前敌寇对大、中学校的粮食完全实行"配给"，最近因为粮食困难，只配给公立学校了。从前私立学校的大、中学生，每月花销十五六元的饭费即够，现在竟涨到六十来元，入学时预交的半年伙食费，吃不到两月就没有了。因交不起伙食费，许多学生便只有退学。公立学校的饭费也涨了好多，中等饭量的人就吃不饱，饭量大些的整天饿得发慌。学生们因敌寇配给的粮食不够吃，便自己到街上去买，每天天不亮，伙食□就到街上东跑西窜地找买粮食，有时直跑都正午还买不到，着急地哭起来。有的学校的课堂里不见一个学生——原来是他们整个地停止了上课，而分头到街上抢买粮食去了。（××大学农学院，学生因吃不饱，便将西郊农业试验场的稻米偷偷地运回来吃，后被敌人知道，便把那里存的没有吃完的稻米没收了。）普通住民的粮食更形困难，有些学生因家中人们吃不饱，便在吃饭时偷起干粮来，晚上用书包带回家去。××大学一个哈尔滨的学生，在放假的前几天，就偷起伙房的干粮来。到回家的那一天，许多同学送他到车站上，问他提的什么，他始羞红着脸说："我们家中好久吃不饱饭了，我给他们带些礼物回去。”过去要放假时常有许多学生留在学校里自修，现在因为粮食困难，平市学校在放假时，一般已禁止学生留校了。

日本法西斯强盗抢走了中国人民的粮食，使成千成万的同胞呻吟在疾病和死亡线上，反而欺骗人们说粮食缺乏是由于分配不均。于是便把在朝鲜、东北早已实行的“配给制”搬到北平来，把北平的住民进行登记，说是要按户口册“配给”，谁不登记不配给谁，十五岁以上，五十岁以下的人及五人以下之家不配给，他们说这种人家可以自力更生，实际上谁还不知道它是打算多省一点粮食，到日本去呢！有份儿配给的人家也不能按规定配给到粮食，最好的也不过能得到半数。在指定配给的那天，许多人拥挤在配给粮食店前，常有因抢粮而踏伤致死者。最近曾听说有一个小孩，因家中祖母、祖父年老不能去买配给粮，当他挤在人堆里等着买粮时，他的“配给许可”被人抢走了，无法可想哭嚷着转回家去，结果此家祖父、母因生活无望，连小孙子一同自尽了。敌寇汉奸们为了欺骗市民，他们又变了新花样，在报纸上经常慷慨激昂地痛骂其奸商，他们说：“粮食本来够用，人民的饥荒完全是由于奸商的囤积造成的。”但北平的市民却看得很清楚：囤积制造饥荒，利用人民的饥荒发财的却正是敌寇和汉奸自己。在北平，三菱洋行和袁世凯的第三子组成的“三盛洋行”，用高出市价一倍的价格收买粮食，□同私囤稻米四千八百包，只在他死后搜家，才发觉；伪实业总署的科长张××从华南购回稻米四百包，另一汉奸想和他分点油水，他不愿意，被其怀恨告发，终被没收并将张××本人撤职；而北平人常见到北宁路上一车车的粮食向东运去——那是日寇把中国人用血汗换来的粮食抢走了。那些大汉奸们跟着日寇向市民宣传：吃不饱是因为你们浪费和懒惰，要想不受饥饿，只有“勤俭增产”！但是在敌寇统治压榨下，人们用尽了最后的一点力量，也还是不免饥饿和死亡，日寇汉奸们唯一的办法便只有对人民用甜言蜜语来安慰了：在北平的市街上最引人注意的地方，写起了巨大的标语，每天报纸上也用特号字高□着这样的消息：“南米北运，民食可占无□”“新粮登场，配给□□”“昨由××运到稻米××包，不日即可配给”……但今天临在北平人头上的只有饥饿和死亡呵！

一九四三年二月十四

（《晋察冀日报》1943 年 3 月 12 日）

可杀不可辱

奋若

中国的读书人，是向来崇尚气节的。古来伯夷叔齐饿死首阳山，东汉末东林太学生的反对奸佞的宦官，宋文天祥的慷慨就义，明末顾亭林等的凛风高节，史可法的壮烈殉国，都为后世传颂而永垂不朽的。

民国以来，青年学生继承了这个优良传统，从“五四”直到“一二·九”，广大的青年学生，用赤手空拳，英勇地站在反对日本帝国主义和反对卖国贼的革命前列。文化界教育界的先进人士，也都参加了这个伟大的革命运动。在事变以后，这成千成万的参加“一二·九”运动的学生，都□□离开了平津，分散到华北各地，参加了更有效的抗日武装斗争，他们可说是没有辱没了国家的培植和人民的期望。

日寇侵占了华北，青年学生和从事文化教育者，是临到了悲惨的命运。日寇在无赖地摧残着中国的文化，古物与珍贵图籍被劫窃一空，进步书籍被焚烧一光，教员学生被时常骗去开会、照相，作为宣扬“王道”的材料，稍有民族意识的教科书不准读，代之以日文，代之以奴隶道德的教材。

最近则更惨了。北平的学生，常常不在课堂，而是在抢买粮食的行列里，不久之后，在伪教署学生参加增产之后，更将在田野中找到他们，而最后，则将索之于“枯鱼之肆”了！“增产”为的什么？为的“勤劳奉侍”，“奉侍”谁呢？当然是“天皇”日寇了。“奉侍”正是奴隶对待主人的专门名词。

这就是古今中外罕闻的奇耻大辱，“士可杀，不可辱”，中国的青年学生，必然会用反抗来洗涤所受的侮辱！

（《晋察冀日报》1943年3月13日）

侦察班长李锡山

申曙

李锡山同志是一个青年侦察班长，身体魁梧健壮的，有一对聪慧锐敏的眼睛。坚决勇敢，具有夜间活动的特殊才能。在反蚕食斗争中，他曾灵活地完成了侦察任务：

一、解放了一百三十个民夫

二十四日晚上，天漆黑，他带着全班弟兄，向牛下口摸索前进。他们以敏捷的动作，通过了各种地形，在村边□听了一会，便又继续摸进。敌人住在民夫房子的隔壁，当中仅隔着两道矮墙。隐约的灯光透露出来，不时地传出了淫荡的狞笑。他们向着灯光右面走去，将门轻轻扛开，一百三十个民夫就挤在这一个屋子内，他们正在打着鼾声呢。

"起来，起来！"李锡山大声叫着，他们从蒙眬中惊醒了，大家怀疑着是不是敌人又来找寻他们了。

"快起来！"李锡山更紧急地催促着，并轻轻地告诉他们："不要怕，我们是八路军。"

话还没有落地，屋里就起了一阵骚乱："我的被子呢？""我的铁铣呢？""我那棉袍呢？"众人都在寻找自己的东西了。

终于，李锡山带着这一百三十个胜利地走出了村庄。从后面，隐约传来了敌人呼喊苦力的声音。……

二、解放了四十多个民夫，还牵来了四匹骡子一头牛

第二天晚上，他和两个侦察员又受领了任务，向着王下口摸进。

村边上，敌人堆积了很多鹿砦，实在无法通过。正当他们在徘徊时，村里有一个驴突然大叫了起来，趁着这个机会，他们便大步地从

鹿砦上跨过去。他们摸进了一个房子，恰巧是民夫被关禁的地方，于是，四十多个人一窝蜂似的四散了。

在隔壁院子里，他们又发现了一个马棚，四匹骡子一头牛正在吃草，他们就悄悄地牵出来了。这时候，逃散的民夫被敌人发觉了，机关枪“咯咯咯”地叫起来，正好，他们便在机枪掩护之下，走出了王下口。

三、二进王下口又拉回来了七匹牲口

第三天晚上，他们又偷偷地摸进了王下口。

村子里静静的，只有臭气扑鼻。打老远看到，灯光从一个大房子里透出来，他们就向这个大房子走去了。在院子里，一个民夫把他们吓了一跳，但也因为逢见了这个民夫，他们才知道大房子里住着十几个鬼子兵。估计力量单薄，他们拉了七匹牲口出来了。

天亮了，他们回到驻地，同志们热烈地欢迎他们，夸奖他们的勇敢。

（《晋察冀日报》1943 年 3 月 14 日，《子弟兵》副刊第 70 期）

佐藤的马脚

石更

这次在日寇第八十一届议会中的决算委员会上，陆军军务局长佐藤，发表了《对华政策转换》的“妙论”。在这个妙论里，恰好透露了日本强盗的新阴谋和汪精卫、朱深之流的汉奸丑相，使人们更清楚看透汪逆伪政权对英美宣战，伪中央“一元化”“强化参战体制”的内幕。

佐藤谈的“对华政策转换”包括些什么内容呢？照他自己的原话，第一，“是表明不干涉中国内政的诚意”。这就是承认了，至少在此以前日本是在“干涉”着汉奸们的（其实是统治着）“中国”的内政的，南北伪政权都是地道的日寇的傀儡。第二，那么，今后日寇是否就“诚意”不“干涉”了呢？佐藤说：“凡是可以委托中国的都决定由中国自理。”好一个“委托”，日寇的“诚意”，只是把自隐在幕后，指挥汉奸替他出面办理罢了。第三，所谓的转换的用意是什么呢？佐藤说：“意在拂拭中国新政权的汉奸名目。”原来如此。

天真的佐藤，以为只消给汉奸汪精卫、朱深等鬼脸上轻轻涂上一层白粉，就可把“汉奸”的真面孔遮起，就可以欺骗中国人民了；便可“使重庆全失作战的目标”，这样仿佛就可以让人们看起来，今天的抗战就如汪逆所说的“中国人打中国人”了，而“中国智识阶级”就会来“协力日本”了。

佐藤之言，虽“天真”得可爱，却也愚蠢得可怜。日寇侵略中国和它所玩的傀儡把戏，虽三尺童子，也都明明白白的。汪逆朱逆等之所以被称为汉奸，是因为他们有汉奸的实质，不是日寇在他们脸上涂粉抹脂，就能把“汉奸名目”拂拭掉的。日寇之所以为强盗，是因为它有强盗的实质，倒不在于它公开出面或隐在幕后。佐藤之言，不过是欲盖弥彰，而日寇之“转换”，也只是换汤不换药！

（《晋察冀日报》1943年3月17日）

迎接妇女工作的新方向

蔡畅

【新华社延安八日电】在过去五年余以来，各抗日根据地的坚持抗战中，妇女是起了很大的作用，我们的妇女工作是有成绩的。我们有许多女党员、女干部是真正能深入群众、埋头苦干的。但一般说来，还是缺少实事求是的精神，缺乏充分的群众观点，工作还不够深入与踏实。特别是妇女工作领导机关的知识分子出身的女干部，有不少是只知道到处背诵一些“婚姻自由”“经济独立”“反对四重压迫”等等口号，从不想到根据实际情况从何着手，只知道高呼抗战，而不知道在抗战中妇女可能做些什么与必需做些什么。当着为解决妇女家庭纠纷时，则偏袒妻子，重责丈夫，偏袒媳妇，重责公婆，致妇女工作不能得到广大舆论的同情，陷于孤立；当着要组织妇女团体时，不是根据当时当地群众的需要，而是自己需要包办的空机关，会员多是挂名的；当着要动员时，不顾妇女家务牵累、生理限制、生活困难等等条件，常常要她们出来开会，开会讲的又是农村妇女难懂的，结果是徒劳往返，浪费她们的人力与时间；当着要做与妇女有关的事情，却抛开一□时空条件，甲地做什么，乙地照样做什么，农救、青救做什么，妇救也学着做什么。一般的□浮的开大会、提方案、写计划决议，浮在上面，从事铺张，满足于表面上的成绩，而真正当地妇女的特殊问题，并未解决。结果，很多妇联、妇救的组织，就不能成为有广大群众基础的组织。许多妇女工作者不是真正为妇女群众所爱戴的领袖，而是浮在机关中的“公家人”。甚至闲着无事时，却以片面的“妇女主义”的观点，以妇女工作的系统而向党闹独立性。工作遭受挫折时，不去研究经验，而是盛气凌人地埋怨党与政府没有帮助妇女工作。领导机关中的干部以这样的歪风做了倡导，有些工农出身的女干部一旦提拔到领导机关来时也学样。于是，有部分原是从群众中涌现出来的工农干部，也变成与妇女群众脱离的“公家人”了。这种主观主义、形式主义、没有群众观点的作风，使许多地区的妇女工作长期不能深入到妇女群众中去。

最近中央关于各抗日根据地目前妇女工作方针的决定，清算了过去妇女工作的缺点与错误，正确指出了今后妇女工作的新方向、新作风，要求我们每个妇女工作者深刻认识经济建设对于坚持抗战、建设根据地的重要。而经济工作正是今天妇女对抗战贡献最大与最适宜的工作应该看到广大妇女的努力生产与壮丁上前线同样是战斗的光荣的任务。同时，帮助妇女发展生产，又是“保护妇女切身利益最中心的环节”。中央决定告诉我们：“多生产、多积蓄，妇女及其家庭的生活都过得好，这不仅对于根据地的建设起重大作用，而且依此物质条件，她们也就能逐渐挣脱封建的压迫。”因此，“各地妇联、妇救应以研究、组织农村妇女个体与集体的生产为首要工作”，今后妇女群众的组织，也应一反过去徒具形式的空架子，真正根据妇女群众的需要去进行，“以生产合作及各种生产方式，如纺织小组等去组织她们”。中央这个决定，号召一切女党员、女干部消除轻视经济工作与生产工作的错误观点，“必须学得农村经济知识，必须乐于到合作社去工作，到公营经济机关中去工作，真正去成为农村群众的生产者与组织者。”中央这个决定，是党对妇女工作有历史意义的重要文献，是每个党与非党的妇女工作者及全党女党员今天必须努力的方向。

这个妇女工作的新方向，已经在边区的一些地区，有着生动的模范例子，足为各地效法。延安县柳林区二乡的妇纺运动，及其在各方面所得到的成绩，充分证明中央决定之正确。

柳林区二乡原来没有一家纺织妇女的，由于延安南区合作社刘主任耐心提倡与帮助，已使全乡二百二十家妇女学会纺纱，已使妇女纺织成为全乡的生产运动。这样一方面发展了边区的经济，一方面也增加了农家的收入。

柳林区二乡的妇女从事纺织，不仅实现了她们的多生产、多积蓄，妇女及其家庭生活都过得好，而且在“婆姨汉一条心，沙土变黄金”的体验中，增进了家庭的和睦与全村的团结。男人打女人、邻舍相骂的事情绝对地减少了。从经济相当丰裕、经济可以自给的物质条件下，她们的地位也逐渐提高了。勤劳生产，能挣钱的妇女，被人们特别尊敬。男子因农忙，且不懂得棉花的好坏，于是终日处在家里的妇女们，也成群结队，翻山跑路，经常出入于合作社之门，“领花、交纱、换布”，行动自由了。

由于生产的需要，她们非常乐意地加入合作社，她们认识了这类组织对她们有好处，她真正拥护这类组织。由于生产的需要，她们也关心政治了。南区合作社的刘主任、劳动英雄吴满有，是她们所尊敬的，二流子是她们所痛恨的，都成为她们日常讨论的人物。边区政府的经济建设政策和奖励劳动英雄的意义，她们也懂得了。从生产的实践中，也逐渐地向封建束缚反抗了。她们已经有权力向虐待童养媳的作斗争，她们已经不满意三寸金莲，二乡的女娃娃已不缠足了。她们已开始萌芽“自己能记下、能算清更好”的要求文化的思想，羡慕“识字有才学”的女人了。

柳林区二乡的妇纺运动，已发展成为争取妇女利益的全面的运动。这不是充分证明了中央决定所指出的在抗日根据地的农村“提高妇女的政治地位、文化水平、改善生活以达到解放的道路，也需要从经济丰裕与经济独立入手……而且依此物质条件，她们也就能逐渐解除封建的束缚”的完全正确吗？

但是我们还必须深刻认识柳林区二乡的妇纺运动，绝不是缺乏实事求是精神，缺乏群众观点的作风所能做到的。很早以前，二乡妇联会也曾组织过纺织小组，但从未起过作用。一九四零年，川口嵩湾成立了纺织工厂，用强迫命令方式“拔了”二乡的妇女去学纺织，也终未学成。一九四一年五月，南区合作社在南庄河成立了纺织所，提出纺一斤线赠一斤花的号召，当时大家对于过去拨妇女学纺织仍有坏的影响，既怕“学会了要拨去到工厂”“赚几个钱，老婆没有了怎么能行”，又顾虑“太笨学不会”“没工夫”。经过合作社刘主任不断地调查、揣摩她们的生活情绪和需要，耐心地用各种有利于她们的方法去帮助她们、奖励她们，使她们从实际生活经验中证明了纺织是真正对她们有利的，于是全乡才“慢慢纺织了”。这说明今天单只知道要组织妇女发展生产，但不学习刘主任这种深入群众实事求是的作风，仍是做不好的。必须反对那种仍以主观主义、形式主义作风去对待妇女工作新方向的态度，以为只要去注意动员组织妇女参加生产就“万事大吉”了，是没有可能做到的，或者提出不切合群众需要与不可能实行的生产计划，比如在粮食缺乏的地方，老百姓还以米糠作辅助粮食，而提出每家要喂一个猪的口号。又如动员妇女纺织，却强制地召开妇女训练班，教以纺十六支、二十四支的纺织机的方法，其结果必然是要遭受到群众的反对，宣布你的任何“良好”的生产口号与任何“美满”的计划的破产。犯着这样毛病的人，必须向领导柳林妇女纺织运动的刘主任学习。

自中央的决定颁布后，首先在延安的妇女工作者、女干部、女党员已经热烈地响应了中央的号召。许多浮在上层机关的妇女工作者，懂得了妇女工作的新方向，在思想上、作风上已经开始有着转变。许多女党员与女干部，如王友兰、陈光宇、谷羽、洪红等同志，都从矛盾中冲出来，或者参加了合作社，或者参加了供给商店，而找到现在许多女同志最适合的工作岗位，但是还需以更大的决心、更大的勇气坚持下去。要准备受挫折而不灰心，准备深入下层时而能处之若素，还要经过思想实践的锻炼。只有这样，我们才能贯彻中央的决定，才能使柳林区二乡的妇女运动普及起来，才能使许多女干部、女党员参加经济工作、生产工作，成为光荣的风气。

（《晋察冀日报》1943 年 3 月 17 日）

农民失掉了家

丁雨

广大的冀中平原上，敌人正进行着惨无人道的并村政策。日本强盗企图把每十个或二十个村庄的人民，从那世代耕种的土地上赶到几十里以外的日本军营旁边居住，使着它统治下的人民，过着无食无宿的生活。

敌人在十分区已开始了第一次的示范！安次县调河头村集合来七县的敌军、伪军、伪政权人员，及各种各样的匪徒。

在永定河流域，固安、永清、安次数县交界的地区，四五十个村的农民接到搬家的命令，所有村庄布满敌伪匪徒，赤手空拳的人民在刺刀逼迫下听着敌人讲述着千户大村制的狂暴的计划，但是人民没有服从敌人的命令。日本法西斯匪徒们，要用威迫执行它的计划，命令伪军绑架、抢掠、到处奸淫……造成极度的不安，人民为了保护自己的财产，保存自己的生命，他们到处实行着抵抗，无数的徒手的民众壮烈地赴义。

日本强盗更使用了最下流的手段。它驱赶据点内的居民出来抢掠，但是人民仍是不离开家。他们咬着牙，愤怒地反抗着！躺在自己的空空的房子里，眼望着动荡的屋顶……

日本强盗实行了最后的办法，集结更多的匪徒，用炮弹和刺刀来一家一家地驱逐，在一小时内，把所有的用具财物搬到街上，最后用火烧掉房屋。四天的红光，在方圆几十里的三十多个村落，都被火吞灭了！

十二月的天气里，被驱逐离开了自己土地的农民，在旷野寒郊中被鞭打着走向敌人的据点。

他们失掉了家！

三十多个村庄的居民，被抛在三五个敌占村镇。围村早已掘好井深的沟，街口建起了岗楼，街道上磨棚厕所到处堆着人。在村边的广场上，用破筛子似的薄席，搭起了窝棚。北风日夜地刮着，他们冻僵了身体。一个不到三十岁的中年妇女，就在这样的天地里，产下了自己的婴儿，但是，刚到人间的孩子不久就被冻死了，母亲也被寒风卷去了生命！

日本强盗修起了仓库，把人民所有的粮食都收到仓库里，无数的老年人，都断绝了粮食。为了活命，为了吃自己血汗换来的谷粒，一个七十多岁的老头子，竟拼命去找到了一个日本强盗的军官："你们为什么不给我粮食?"

"老人可以不吃饭的!"强盗的军官直截了当地回答。

老人忍不住了，狠狠地打了军官的脸，霎时，在强盗的刺刀下他英勇地牺牲了！

在村边的一个菩萨庙里，装进了七十个男人，他们不能坐下睡觉，只可以站着！这些人都是终生贫寒娶不起老婆的光棍汉，他们今天于是就算有了罪，日本强盗的法令是不让无家□的男人住在村里的！

在日本强盗这种残暴的欺压下，人民是无法忍受的，从开始到现在，处处演着流血的斗争。他们为了保卫自己的生命，保卫自己的财产和家□，人民是不会屈服的。他们以简单落后的武器，武装起来。

在郭家务一带，正当敌人强迫搬家的时候，群众愤起，集以长枪短棍打跑了敌人；敌人二次再来时，又遭受了更坚决的抗击，这样他们坚持了很长时间的战斗，双方死伤达二百余之众！

这种斗争只是开始，更残酷的事迹，在继续发生！

（《晋察冀日报》1943年3月20日）

杀鞑子

尹敏

中国民间普遍流行着“八月十五杀鞑子”的故事，中国人民在过去，由于异民族的凶残压榨，是曾有过伟大的起义的。

山东博山敌占区群众，在去年旧历除夕，提出：“大年初杀鞑子”的口号，二千余人拿起大刀红缨枪，武装起义，打开了三个据点，杀死敌官兵多人。附近矿工路工也纷纷响应，大家说：“反正活不成，不如干了吧！”

这个起义，是有它必然性的。敌伪的榨取、勒索、蹂躏、摧残，使整个敌占区人民无法生活，并且超过了可以“忍受”的程度。而抗日根据地的伟大影响，世界反法西斯——特别是苏联红军的胜利，传遍敌占区，大大鼓舞了敌占区人民的斗志。因此，“要想活命，只有斗争”这个信念，坚强地支配他们，拿起一切可用的武器起义。

“二人同心，其利断金”，群众的齐心，力量就是不可战胜的。少数日寇是孤立在中国人民的人山人海中，敌占区人民的齐心起义，将使日寇的据点，都变成日寇的坟墓。

博山的起义，只是正在酝酿着的大起义的开端和号角。随着日寇的“□战体制”的强化，这种起义将更普遍地蔓延到整个敌占区。我们要用一切力量，来迎接，援助这种伟大的起义。

中华民族是不可征服的，历史上已证明了这点。现在，历史将要同样教训日本强盗，让它尝尝“八月十五杀鞑子”的滋味。

（《晋察冀日报》1943年3月20日）

北平人民生活剪影

张帆

一、把嘴带出去啦

在粮食恐慌，物价暴涨（一般物价比去年涨二、三倍，粮食则达五倍）之下，北平人民的生活，确是惶惶不可终日了。北城一家煤炭铺因为没有饭吃，强迫十四岁的童养媳卖淫，因她整日哭泣，她的丈夫和婆婆竟用石灰揉瞎了她的眼睛，还逼迫她去卖淫。另外一家有四口人，一天到街上买了三个窝窝头，女儿没的吃，贪馋地老看着母亲的嘴。母亲被女儿的眼睛感动了，想把她的女儿送给馒头铺的老板，但那老板很干脆地答以“不成，我养不起！”

今天，北平的人们对于出卖他们的妻女，已不感到这是一种耻辱，却说这是“把嘴带出去啦！”在这句话里该是含着多少悲愤的苦泪啊！

二、你下来，先生

在北平每天晚上，或在夜深人静时，大街小巷就有很多饿肚子的人在那里像鬼一样地号啕着。这些人里面不只是乞丐，而且还有贫苦的教员、学生、小职员和一天没拉上买卖的洋车夫。往往在一个人吃东西的时候，就会有人把他的食品抢了立即狼吞虎咽下去。一些有经验的人们，坐洋车时一定要先问一下车夫：“你吃饭了没有？”如果没有，你得先给车钱好叫他吃点窝窝头，否则车夫往往会车到中途即因饥饿过火而跌死，警察即迫令坐车的出埋葬费。

一些勇敢的三轮车夫们（事变后才流行的一种人力脚踏车），在生活极端困苦的时候，就在深夜劫路，他们不仅要钱，就是大衣帽子什么都要。一次某报记者刚领了几十块钱的薪金坐车回家，路上，车夫对他说：

“你下来，先生，我和你商量一下。”

这位记者非常聪明，对社会情形又很熟悉，他没有下车，只从袋子里把钱掏出来，说：

“朋友，你全拿去吧！”

车夫被这意外的慷慨所感动了。

“唉！先生，没办法，今天没吃饭，明天可还要拉车呀！”随后他数了二十元，“先生，我不能全拿去，我拿二十元就够了。先生！请你告诉你的亲戚朋友，夜晚不要出门就是了。”

三、“旅馆”与“集中营”

号称“文化城”的北平，今天连鲁迅的甚至巴金的著作都买不到了，市上流行的尽是“三六九”等淫猥的低级趣味的书报杂志，而学校则成了混资格的高等“旅馆”了。

一般有钱（多半汉奸子弟）学生的生活是恋爱、捧戏子。女生们则讲究烫发、穿丝袜子、追运动员，他们的课堂不是教室而是北海、中南海，或者是电影院、舞场。有时学生们去教室，不是去听课，而是去排剧。往往教授讲课的声音，远不如学生喧笑声来得洪亮。因此，在考试的时候，教授就不得不公开准许学生们带课本和参考书来应考。有一次，伪北京大学的一位教授宣布：“考试时不准带书。”学生们一时大哗：“这小子闹什么名堂？”后来他给学生们解释他的办法：出八道题任择二题，二礼拜以前把题目发下，这样考试的时候，“用功”的学生把堂下答好的题直抄在卷子上，而不用功的就干脆不抄，把堂下答好的题夹在卷子里，或是请别人替他抄一份就算了。

如此，在敌占区学生的质量和抗战以前是相差太远了，有很多初中学生竟很容易地考上了号称北平最高学府的伪北京大学。敌寇是不愿和深恐中国人民有知识呵！

由于敌国本土的经济萧条。敌占区粮食严重恐慌，敌寇现正努力企图把北平所有的大中小学，一律变成它新式的劳动“集中营”，来为日寇“增产粮食”，打扫清洁，替代雇用的苦力。现已在天坛划定一定地方，迫令各校教职员学生到那里耕作，并增加劳动钟点种种，使较用功的学生也无研究学习基本智识的空闲。

四、不愿做奴隶的学生大批逃跑了

有名的北平汉奸养成所“新民学院”，每天上的课程是这样的：早晨起来做“新民操”；操完就一律在操场背着手来往散步，谁也不许说话；散步归来才许吃早饭；早饭后统统都要“静坐”在一个蒲墩上，每人面对着墙，还是谁也不许说话……除了这些玩意，就是“精神训话”。

在那里，一般的学生由于听到苏联红军的伟大胜利和抗战胜利的曙光，他们在黑暗中觉醒，正大批积极地设法逃出参加抗战。某校学生偷了家里的一个金戒指，一两纯金，要献给八路军，但他不知道交到什么地方，便在墙上写：“只知道华北到处有八路军，但不知道怎样献给他们东西。”

敌寇虽然用尽心机，来进行奴化教育，而北平学生的热爱祖国渴求解放的心，又是怎样感人的强烈的不可阻遏的呵！

（《晋察冀日报》1943年3月20日）

晋东北敌伪琐记

吴群

一、这里才是第五次呀

去年十二月里，大王村附近的伪村长都被召集到五台城里去开会了。新从“满洲国”观光回来的伪县长李文荣神气十足地对大家说：“早叫你们准备好要交的保管粮，为什么还不送来呢？”

台下，伪村长们没有一个哼气的；台下，长久的是一片静寂。

于是伪县长大发雷霆了，将手向桌面用力一拍，说道：“告诉你们，我才从‘满洲国’回来，那里现在已经是第十三次‘治安强化’了。现在那里□每五家用一把菜刀，能受苦的男女，每天才配给玉茭子半斤，不能受苦的每人只给三合糠……说起‘治安强化’你们还不满意呢？这里才是第五次呀！”

台下，更是静寂，每一个伪村长的脸上，都是冷冰冰的。

二、一个布告

也是在去年十二月里，靠忻州城附近的一些村子都张贴着这样一个布告：

近来赤匪活动益烈，我全县民众需加意防范，不然，该出事地点除受应得之处分外，理应担负弥补皇军损失之责，兹特规定如下：

被赤匪打死一名警备队赔洋八十元，一名特务赔洋一百元，一名皇军赔洋二百元。

此布

县长杨奋秋

这布告贴出后，老百姓在知己的亲友面前，都异口同声地说：“球！惹不起人家八路军，倒拿手无寸铁的老百姓来出气，有本事跟人家去干呀！”“挨了人家的打，回来给妈妈要脾气，也不嫌臊！”“我情愿把家产变卖尽了，赔也行，就怕你没有这些人！”警备队见了更是愤愤不平地叫喊着：“哼！当警备队，倒不如你们（指皇军说）值钱，好吧！等着瞧！将来老子给你算总账！”

三、标语存在的原因

在反蚕食斗争中，五台七区的××“治安”村里，×团宣传队在墙壁上写了不少标语，中文的有：“今年打败希特勒，明年打败日本鬼。”日文的有：“日本ノ军阀ヌ打チ倒ャ”。

一天，敌人出来抢粮，几个汉奸先走进村里，一见标语，便向老百姓说：“你们还不快擦，想叫太君烧你们的房子吗?”一个老头听见了，马上回家和了点泥，正用桶提到墙跟前要擦掉时，一个日本兵已经走过来了。他一把抓住那老头的手说：“你的！”把那老头吓坏了，可是那日本兵却笑了，用手拍着那老头的左臂膀说：“好的，你不用擦，这个顶好顶好的。”从此，人们谁也不再去涂擦了，而那些标语，现在还安然存在着。

四、两个劝夫归正的“贤妻”

在定襄城附近，谁不知道大汉奸×××和吴子明呢！现在他们是再也不替敌人做事了。而城附近知道的老百姓都在歌颂着这两个人的贤妻，事情的发生，都是在十二月里：

汉奸×××的老婆，一天又向×××苦劝说，你别光只看到眼前，和皇军那样忠忠实实地干了。想一想，替自己留□会，于是□中国女人□杀了。谁想□了×××，而□了的心感动了。自□再是一条敌人的忠实走☐个安分隐居的中国老百姓了。

就在这事情发生的不久，□□吴子明的老婆，也用了同样的口吻，□□□她的当汉奸的丈夫。谁知那吴子明当场掏出手枪，一枪便把他的老婆给打死了。但这一来，却惊动了疑心极大的日本太君，他想：“这家伙家眷也不要了，下这样的决心，敢是要造反吗？”于是密令特务机关速将吴子明先扣押起来，可是也就在那要扣押他的前一刹那，吴子明他已知道了这不幸的消息，他又是气，又是怕，急忙地拿了那仅有的几百块钱，连夜向口外的那个方向私奔而去。

五、“死了回国的！”

盂县上社的敌人，在其据点附近各村庄，强抓了许多民夫，替他修筑高岭的汽车路（由上社通进圭社）。监工的敌人，因为每天都吃不饱饭，所以便经常用纸烟向民夫强换窝窝头来充饥。一根极劣的纸烟要换一个大窝窝头，民夫们谁都愤恨，但却又不敢不换。有的民夫向敌人说：“你们有大米吃，为什么还要这样的糠窝窝？”敌人答的是：“大米不够吃的，肚子里饥的，这个（指糠窝窝）顶好吃的！”

天天修路，天天敌人换吃，日子久了，民夫和敌人都已混得很熟；一日民夫用手指着东方向敌人说：“你们什么时候回国呢？”敌人听了凄惨地答：“回不去的，死了回国的！”

六、“你说：谁能胜？”

代县××一带的敌伪，在我几次政治攻势下，心眼一天天在变化着。一次他们出发至×村，向伪村长说：“你说，咱们日本能胜？还是中国能胜？”伪村长哪敢说实话呢！于是连忙答：“你们大日本一定能胜。”可是，敌人㘝说：“你说不对的，太平洋英美大大的，北面苏联大大的，中国八路大大的，日本不行的。”说着说着自己在空中用手指画了一个圈儿，非常中肯地讲："我们回不去了，今年冬天你们的要多多地帮助我们的!"

那伪村长给敌人说得傻了眼了，因为那个敌人说到最后竟掉下一滴滴的泪水来。

（《晋察冀日报》1943年3月20日）

群魔乱舞民生涂炭

佟黎

在现在的东北那个群魔乱舞的地方，所有的同胞都在惨痛地过着水深火热的生活，而最惨的莫过于小职员和工人们。他们每天流着血汗，辛辛苦苦干十四五个钟头拿到的钱，还不能维持一家最低限度的生活。他们不知道什么叫快活，什么叫自由。他们在街上不敢和旁人谈话，不敢三三两两地结伴同行，随时随地地谨慎小心，还免不了今天被传讯明天被审问。小职员为了保持那个吃不饱的饭碗，不管过年过节，上司过生日或上司的老婆生孩子，借债押当也得送礼。家里的老婆孩子可以三天不吃饭而这种“礼”却不可不送。至于工人们，那就更苦了，那么可怜的一点点工资，还得先去“孝敬”工头，剩下的然后才能归为自己享用。谁家倘若有年轻的姑娘或媳妇，被工头们知道了那没有旁的话说，就得老老实实丝毫不准声张地任凭他们蹂躏。在这样残酷镇压践踏下生活着的穷苦同胞们为了等待祖国的翻身，他们一天天地咽着凄楚的眼泪。

东北的青少年们，也在极度悲苦的非人生活中。狡黠的敌寇为了进行奴化教育，鞭打着青年和儿童们到“学校”里去，家里没饭吃，饿着肚子也得去。每一个学校都有一个日本人当副校长，一切大权都操在他手里，教员都是一些昏庸老朽除掉吃饭什么也不懂的“人物”。所有的课程，只是一个空名目，内容是狗臭屁一大堆，一点正经东西也没有。敌人正愿意那样，中国人越无知识越好，只要记住几句什么“日满亲善”“以死报国”“感戴皇恩”……就得了。敌寇为了“增加生产”支撑它垂死的生命，对于那些还没有长成的孩子们也要敲骨剔髓地压榨“劳力”，每一学期终了，规定一次“勤劳奉仕”，期限是十天或半月，成天价不停地劳作，从早到晚，不准片刻休息。这大大地摧残了每个小学生的健康，妨害了他们的发育。

伪满的学校，放假的日子最多，只要是个纪念日就休假一天，参拜什么神社、游行。每次举行什么典礼或开什么大会，一定先要向“日满国旗”敬礼，再向伪“皇帝”“御影”敬礼，然后由校长恭读“诏书”……这些鬼把戏，每次开会都得小心翼翼地去做；一个粗心就有掉脑袋的危险。东北的青年人谁愿意忍受这些无穷无尽的欺凌和蹂躏呢！暗地里都在关怀地探听着祖国的消息。

最无耻的是那些官僚，他们不管大官也好，小官也好，文官也好，武官也好，都有一套熟练的“拍马”术。那里的所谓官场，简直就是“拍马竞技场”，一些寡廉鲜耻的民族败类们，一个个装着笑脸，想着各种各样的方法向敌人献媚。伪满洲国的张焕相，是一个所谓了不起的“大臣”，他为了企图求得敌人进一步的信任，想了一个讨好的方法——建筑神社。日本原来有个传说，说什么“天照大神”遗留下建国三种神器——“天丛云剑”“八呎镜”“八板琼曲玉”——日本从建国起各地就有大规模的神社建筑，里面供着上述的三种“神器”，每逢神社祭的日子，全国官民一律隆重举行参拜。张焕相瞧准了这一着，于是就请求敌人允许他建筑一个神社，以联络“日满一体”的感情。日本鬼子果然称赞了他几句，于是张焕相就快活得晃起尾巴来，立刻选定了抚顺县营盘区的一个山明水秀的乡村，把那里的老百姓都一脚踢走，便强抓附近的农民搬砖运瓦的建筑起来。张焕相为了谄媚到底，更于日本请了几个和尚从事“指导”建筑，布置陈设。完工以后又举行什么公开祭典，日本“天皇”特派大使去参加，“新京”伪政府各“大臣”亦纷纷莅临，各伪省伪县及各伪机关学校亦都派有代表参加。张焕相为了使这个伟大的拍马计划无遗憾地完成，又把自己的老婆拉出来在筵席间好好地“招待”了一番，那些贪婪淫猥的日本鬼子们才算满足地□着醉眼回去了。

日寇依靠了这些鲜廉寡耻昏聩淫乱的汉奸们，在恣意地吮吸着东北人民的血。东北人民正在暗无天日的地狱中，过着惨痛的日子。

（《晋察冀日报》1943年3月21日）

战时的东京

张帆

敌伪组织的“华北赴日参观团”，于去年六月一日出发，十二月返回敌占区，下面的一些材料是依据某团员的谈话所写的。

——记者

一、“祝出征”与“无言凯旋”

战时的东京是混乱的，惨苦的。

东京的人民对于长期的侵略战争早已厌恨了。七七事变刚爆发的时候，市民因受军部的欺骗宣传，有不少人在车站上打着“祝出征”的小旗，唱着歌，喊着口号送“出征”的士兵，但后来情形就不同了，虽然车站上还是万头攒动、行人络绎，但每个人的心情是完全改变了。父母拉着儿子，妻子跟着丈夫，他们都在低垂着头，流着悲伤的眼泪，做着最后的长久的别离。“出征”的士兵都清楚他们将永远不能生还故乡，而送“出征”的人们也知道重见自己亲人的时候，已将不是健康的人，而多半是残废或已作“无言凯旋”的骨灰。因而他们都以惨苦的泪眼默默相语。

和“出征”相对照的是“无言凯旋”，往往在同一时间，同一车站，这边人们“祝出征”，而那边则在默默注视着“无言凯旋”者的骨灰。

替法西斯军阀当了炮灰的士兵，日本报纸称他们是“勇士”，称他们是得了最后的光荣，但是死者的家属和他的亲友们看到自己骨肉的灰烬时，却含有无限的惨痛。记得有一天下午，天是阴沉沉的，车站上挤满了各种各样的人。他们自发地排成一条蜿蜒的大队，最前面的高举着大旗，上写着死者的名字，其次有一个军人捧着死者的遗像，后面是死者的亲友。旁边的小坂君被感动了，他以颤抖的声音告诉我说："这人就是我们公司对面一家买卖的职员，半年前送他'出征'的时候，也是从这里过的……"而不久，说这话的小坂君因为过分劳累和营养不足也死去了。

二、"白衣勇士"与"集团劳动"

我在东京的电车上，不，或在其他所有的公共场所里，往往见到贴有如下的标语："保护我们卫国的伤病员""让路给伤病员""让座给伤病员"，而在大街上或是市场上到处可以遇到很多穿着白衣服的伤病兵，这些伤病兵就是官方称呼的"白衣勇士"。他们不是没有一只脚，便是少了一条胳臂，或是坏了眼睛，扶着拐杖，狼狈地蹒跚地行走。他们到处遭受别人的白眼，到处被人揶揄，而他们又往往横肆恣扰以发泄胸中的愤懑之气，因而又常受到殴打。

现在，日本许多青春少女，她们已经愿嫁一个四肢不全或失明的伤病兵，而不愿意做寡妇；宁愿嫁一个残废军人，而不愿意嫁一个不久"出征"永难回家的青年壮丁。在人生的幸福与痛苦中，她们实在是衡量了很久，才找出了这条比较保险的道路！

日寇长期的侵略战争，好多男子都上了前线，留在东京的多半是妇女和"白衣勇士"。因此政府下令模仿法西斯的头子——希特勒，实行强制的"集团劳动"。其动员范围非常广泛，例如青年团、学生、在乡军人都在担任劳动，或在山上伐树修路，或在市内扫除街道，或在乡间协助刈草，在乡则强迫以村庄为单位分别组织"集团劳动"。然而无论如何，敌寇终无法解决它国小人少劳力不足的缺点。

三、理发馆的告白

在东京，我住在□市区里。一天我到一家熟识的小理发馆去剪发，一路非常冷漠凄凉，来往的行人都是“白衣勇士”和宽衣大袖的日本女人，许多商店都关了门，独有在小理发馆门前却聚集着许多人。我以为有什么了不得的事件发生了，急忙走上前去，只见那每天开着的小窗户已经是紧紧地关着，门也在紧紧地关着，上面还贴着一张白纸，写着：“本店在此开业已达二十五年，多蒙邻居照顾；唯值此中日事变之秋，战斗勇士为国出征，并与严寒恶斗，本店兴念及此，愿为忠勇将士们服务，全店人员迁往中国……”其实像这一类的告白，在东京的其他角落是屡见不鲜的。所谓“迁往中国”，并不是将理发店迁往中国做生意，而是把全店人员迁往中国当炮灰！

四、“废物利用”与“献金”

敌寇在太平洋上取得暂时胜利之后，便夸口他们已经开发了黄金的南洋，高喊大批物资正源源运到东京。但另一方面却残酷地搜刮民财，宣布现在日本遭受空前的战争，想到一切物资的重要性，不得不加以严格统治，不得不以全力提倡“收回废物”运动。在第一次东京各家被迫交出的“不用品”□即被官庭变卖了十八万元。这使日本军阀非常满意，认为也是生财之道，因而，下令给其他各地县、府及工商省等，成立“废物收买组合”，并颁布“废物”公定价格，进行“收回废物强化周”“废物再生展览会”“废物利用演剧会”，随时“提醒”人民不要忘掉了这个“废物利用”的“国策”。

在这一“国策”之下，日本国内一切金属用具已大半换成陶器的了（如锅碗等等），就是电线杆上的铁皮和门上的铁环，也都被搜刮去了。

日本法西斯政府，不仅强迫东京人民献出“非用品”，并且强制人民交纳“献金”。现在一般富豪人家的传家金器等，已都被迫“献”出了；就是清贫的学生的白金钢笔头，也都已被迫“献”出；

至于金壳表、金扣子、金眼镜框……几乎全由人民手里，被军阀财阀们以“献金”的名义强抢去了。

五、未亡人的泪

去年二月二十六日，东京的一张晚报上，登载着一条新闻，标题为《泣在夜深时!》，原文是这样：“二月二十五日，在东京九段军人会馆里，举行战死将校未亡人大会，出席的人们有仓永少将未亡人及日俄战死者黑木大将未亡人等数十人，首由黑木未亡人报告当时一般未亡人的心情及经验，继由仓永未亡人发表谈话略谓：‘流泪有时固然可以消解痛苦，但是日本女性的泪不能随便流下，勇士的妻子们，要流泪应在夜深人静时!’”

这一条新闻是经官方授意后才刊布的，因为官方无法阻止母亲和妻子们在白天哭泣结队索夫，才想叫这些未亡人“泣在夜深时!”

一年一度的樱花节瞬将到临，东京的天气将是暖洋洋的，春雨过后，树枝发出柔美的嫩芽，樱花又将怒放。但今年在灿烂的樱花枝下，已再听不见昔日情人们的恋歌蜜语，而是日本广大的“春闺梦里”的未亡人的哭泣!

（《晋察冀日报》1943年3月21日）

南甸，是敌人的坟地！

——军区东南线反蚕食斗争报告

洛灏

站在员外岭的山顶，瞻望南甸的东部，面前伸展的是那漫远的平原、起伏的丘陵，那稠密的黑点是群树环抱的村庄。……

落日似金子般的辉耀着南甸河清澈的流水，白杨像一个巨人以魁伟的躯体伸向天空，当朦胧的沙滩撒上夜网，三月的南甸的夜是显得更加恬静更加庄严了！

民主自由的南甸，我们的南甸是可爱的！我们的南甸永远属于我们！

我走过南甸区的村庄，我遇到的每一个人民，他们都带着不可征服的勇敢，也带着一种不□言语的热情，他们问我说：

"咱们这儿为啥不多发几支枪呢？"

"手榴弹多给咱们这儿几个不行啊？还发些地雷吗？"东南线的民兵、游击组在准备着进击敌人。

南甸区的人民，已经懂得如果生活失去安静的时候，是决不屈膝的。对于我们的敌人只有打击，没有退让！

南甸区的人民现在是到处在商量着斗争中怎样杀伤敌人。

我见到一群群的预备兵，他们都涌入大队部、区公所要求马上入伍，他们的说话是那样的单纯和激昂，他们不会说话，但所说的每一个字却是表现着无限的淳朴和忠诚。

"不报名，眼看着洋鬼子就来了，不入还沾？"康××才十九岁，他曾经这样说。

李××，今年才十八岁，去年报名参加义务兵，区里嫌他年龄小，今天，他却带来了行李。他说：

“年岁够了，鬼子也快来，这次非参加不行！”

南甸区的预备兵，他们深深地爱着自己的家乡，然而有了家而不能在家安居的时候，那么唯一的出路，只有是守着自己的土地，参加子弟兵用枪杆来保卫了。

南甸区的人民知道，只有反抗才有出路。因为他们没有忘记，当李家坡修成堡垒以后，李家坡的全部妇女所遭受到的悲惨与耻辱，不论在什么时候或者什么地方，她们要的是怎样逃避过鬼子的第八次或者第十次奸淫！

南甸区的人民没有畏惧没有惊惶，因为他们清楚听说当北七汲的据点建立以后，只要是能够走路的男女老少成天都要为鬼子筑堡垒、修汽路、挖沟、搬砖。更使他们记得的，是让你将裤腰张开着，鬼子用一桶桶的冰水，倒入你裤子里。

南甸区的人民只有悲愤没有哭泣，他们看到离自己不远的刘杨村里在鬼子没有占以前是这一带最富庶的一个村子，然而现在已经没有一家不是流离失所到处求乞了。最近鬼子查了一次户口，能见到全户人口的只有一家，而户主是一个光身汉，这个光身汉也刚刚凑巧由外面求乞回来。现在村里荞麦花是唯一而稀有的食粮，看到逃来根据地的难民每个人的脸孔都是那样青黄和浮肿！

在朔风凛冽的寒冬，七汲附近的老百姓就开始一律要为鬼子做土坯，二个人一天的产量必须是七百！而妇女们儿童们则要用头顶运坯，每次至少三块。现在堆积在七汲附近的坯，总数已不下六、七十万了。

从平山城到水碾的汽路上，那来自行唐、获鹿、元氏、赞皇的大车，被屁股尖尖的瘦骡子拖曳着。砖头从村庄的墙壁上倒下来，压得大车的轴轮格格发响，长鞭子呼啸着，尘土弥漫地飞起。自二十三号到现在，每天在汽路上滚动着的是那漫长而嘈杂的六七百辆大车的行列。

现在每到晚上，我们的子弟兵到处割电线、平沟、毁坯，有一个晚上拆毁二千五百块土坯。在天亮的时候，这里或那里起着单声的巨大的爆炸声，那是我们昨夜埋的地雷，现在在开花结果了！

鬼子在阳历年底就预算着推进了，然而从阳历年底推到阴历年底，从阴历年底又延到二月底，现在却在嚷着说要在三月底一定完成计划了。

我从南甸回来，在路上又遇到子弟兵在演习攻击村落战，我立刻想起我不应该疏忽得不说出这里的子弟兵也在准备向鬼子进行一个头等重要的“献礼”！

民主自由的南甸，我们的南甸是可爱的！

南甸区的人民永远保卫南甸！

南甸，是敌人的坟地！

斗争在继续展开！

三、二、一九四三夜在抗敌

（《晋察冀日报》1943年3月21日）

偷袭秦家台

——军区东线反蚕食斗争报告

洛灏

秦家台村前的小山很陡峭，山上光秃秃的除了岩石以外，连一棵枯草的影子也找不到。平时是很冷落的，放羊的足迹也很少踏到这里来，但这几天，这四百多公尺高的小山却好像并不荒寞了。

白天，民夫们从村子里一步一个一直站到山顶上，传递着石头和木料，被迫着为“皇军”在晋察冀的土地上修建堡垒。

这些民夫，从九岁到六十几岁，他们来自正定、新乐，有的远自冀南。“皇军”操纵着他们的生命，我们不能数清有多少善良的同胞，尸骸丢在异乡被风雪吹打着，而家里的老少还在啼哭着盼望自己的骨肉回去。

经过了几天工夫，小山上的堡垒已经修起一人高了。堡垒旁边有一个哨棚，哨棚的八十米达周围堆着的是树枝堆成的鹿柴。这犹如平地上的堡垒周围的深沟，为了“皇军”的安全更有保障，树枝可以不费“皇军”的气力就搬到山上来，那当然鹿柴是应该堆得愈多愈高才愈好。

“四九”在晋察冀还是严寒的，特别是山顶上吹过的野风，凛冽得有时像尖针似的刺入骨髓。哨棚里除了十四个“皇军”以外，这小山到晚上又显得孤零凄凉了。

哨棚里铺着二尺多厚的谷草。然而也并不能使行李单薄的“皇军”在这严冬的晚上取得一些温暖。于是，“皇军”烤起火来，在哨棚里一堆火呼呼地伸着火舌。

不知是什么使棚里的“皇军”震惊了，他们用自己的衣服很快地扑灭了火，屋外的哨兵呼叫着，在黑暗里虽然看不出谁的脸色起了什么变化，然而在那虽然发着“不怕”的声音里，却可以分辨出这十四个“皇军”的心所跳动的速度是一样的。

好几次吹过的风，都被认为是八路军来袭击。对于晚上，“皇军”们向来是不喜爱的，特别是晚上还带着寒风，这简直是太讨厌太可恶了！

时针走得太慢了，在这样一个山上，“皇军”愿意过一辈子白天，也不愿过一个晚上，这是每个人没有说出来的话，但是，这实在倒是真的！

他们不允许谁说话，因为这样才能更清楚地听到外面有什么动静。哨棚里的火熄了以后，有的就已经躺到谷草上发着悲切的梦呓，而小队长大野，在不满八尺宽的哨棚里来回踱着，有时候则呆呆地望着棚外闪烁的星辰。

这是二十九号的晚上，我们的××大队偷袭这一座小山上的敌人。

连长常天保走在头里，后面是一个排的武装，他们轻轻地将挡住他们前进的鹿柴完全拆了，当他们逼近哨棚只有七八步的时候，一排手榴弹才将这一群“皇军”惊醒。

哨棚周围的柴被手榴弹燃着了，在火光里人影倒下去，钢盔碰在岩石上发出清脆的声响……

秦家台村里的敌人的钢炮重机枪向火光闪耀的哨棚助威，哨棚里的“皇军”被好几重火力压迫得不住呜咽着。

哨棚燃着了！……

哨棚里面铺着二尺多厚的谷草燃着了！哨棚里的日本造的手榴弹子弹也爆炸了！

寂静的小山再也不寂静了，熊熊的火焰燃烧得好像一座火山！

我们的战士因为冻僵的手揭不开手榴弹保险盖，而用嘴咬了。战士蓝中因为咬保险盖咬掉了一个牙。

这天夜里，子弟兵又一次创造了一个出色的小歼灭战，仅仅二十分钟战斗就结束了，哨棚里外躺着十四具“皇军”的尸首，而“皇军”的家属们还在早夕地祈祷他们“武运长久”呢！

在秦家台战斗好几天以后，我在××大队队部的桌子上，看见三连长常天保同志写给大队长的一封信，信上写着六个在秦家台战斗中负伤同志的姓名。其中，连长常天保同志也是负伤的一个，在他自己名字的后边，他附带写了以下的几行字：

“我只擦伤一些皮，是轻伤，可以留连工作。”

这是前几天以前的事了，常天保同志已在又一次的战斗里，因为太勇敢追击敌人而不幸牺牲了！

在上面这封极简单的信里，我看到了一个子弟兵的指挥员斗争意志的强烈，及其不死的忠于自己工作的精神！

二、一九、晚、一九四三

（《晋察冀日报》1943 年 3 月 23 日）

退伍军人赵宝山

刘矢

出差回来的路上，我碰见了赵宝山同志，他原是我们连里第一班的战士，由于肺病，去年十一月底退伍回家了。

他和从前一样：瘦长的面孔，高高的身材，沉默的个性，谦逊的态度，一笑便露出一对大门牙来。所不同的是，他已不再背着那颗乌黑的“三八式”了。

他把我拉到家里，亲热地叙述着自己退伍回家的情形。

“回来的路上，我心里真难过。”他说，“我总觉得这样回去，是没脸见我们众乡邻的。记得三年前，我参加八路军的时候，在欢送大会上发过的誓——不打走鬼子不回家！出去这整整三年，不知经了多少战斗，遇到多少危险，眼看鬼子快打败了，却被肺病累住身子，非要我回家不成！……想着想着几乎没有痛哭起来，想我这一回去怎样回答在欢送会上向我鼓掌欢送的乡亲们呀！倒不如死在战场上爽快了。后来才慢慢想到，现在战争还没有胜利，我还没有死，我还应该继续尽我未完成的责任。我又记起临别时指导员向我说的——我们是受过三年八路军的教育的人，我们回去能做更大的事情，至少也要做一个模范公民，做一个生产战线上的劳动英雄！所以我终于老着面皮回来了。”

“回来后，”他歇了歇又说，“还总是不敢见人。后来村长他们都来慰问我，并问我现在战争的形势。这样我才感到为抗日患了病没有什么羞耻，才抛弃了羞羞答答的心理，大胆地给他们讲起我所知道的国内国外的战事来。”

“现在我可后悔了。从前指导员给我们上政治课，我没有用心听，抗战知识记住得太少了。乡亲们问我好多问题，我都不知道怎样回答。这里已不能像在部队上，有不明白的你尽可以问指导员了！”

“后来，村子里的民兵又叫我给他们上军事课，给他们喊操，唉！我从那里想到回家来还能够担任这些工作呀！”

他拍手顿足得又懊丧、又兴奋，过后我替他解释了一些他解释不了的问题，并把苏联红军的攻势、第二战场问题和国内的战争形势讲给他。他都注意地倾听着，仿佛要把我每一句话都记在脑里一样。

正谈着，村长来了。互相介绍后，他也插上了嘴：

“赵宝山回来，帮助我们做的事情太多了。他有病，家里人饿着，还成天价为公家忙碌。他在外面待的日子长了，见的世面大，做起事来也高明。”他一面吸着烟，一面慢吞吞地说，“赵宝山比没有当八路军以前要勤谨得多了。在村子里处处都起模范作用：刚一回来，便要求和别人一样站岗。村里人都愿意叫他好好养病，多休息几天，他却说：‘这算了什么呢？我的病不吃紧！’”

“有一次，一支队伍要通过封锁沟，找带路的谁都不愿去。那天雪下得很大，天又黑又冷，独他自告奋勇去了。”

“他哥哥从前很落后，打赵宝山回来不久，他的哥哥也好了，现在在农会担任小组长，并且很积极，嫂嫂也参加妇救会了……”

村长说话像我们的重机关枪一样的沉着，连续不断，使你没有插嘴的机会。他一一列举着赵宝山同志的模范事迹。

“区里布置下来春耕工作以后，我们村里就推举赵宝山当生产委员。这一来他更加忙碌了。村里穷人没大麦种，赵宝山立刻到区里去交涉，借来了五斗大麦。这样积极地为群众想办法，你说，还有哪个不拥护他呢？”

“我们区里×××是模范村，但这只能在从前说。现在有了赵宝山我们要争取模范村了。”

村长说了一大堆的话。我看看赵宝山同志：他坐在炕沿上一直低着头在一人出神。我不了解他在想些什么，但我知道他的心是在胜利地欢笑着。

后来，村长又笑着说：

“我这村长也该提出改选了，因为我比赵宝山可是差得多了！”

我一时想不起我应该说些什么话，我只兴奋地答道：

“好！你们大家一齐努力干，争取模范村吧。”

饭后，我要走了。告别时，我们紧紧地握着手，互祝健康和新的胜利。

（《晋察冀日报》1943年3月25日，《子弟兵》副刊第70期）

生活在“满洲国”“蒙疆”和“华北”交界中的人民

——平北敌占区散记

卫林

平北敌占区——这块处在“满洲国”“蒙疆”和“华北”三个不同国度的接壤地方，尽管表面上有着怎样区别，“日满一体”“日蒙如一”“中日亲善”以及“王道乐土”“天地明朗”等等高调，唱得怎样入云，可是生活在平北敌占区的人民，他们都知道共同的敌人只有一个！他们的苦难血泪，也早已混合在一起，没有什么差别了！

下面记载的一些事实，虽亦不算完整，但你看过了，一定要惊讶着那里的人民是在忍受着怎样的一种生活！

一、一个村子的负担

首先，让我们从老百姓的负担上说起。

这是伪满属下丰宁县小厂村的负担情形：

（一）地亩公课金，春秋两季交纳，上地每亩八角，下地六角。（这一带的土地，都是广种薄收的，每人每年至少可种七八十亩。）

（二）每种一亩地，每年要拿五合莜麦到大滩（地名）的“义仓”。

（三）门户费，不分大小户，每户三元七角五分。

（四）牲畜捐，按估价百分之三上捐。同时每头牲畜必须登记，手续费是：牛、驴十余元，猪二元多，羊一元多。每头牛每年须打防疫针两次，每次收费五角。每只狗每年须换牌两次，每次五角。

（五）牛车捐，去年交了三次，每次一元。

（六）房捐，一年一次，每间八角。

（七）今年又实行了所谓“配给费”，每户一元，穷户也须五角。

（八）飞机献金，每户一元。

这还只是几种叫得出名目的，经常要交的费用，此外如伪军、特务等各色人员的敲诈勒索，如老百姓讲话“特你一下”的，以及各种莫明其妙的费用，还没有算在内呢！

二、各式各样的贴子

譬如，说不定哪天，你可以接到这样的一张贴子：

前面是“不孝男×××，罪孽深重，祸延显考……”最后是“谨此讣闻”，下款孤哀子的大名，多半是地方知名的大小“官儿”，封皮上还有四个惹人注目的大字“鼎惠恳辞”，说白了，就是“送份子，我们不要”。但是呢，这贴儿撒给谁，谁就知道自己是“背了幸”，赶紧得凑钱去“送礼”。不然，谁就一定会被诬告是“私通八路军”的。像这种贴，不撒则已，一撒就是范围遍全县。而这些“官”们又惯做“罪孽深重”的“不孝男”，时常不是死爹就是死娘！

有死的，还得有生的！

今年春天，察南延庆县的永宁城警察署长某，到张家口去受训，为应酬“大官儿”花亏了八百余元。回来之后，马上就撒了贴，给他刚下界的“千金”过满月，各村子当然要“随礼”了，共随了两千多块，不但捞回了原本，而且获得了大利！

或者，你也许会收到这样一张条子。

“兹派该□人夫八名，木板二块，长三丈，宽尺半，厚二寸；檩条一根，长一丈。务于明日一并送到为要。切切。此致××甲长，××驻屯警察队××小队长。”

接到这张条子的甲长一看，真是愁得不行，做是做不到，买更买不着，跑到邻村，也是一样。结果三个村无计奈何，苦凑了三百块钱，叫第二天去据点的夫子带上去“运动”了一下了事。

而这还是好的！有时老百姓会忽然意外地接到一张收条，那就一声不响硬着头皮照条付款好了！即如龙关（伪蒙属地）的朱家沟一个仅有二十多户的小村子，一年就要给伪《蒙疆新报》拿一百零六元二角的报费。报纸呢？那真是鬼知道！

又如上面所说的牲畜捐吧！不仅是养鸡养牲畜养狗都要上捐，更妙的是“蒙疆”属下各村，狗捐并不按着所养的条数来收，而是强迫摊派，由大乡按着各村的大小来规定狗捐数目，不论有狗没狗，都得按数缴钱。如龙关县雕鹗附近×村，没有一家养狗的人家，但也派了五条狗的捐款。

三、惊人的惨案

就是这样，“羊毛出在羊身上”，拿这些花销的，当然不是村公所，而是每一个老百姓。伪村公所一接到联乡或大乡要钱的条子，这帮狗腿们就得挨门跑腿，威逼老百姓，拿不起也要拿，逼死你也要拿！

还在去年，在所谓“华北”治下的昌平县，就发生过这样一件事。

马池口村，位于南口和沙河镇之间，村子很大很富，三四百户人家，产稻米，但还在春天，村里大多数的老百姓就没有饭吃了。事情就发生在这样的一个家庭里，夫妻两个，三个孩子，还有年达七十多的白发双亲，都在饿肚子。可是会上（即伪村公所）的人，却还一个劲地来催款。这天男人天一亮就出村到亲戚家去借粮食，直到下午好容易背回了二斗棒子。刚要烧锅做饭，会上的人又来了，一进门张口就要款。“没有！”“翻！”一声令下就七手八脚地搜起来，一眼瞅见了棒子，于是拿起来就走，嘴里还骂道：“你没钱，哪来的棒子？”结果，女人上了吊，男人把一个孩子扔到水缸里淹死，又把其他两个小的勒死，然后自己用刀抹了脖子，两个老人家呢，竟活活地饿死在坑上！

事后他的亲戚代向村公所打官司，一直闹到昌平县，却在日兵宪兵部挨了一顿臭打。

这就是平北人民鲜血淋漓的一个生活写照！

四、伪县长的大惊小怪

五月里，“蒙疆”属下赤城县的伪县长，亲自带了一百多名的虾兵蟹将，下乡进行“宣抚”工作。这一天来到了松树堡，伪县长为了表示“爱民如子”，乃亲自访问了一个老汉，问他：“一亩地要拿多少公款？”老汉听了率直地答道：“不过一块三四毛钱。”县长听了大吃一惊，问：“你们这里是八路军‘匪区’，怎么比赤城附近的负担还要轻呢？那里每亩地至少要拿七块多呵。”（其实那里不只七块多）老汉撅了下胡子回说：“因为我们这里轻易见不着你们的特务，你们又不常来。”伪县长起先是不懂，停了一下，才恍然大悟，于是恼羞成怒，痛打了老汉一个嘴巴。

这不折不扣的老实话，恰好给所谓“匪区”和“王道乐土”来了个显明的对照！

五、一个伪联乡长的申诉

下面是一个反正过来的伪联乡长的申诉：

“就按我们旧县（村名）联乡一处说，去年就拿了正款一万三千元。几亩地，几口人，负担这样多！可是今年又摊派了二万七千元，比去年又多了一倍。这事怎样办？这个还好办。马队安藤部队长每月要款、要粮、要草、要菜，什么都要！就拿白面一项来说，每月要七百五十多斤，你去哪里给买？满洲队要的劈柴，去年就有三万多斤。地亩捐六七毛，门户费十几块，你说一个老百姓要拿多少花销？能活不能活啦！”

“特务老爷谁敢惹，今天捎个信要几百个鸡子，明天捎个信要斗半黄米！这还是小意思，动不动他们说搬家了，就要暖房；或者许愿了，要吃全羊；死了爹要做周年，娶个太太要挂红，那个不得三十、五十、一百八十的！这还是有交情面子事，没有来往的想花钱也花不上。结果庙大牌位多，按门烧香，谁烧得起呢！喂饱了张三，李四又饿了，喂不起了，该跑的还得跑，该藏的还得藏，该烧的还得烧。……”

六、十包洋火，三百六十元

再来看看“蒙疆”，还是那一次，赤城伪县长在松树堡对老百姓召集的会上，当县长好像很关心似的问大家需要什么时，老百姓说：“我们就是需要盐、棉花、布、煤油……”伪县长当时装出极其慷慨的样子，答应回城后，马上发给他们。这时，有位在场的何老先生，却在一旁大胆说道：“不发也好。”伪县长听了，很觉得奇怪，急忙追问“为什么？”问了好几遍，何老先生才回答道：“再发，我们老百姓可真受不了啦！今天县长您才发了十包洋火，我们村里就花了三百六十多元，吃喝还没算在内。”

七、生活在人圈里的老百姓

我们再来看看最近敌人所到处实行的并村吧！这是敌寇以“防匪”为名，而更便于其统治压榨老百姓的一套最毒辣的办法。

在伪满境内丰宁县的东茆镇，今年六月里就已实行“并村”了。以该镇警察所属下的十二个甲，每甲为一单位来修一个“围子”，即人圈。修起后，各甲长所管辖的各村老百姓，都得搬入“围子”居住，原有各村一律拆散。在那里修“围子”，就拆那里的房子做材料。“围子”要修到一丈四尺高，全部用石头、砖砌成，周围至多留四个门，上面筑有炮楼。修“围子”的人夫，以及其他一切花销，当然都是出自老百姓自己的身上的。每日每户有三亩地者出夫一人，五亩地者二人，十亩地者三人，三十亩地者十人，以此类推。

“围子”里是十人一铺炕，拥挤不堪。有些地方是男女杂居的，在分住的地方，每七天许男女同房一次，但第二天必须到日本那里打药针，据说是为了“消毒”！

也是丰宁县属的一个村子，叫小川村，因距离千家店的大乡公所四十里地远，统治不便，今年五月里，伪满政府决意取消该村，强迫老百姓拆掉自己的房屋，所有人都到北票去下窑开矿，把妇女也通通带走。在路上，逼令男女配偶成婚，甚至有以婶配侄、以父配女，故意以破坏污蔑中国的伦常。

八、血肉铺成的汽车路

由于这块地区敌人统治年代较久，修起汽车路也特别杂多。这些路的修筑，无论哪一条，都可以说是用中国老百姓的血和肉筑成的，平北敌占区同胞们将永不能忘掉！请看下面所举的事实：

一九四一年敌人在伪满修筑平安梁的汽车路，从山上要修到三丈二尺宽，路旁还要挖一尺宽二尺深的大沟，所用工程非常浩大。从五月里修起，整整耗时半年，每天用民夫三千人。敌人不仅在附近各村强迫要夫子，就是距离五六百里以外的地方，也难幸免。来的人工，每人还需自备口粮和家具。在修筑当中因开山被炸药炸死的有一百多人，因水土不服劳累过度而致病死的又二百多人！

同年敌人在“蒙疆”，修筑佛峪口（延庆县属）至大庄科的汽车路时，死人更多了。光是因开罪“皇军”而被绑以大石头，然后用刺刀逼其自行跳崖而死的，就有七十多人。此外被挑死的或“种了”（即活埋）的，更不知有多少。为了避免挨打挨骂，每个夫子在上工前，都带上些果子、小鸡等食物来“孝敬”“皇军”。因此，每天村公所里的出夫费要花到近千元。

九、“终有一天我们是翻身的!”

够了！难道平北敌占区人民就永远这样做敌牛马苟延残喘地生活下去吗？不！决不！自一九四〇年春八路军开到这里来，使大多数在地下呻吟的苦难同胞，重见了天日！今天他们在八路军的领导下，已经站起来与敌人开始了英勇壮烈的搏斗。如延庆川里接敌区的民兵，早在去年七八月间，即普遍地展开了“不给敌人拿花销”的斗争。破路、烧电杆、拆桥梁等更是家常便饭。敌占区的老乡们，现在正纷纷涌入我平北抗日根据地来，即以前面讲的小川村为例，大部分的老百姓已在敌寇魔爪下，幸运地逃回祖国的怀抱来了！

“终有一天我们是要翻身的!”在离平绥路才五里的一个“爱护村”的老乡对笔者肯定地这样说。

一九四二年十二月六日

（《晋察冀日报》1943年3月28日）

曹包岗壮士跳崖

薛雷

在恒山的北角，浪涛滚滚的拒马河畔，标高一千公尺的佛灯塔高峰上：放射着永不泯灭的民族节烈的光芒。

十二月二十七日拂晓，观察所报告：

“敌四百余人，经东西马各庄，越过交界口，进到拒马河边，向曹包岗我军阵地扑来！”

我×团部队，事先已进入防御工事，严阵以待。

“张坊、南窖方面，出敌五六百，有沿河西上，进迫我紫石口阵地企图……”右侧侦察部队也同时送来了这样的报告。

包围形势已成。

指挥部决定转移，留×连副排长李进山同志率领一个班，并付予大量的手榴弹，担任掩护主力撤退的光荣任务。首长留给李进山同志的命令是：“……顽强抗击敌人，争取足够的时间，使主力安全转移……你们沿佛灯塔高地撤退，单翅岭有×××率领的×连……”

骄傲的敌人，以密集纵队向我阵地猛冲，非常轻视着这火力不大旺盛的山头；当然，从兵力来说，这是多么悬殊的一个对比啊！

“轰！轰！”地雷爆炸了；跟着一排枪，激烈的火力，奔向那密集而混乱的狼群；在我们子弹的怒吼声中，黄色的尸体，不断像砖瓦一样地倒下在冻冰的河床上。

我们的战士兴奋地凝视着自己的射界，镇定地扼守着小山头。

十余分钟以后，敌集中全力，跑步冲来，在坚固的阵地上，迎接“皇军”的又是连珠似的手榴弹。

在敌人趴倒不敢抬头的瞬间，我们退守在新的阵地，鬼子沿着尘烟匝地的乱石山坡，紧跟上来。

当敌寇再度冲上我阵地的时候，我们的战士就以居高临下之势，个个像猛虎一样扑向狼群——双方展开了激烈的白刃搏斗。枪声消沉了，刺刀叮当地响着，在狼群被冲乱的刹那间，我们又退到新阵地。

一次一次地重复着，我们一步一步地循着预定的路线撤退着，时间在胜利地逐渐被我们拖长着。

傍午，在我们退路上，发现了新的敌人。原来，佛灯塔西侧单翅岭阵地，×连在经船房南犯之敌的猛攻下被迫放弃了。敌人迂回佛灯塔阵地的企图得到成功，截断了这唯一的退路。我们的班在争取了余裕时间使主力已得以安全转移之后，不得已，只有绕着崎岖的山腹，且打且退，想找一条通的道路安全撤退。

我弹药已大部用去，敌人仍毫不放松地追击着，这是因为他合击一个团的计划，竟在这几个人面前悲惨地化为泡影了的缘故。我们的班，在不熟悉的绵亘的山间，边打边走，但当敌人节节迫近，山势已达尽头的时候，在战士们眼前显现了陡峭峻险的万丈高崖！

他们火一般的眼睛，看看这二十余丈的峭壁，看看逼近了的敌人，看看自己手中的枪，没有一句话。宁死不当俘虏，这是他们内心的共同信念。

峭陡险峻的山间，运动着密集的狼群，随着从我们枪口里吐出的铅丸，随着那无力的呻吟声，在我们功绩簿上，又增加了不小的数目字。我们的战士，即使当负伤的时候，他们紧张的脑海，也决不去想那另外的一切，他们只顾紧张地冷静地组织着自己最后尚能为力的细胞，而努力增加着自己生命的代价和利息。

“同志们！我们的子弹都要打光，光了以后……”副排长李进山同志以满含热泪的眼，俯视一下崖底，再一扫仅余下的四个同志——刘荣奎、王文兴、宋聚奎、邢贵满——“要知道我们都是共产党……”一颗子弹打断了他这命令，他倒下去了！

剩下的四个战士，在敌人扑来的刹那，他们如火的眼睛互相看了看，没有一句话，一致地摔坏了他们从来珍惜如命的枪，疲极的身体，抱紧了他们的一切：跳下崖去！

太阳，正对着佛灯塔山顶，伴着凄冽的寒风，放射出万古长新的光芒，似在为我们战士凭吊；怒吼着的北拒马河，冲击着一块块的巨冰，也好像在为我们战士高唱着壮烈的挽歌。

一九四三年一月二十日

（《晋察冀日报》1943 年 3 月 30 日）